Hugo Dittberner

Wolken und Vögel und Menschentränen

Roman

Hugo Dittberner

Wolken und Vögel und Menschentränen

Roman

WALLSTEIN VERLAG

»Ich fühle mich in der ganzen Welt zu Hause,
wo es Wolken und Vögel und Menschentränen gibt.«

Rosa Luxemburg

EINSIEDLER

Sander hatte im Wald der Weide- und Forstgenossenschaft 69 Nistkästen aufgehängt, um die Vögel, denen in einem gut gelichteten Wirtschaftswald das Unterholz und die alten Bäume zum Nisten knapp wurden, heimisch zu halten. Denn nicht nur war ein Wald ohne Vögel stumm und traurig; die Vögel waren, neben den Ameisen, die ja auch gehegt wurden, die Gesundheitspolizei des Waldes. Und um feststellen zu können, ob die Nistkästen angenommen und von wem sie angenommen und bewohnt würden, hatte Sander die Nistkästen numeriert und ihre Hängeorte auf einer Karte eingetragen. Nun konnte man als Spaziergänger an den Bäumen Nistkästen mit groß aufgemalten weißen Nummern ausmachen.

Ingrid erinnerte sich noch gut an den Morgen, als sie, zwischen Tür und Angel auf der Suche nach den Gemeindeterminen des Tages, den Artikel entdeckt und doch noch gelesen hatte – und welch gewaltiger Zorn über sie gekommen war. Offensichtlich und schwer widerlegbar war dies eine gute Tat; denn daß die Vögel sich aus dem gelichteten Wald zurückzogen und nicht mehr so zahlreich waren wie noch vor einigen Jahren, als sie ihre Pfarrstelle hier angetreten hatte: das hatte sie schon selbst während ihrer Spaziergänge empfunden. Sander hatte das erkannt, auf ein Gegenmittel gesonnen und es zur Anwendung gebracht. Auf einem Foto hielt er den Nistkasten mit der Nummer 69 in der Hand und lächelte. Damit war nun vollzogen, was er sich vorgenommen hatte, hieß das; die Gemeinschaft würde den Nutzen davon haben. Aber merkwürdig, die Vorstellung, auf ihren künftigen Spaziergängen an so dick und dreist numerierten Nistkästen vorbeikommen zu müssen, erschien Ingrid weniger als

Abhilfe denn als weiterer Verlust, nach dem Fortbleiben der Vögel. Die Leute, die den Wald mit solchen Folgen bewirtschafteten, und Sander mit seinen fett numerierten Nistkästen gehörten für sie zusammen. »Boten einer verheerten Welt«, hatte sie damals, im Vorgriff auf eine Predigt, notiert.

Aus der Predigt war nichts geworden, weil sie keinen Weg gesehen hatte, wie sie die Botschaft von dem Menschen trennen sollte. Mit anderen Worten: Wie sie die fett numerierten Nistkästen anprangern sollte, ohne Volkmar Sander zutiefst zu verletzen und sich einen Feind zu schaffen – das hatte sie beim Betrachten des rundlichen, in eine überlange Joppe gefaßten und somit für seine Tätigkeit im Wald ein bißchen zu fürsorglich ausgerüsteten Mannes auf dem Bild instinktiv gespürt. Wir müssen auch die tapsigen, uns die Kehle zuschnürenden Gutmütigkeiten erdulden, wenn uns der Frieden wichtig ist, hatte sie sich eingeredet, aber zugleich gewünscht, mit diesem Mann möglichst nichts zu tun haben zu müssen. Im übrigen hatten ihr die Vögel in den Nistkästen leidgetan, die statt in alten Spechthöhlen oder im eigenen schaukelnden Dickichtnest nun in solch rohen Zimmerstücken ihre Brut aufziehen sollten, aus dem Schlupfloch wie aus einem Reihenhausfenster in den wirtschaftlichen Restwald äugend.

Und nun saß dieser große runde Mann mit seinen schwermütigen braunen Augen in ihrem Pfarrbüro! Ja, es war in der Tat etwas geschehen. Gregor, Sanders 17jähriger Sohn, hatte mit einem Kumpanen in der Nacht einen nicht beliebten Burschen, wie Sander hervorhob, zusammengeschlagen, so daß der mit dem Notarztwagen ins Klinikum und dort durch eine fünfstündige Operation erst einmal wieder in eine annähernd menschliche Form gebracht werden mußte, so sagte Sander und betonte das: menschliche. Auch davon hatte Ingrid in ihrer Zeitung gelesen. Nur hatte es in dem Artikel vage geheißen: zwei Unbekannte, die sich nach der Tat rasch aus dem Ort entfernt hätten! Dafür war genauer die (viele Leser einschüchternde) Form der Tat geschildert worden, daß nämlich die beiden Täter dem Opfer mit ihren Stiefeln auf den Kopf gesprungen seien, nachdem dieser Kopf über einer Bordsteinkante in Position gebracht worden sei ...

Kurz, Ingrid wußte, von welch ungeheuer brutaler, menschenverachtender Tat die Rede war; und sie hörte nun den Vater eines der Täter an, die auf ihren Prozeß warteten. Gregor aber, der Junge, nahm seine Tat nicht sonderlich ernst. Er äffte im Bus den Therapeuten nach und schimpfte darüber, was für ein arbeitsscheues Gesindel der Staat durchfüttere. Der Vater war da mit seiner Weisheit und mit seiner Kraft am Ende. In der Sorge, sein einziger Sohn könnte noch weiter abrutschen, kam er mit dem Wunsch zu ihr, der Pastorin, sie möge das Kind retten.

An dem Nachmittag, als Ingrid das erste Mal Gregor treffen wollte, regnete es. Kalter, pieselnder Regen, der sofort durch Ritzen und Maschen drang, deckte sich über alles und unterwarf die Welt einem Frösteln. Während sie mit kurzen, gespannten Schritten über den Schulhof auf den Jugendraum zuhastete, erbost über den immer noch nicht reparierten geflochtenen Griff ihres italienischen Herrenschirms, versuchte sie sich auf Zusammenhänge und Argumente zu konzentrieren. In Amsterdam hatte man einen Totschläger wieder freigelassen, weil dort die Gefängnisse seit Jahren überfüllt waren. Als der junge Mann (Die Täter bei all dem Furchtbaren waren ja fast immer junge Männer, die sich zu Herrenmenschen aufschwangen.) wieder einmal in die Hände der Polizei geriet, hatte er inzwischen zwanzig Raubüberfälle begangen, wie er, redselig und vertrauensvoll geworden, freimütig gestand ... Vielleicht lief es letzten Endes doch nur darauf hinaus, wer wen in ein Arbeitslager steckt: sie uns oder wir sie, wie neulich der Superintendent nach dem Konvent sagte – und dafür von ihr und den Guten unter den Kollegen, so hatte sie tatsächlich gedacht, für einen furchtbaren Menschen gehalten worden war. Wer aber waren: sie – und wer sind: wir? ... Schwälle von Eindrücken und Ressentiments, von Ängsten und Haßgefühlen kamen mit jedem nassen Windstoß über sie; sie aber suchte den einen leitenden, tragenden Gedanken, der sie gegenüber dieser Aufgabe freimachte. Dazu drang man natürlich bei solch einem Wetter nicht leicht vor.

Sie hätte wie manche Jugendliche mit dem Auto bis vor die Tür fahren, aussteigen und schnell in den Jugendraum abtauchen können. Aber sie war keine Jugendliche und mußte deutlich und friedlich handeln, wenn sie akzeptiert und zum Gespräch vorgelassen werden wollte. Gespräch, naja. Ingrid zögerte plötzlich, als sie sich vorstellte, wie sie naß und deutlich und friedlich in den Jugendraum kommen würde und unter den Blicken jener, die rasch und trocken und ohne jede Rechtfertigungsnot hierher gerauscht waren und nun ihr mehr oder minder heimliches Bier tranken, versuchen würde, mit Gregor zu sprechen. Der Vater hatte es gut. Der hatte seinem Sohn nur gesagt: Da will dich wohl heute jemand im Jugendraum sprechen ... Aber sie sollte persönlich werden und einem Menschenbrocken ins Gewissen reden. (Es also voraussetzen.) Denn Gregor war ein Brocken. Über einsneunzig und kompakt wie ein SA-Mann, dabei von merkwürdiger Eitelkeit. Ein Büschel Haare auf dem kahlen Schädel trug er toupiert und weizenblond gefärbt als Schmuck. Aus dem Auto hatte Ingrid ihn vor dem Schlachter gesehen und gleich keine Lust mehr gehabt, mit diesem Typen in Kontakt zu kommen. Furchtbar, die gestylte Roheit. Sie fühlte sich plötzlich wie eine federleichte Hohlform, die vom nächsten Windstoß über den Schulhof gedroschen würde, so daß nicht mehr viel übrig bliebe von ihr und ihrer Welt. Und das alles, Lebens-Reste und fruchtlose Bemühungen überzog dieser Pieselregen mit einem eiskalten Film.

Nein, da mußte sie sich hüten. Das war nicht ihr Tag und nicht der Tag der Humanität. Nur ein Tag für hoffnungslose Schmierinfektionen. Keinem würde sie es an diesem Tag recht machen können, nicht einmal sich selbst.

Sie blieb stehen und ließ ihren Blick über den nassen Schulhof ziehen, hin zu den nassen Autos und Motorrädern. Nicht einmal einen Helm hatte sie dabei, schoß es ihr durch den Kopf, nicht einmal einen Helm, wenn dieser Menschenbrocken ihr kurzerhand eins auf die Nuß geben würde. Ich wäre dem ja ausgeliefert, auf exterritorialem Gelände ausgeliefert. Wenn nicht einmal der gerichtlich bestellte Psychotherapeut in seinen eigenen Räumen mit dem fertig wird, wie dann ich, eine Frau, eine einzelne Pastorin für einen, der jahrelang nicht in der Kirche war! Sie fühlte sich so elend, daß sie hätte zusammensinken und sich mit einer ganz schweren Grippe hätte forttragen lassen mögen.

Da drehte sie sich um, kaufte sich frischen Kaffee und ging nach Hause.

Den zweiten Versuch startete Ingrid am Sonntag nachmittag. Sie war nach Gottesdienst und Mittagessen im Wald spazierengegangen und auf Sanders Nistkästen getroffen. 23 stand da plötzlich überdeutlich im Wald vor ihr, dann 24, 32, 33, 34; fast hätte sie sich alle Zahlen ihrer Route durch den Wald gemerkt. Eine alberne Wut auf die Kästen und deren Verfertiger stieg in ihr hoch, und sie sah den großen, braunäugigen Rundling wieder vor sich, wie er jammerte, weil er mit der eigenen Brut nicht zurechtkam und sich deshalb lieber mit der Vogelbrut beschäftigte. Mein Gott, das wär ja gelacht, wenn sie mit solchen Leuten nicht fertig werden würde, deren einziges Problem die Gewalt war! Gibst du ihnen eins zwischen die Hörner, werden sie zu Vogelliebhabern! (Welcher Sorte, das stand auf einem anderen Blatt.) Und so nahm Ingrid im Wald gleichsam Anlauf, um an diesem Nachmittag bis zu den Sanders zu kommen und sich den Gregor einmal vorzuknöpfen.

Zwischendurch, während sie die Schritte auf das Sandersche Haus zulenkte, schwankte sie, ob das richtig war, einfach so, ohne Anmeldung, an einem Sonntag hereinzuplatzen. Aber die Überraschung kam ihr doch als Vorteil vor.

Auf ihr Klingeln öffnete eine mittelgroße, schlanke Frau mit hellblond gefärbtem Haar. Eine überraschend schöne Frau Anfang, Mitte Vierzig, der man ansah, daß sie in den letzten Jahren vor den Wechseljahren noch einmal alles rausholen wollte, was ihr Körper bei guter Pflege hergab. Und es kam einiges dabei heraus. Nicht nur das offenporig Saubere, Gepflegte, der Duft und die modische Frisur, das elegante Kostüm und die Kette, sondern eine ostentative Appetitlichkeit, die um sie eine Atmosphäre des Genusses und des sexuellen Interesses verbreitete. Ingrid konnte sich gut vorstellen, daß Volkmar Sander vor dieser Frau in den Wald floh, nachdem einmal klar war, daß hier der Faustschlag auf den Tisch nicht mehr half und ein kleines Würgen als Liebesspiel mißdeutet werden konnte. Wer weiß, wie viele schöne Jahre ich noch hab; also lasse ich mich durch nichts davon abbringen, diese schönen Jahre zu genießen, durch nichts! Das sprach, für eine alleinlebende deutsche Pastorin auf dem Nachhauseweg von ihrem einsamen Sonntagsspaziergang, aus dem Erscheinungsbild dieser Frau.

– Ich wollte zu Gregor, ich bin ..., setzte Ingrid an, wurde aber sofort von der recht tiefen, übrigens angenehmen Frauenstimme, die wie eine zusätzliche Person anwesend schien, unterbrochen.

– Ich weiß, wer Sie sind, Frau Pastor ... Aber ich muß Sie enttäuschen: Gregor ist nicht zu sprechen.

Da war also das Bild; und da war die Stimme.

– Ist er nicht da? wagte Ingrid gegen die unterschwellig errichtete Mauer der Diskretion zu fragen.

– Er schläft noch.

Ingrid schaute auf die Uhr. Es war kurz vor drei. Frau Sander, die keinerlei Bewegung machte, ins Haus einzuladen, kam der Nachfrage zuvor:

– Er ist spät nach Hause gekommen; und morgen zur Arbeit soll er ja ausgeschlafen sein.

– Natürlich, konnte sich Ingrid nicht bezähmen, im Vollton der Ironie zuzustimmen.

In diesem Moment tauchte hinter der Frau eine Gestalt in einem modischen Trainingsanzug auf, die Ingrid nicht sogleich identifizieren konnte, weil sie von dem Eis fasziniert war, das diese Gestalt in der Faust hielt. Nun, das war also Volkmar Sander, der Kirchenvorstand, am Sonntagnachmittag gemütlich daheim mit seiner schönen Frau, während Sohnemann noch von seinem Sonnabend hingestreckt lag.

– Wir können Gregor leider nicht wecken, sagte er, ohne Ingrid zu begrüßen (und als hätte er sie nie verzweifelt aufgesucht), mit großer Zunge an dem Eis leckend.

– Nein, sagte Frau Sander: Er soll ausschlafen.

Der Ton klang nicht danach, daß nun noch irgendwelche Einwände möglich sein konnten. Und nicht einmal Ingrids faszinierter Blick auf das Eis, das Sander wie sein Glück auf der Faust trug, konnte irgendetwas ausrichten.

– Wir haben es noch immer nicht allegekriegt, sagte die schöne Frau. Jetzt müssen wir eben öfter lutschen.

– Schmeckt gar nicht so schlecht, sagte Volkmar Sander mit einem Lausbubenblick seiner braunen Augen.

Einen Augenblick lang dachte Ingrid an eine gespaltene Persönlichkeit, so überrascht war sie über diesen Mann, der hier ein ganz anderer war als bei ihr im Büro und auf dem Zeitungsfoto. Etwas Haustierhaftes ging von ihm aus. Er hatte jetzt sein Eis und schmatzte und gab vielleicht ein paar Sätze von sich. Das Jäger-Männliche und die Tränen, der Nistkasten-Erbauer und der bestürzte Vater, das war hier zugunsten des kleinsten gemeinsamen Nenners abgelegt, so daß er bequem überall dabeisein konnte.

– Tja, sagte Ingrid, da die Sanders ihr nicht einmal ein Eis anboten: Wenn Gregor nicht geweckt werden darf, dann geh ich mal wieder.

– Tut mir leid, sagte Frau Sander, und ihr Mann sah mit seinen braunen Augen, am Eis schleckend, über seine Frau auf Ingrid herab, mit einem Blick, der nichts wissen wollte und heute nur die Kraft zum Schauen beim Eisschlecken aufbrachte. Groß war er ja, wie er da hinter seiner Frau stand und sich nicht auf die Zehenspitzen stellen mußte, um verständlich zu machen, daß er einmal geheiratet worden war.

– Geht es denn mit Gregor besser? konnte Ingrid sich doch nicht verkneifen zu fragen.

– Mit Gregor geht es bestens, antwortete Frau Sander und zog schon die Tür zu sich heran, als wollte sie sie im nächsten Moment schließen, gleichgültig was noch von Ingrid käme. Entweder Unverschämtheit oder Instinkt, dachte Ingrid, oder eben beides. Jedenfalls sah das nicht gut für eine alleinstehende Pastorin am Sonntagnachmittag aus.

– Also gut, grüßen Sie ihn, und sagen Sie ihm bitte: es wird mir schon noch mal gelingen, ihn zu sprechen, sagte Ingrid und wandte sich zum Gehen.

– Na, sagte Frau Sander noch. Dann war die Tür zu, ging aber, als Ingrid schon ein paar Schritte fortgemacht hatte, noch einmal mit Schwung auf.

– Auf Wiedersehen, Frau Pastor. Und vielen Dank! rief Volkmar Sander, noch immer sein Eis fest in der Faust.

Mit einer Kanne Kakao und ihrem Lieblingsbecher setzte sich Ingrid in die Bibliotheksecke, um an dem geretteten Sonntag noch etwas Gutes zu tun. Auf der Suche danach ließ sie ihre Augen über die Bücherrücken wandern, bereit, beim geringsten Impuls zuzugreifen und zu lieben. Der Impuls wurde von dem orangefarbenen Rücken eines Dissertationsdrucks ausgelöst, den sie vor einiger Zeit bestellt und nach einem halbstündigen Anlesen mit Frohlocken als Versprechen ins Regal gestellt hatte. Schon der Titel half beim Meistern eines Tages: »Der unauffindbare Einsiedler«.

Sie nahm das Buch heraus und machte es sich im Sessel bequem. Bevor sie der Reihe nach lesen wollte, versuchte sie es mit einem Glückstreffer. Und sie hatte Glück. Während sie die Zeilen las, breitete sich ein wohliges Gefühl in ihrem Körper aus:

»1 Auf meinen Stock gestützt gehe ich Einsiedler aufsuchen;
2 Die verwilderten Wege sind seit den ältesten Zeiten schwer zu begehen.
3 Die Höhle der Felswand zeigt keine Hütte zum Wohnen;
4 Doch aus dem Innern des Berges dringt Lautenspiel an mein Ohr.
5 Schimmernder Schnee ruht auf der Nordseite des Berges;
6 Rote Blüten glänzen im südlichen Wald.
7 Die über Steine sprudelnde Quelle scheint Edelsteine emporzuwerfen;
8 Klein Fische steigen darin auf und nieder.
9 Nicht nur Streich- und Blasinstrumente,
10 Auch die Giesbäche der Berge lassen Töne herrlicher Reinheit erklingen.
11 Wozu sollte man noch auf Pfeifen und Singen warten?
12 Kommen doch aus dem Urwald von selbst rührende Klänge hervor.
13 Die Chrysanthemen des Herbstes (erfreuen nicht nur das Auge, sondern) dienen gleichzeitig auch als Speise;

14 Versteckte Orchideen werden gepflückt und damit der doppelte Rockaufschlag geschmückt.
15 Ich bleibe zögernd stehen, denn die kraft meiner Beine ist (infolge der Mühen meines Amtes) erschöpft;
16 Ich möchte zeitweilig meine Amtsmütze (mit ihrer Haarnadel) wegwerfen (und mich in diese Einsamkeit zurückziehen).

Das Thema des Gedichts steht bereits in der Überschrift und in dem Eingangsvers: es ist der Besuch des Gedichtsprechers beim Einsiedler. Der Exposition dieses Themas im Eingangsvers folgen eine Fülle von Naturbeschreibungen. Um mit Kubin zu sprechen, rückt hier in der Beschreibung der Einsiedelei und der Sehnsucht nach dem Einsiedlerleben die Natur sowie deren Preis in den Mittelpunkt.«

Das war, ohne die Anmerkungen, die Seite 83. Vielleicht ihre Liebslingszahl demnächst, so wie die Dissertationsdrucke manchmal ihre Lieblingslektüre waren, weil sie die reine und unbedingte Atmosphäre des Studierens in ihr wachriefen. Natürlich mußte die »kraft« mit einem großen K geschrieben werden, und in Vers 8 waren es Kleine Fische. Die Verszählung war auch so etwas. Gleich konnte man sich orientieren. Und dann die neugierig machenden Vokabeln: das Lautenspiel, die doppelten Rockaufschläge, die Haarnadel und natürlich die Amtsmütze. Am liebsten hätte sie sich sofort in diese Stelle des Buchs versenkt. Aber sie wollte doch ordentlich und diszipliniert vorgehen und schlug das Buch zu, um zuerst nach dem Namen des Autors zu sehen: Goatkoei Lang-Tan. Ein Ausländer, der in Deutschland studiert hatte. Ein koreanischer Kommilitone trat ihr vor Augen – und dann, mit einem kleinen Schock – und ja nur wegen seines Namens: Pierre. Pierre, bei dem sie das Meditieren zu lernen versucht hatte, sie mit all ihrem Adorno im Kopf. Nach ihrer ersten Pfarrstelle aufgebrochen, um doch noch so etwas wie eine ekstatische Identität zu erreichen. Sie sah Pierre in seinen Sandalen und in der Kutte vor seinem Felsen, fast so, als wäre er der Einsiedler, von dem sie eben gelesen hatte. Was mochte aus ihm geworden sein? Jahrelang hatte sie nichts von ihm gehört. Irgendwann während der langen Geschichte ihrer Gestalttherapie war er ihr zum Inbegriff und dann wieder zum Schemen geworden – und dann abhanden gekommen.

– Es war einfach so, murmelte sie, daß sich zu viele andere Körper vordrängten, Pierre. So viele aktuelle Körper.

Da hatte sie Pierre und seine Klosterzelle ganz tief in sich vergraben, obwohl vielleicht einmal ganz etwas anderes das Ziel gewesen war.

– Nun denn, sagte sie und trank tapfer den ersten Becher auf einen Zug leer: Fangen wir an!

Der dritte Versuch überkam Ingrid eines Abends. Sie war auf dem Nachhauseweg von einem Krankenbesuch. Von einer Heidin zurück, nannte sie es bei sich. Die 79jährige Frau war seit über vierzig Jahren nicht in der Kirche gewesen. Bald nach Ende des Nazi-Reichs hatte sie ihre Kirchenbesuche aufgegeben. Als die Menschen das Singen in den Kirchen verlernten.

– Als sie ihre Gottes-Stimmen verloren, sagte die Eigensinnige. Denn sie war, wie ihr damals bewußt geworden war, eigentlich immer nur wegen der Gottes-Stimmen der singenden Menschen in die Kirche gegangen, also nur eine Heidin.

– Aber dann sind Sie doch keine Heidin! hatte Ingrid protestiert, gerührt von der Vorstellung, wie eine junge Frau, jünger als sie, von Hunger und Entbehrung schlank, in einer rammelvollen Kirche auf die Gottes-Stimmen lauschte.

– Doch. Heidin! beharrte die fast bewegungsunfähige Frau: Davon verstehen Sie nichts!

Sonst sollte sie die Sterbenden noch rasch christlich alphabetisieren, damit sie mit einer zusammengerafften Grundausrüstung die große Reise antreten konnten. Und hier wollte eine loswerden, daß sie eine Heidin war! Und obwohl Ingrid versuchte, mit der alten Dame in ein vernünftiges Gespräch zu kommen, konnten sie sich nicht verständigen. Die Ästhetik ihres Christentums, die Schönheit des Gesangs und die gerührte Seele, ließen die alte Dame nicht los: daß sie einst so oberflächlich und dann so eitel und verblendet gewesen war, eben eine Heidin. Daneben ließ sie nichts Tröstliches gelten.

In der Dunkelheit kam Ingrid an der Mauer vor der Sparkasse vorbei, wo oft die Jugendlichen saßen, rauchten, Bier tranken und den Passanten ihre Meinung sagten. Die Knackstelle der Gemeinde, in der Dunkelheit von allen Ängstlichen gemieden. Sie aber, als sie hinter den glühenden Punkten auch Gregor auszumachen meinte, bog hin und setzte sich auf ein freies Stück Mauer.

Man hatte geschwiegen, als sie nähergekommen war; und man schwieg auch jetzt, nachdem sie sich niedergelassen hatte. Sechs, sieben Jugendliche, vier Raucher, zählte Ingrid schnell. Wie lange war es her, daß sie so alt war wie diese. Wie diese, das war der Pharisäerton aus der Bibel: Herr, laß mich nicht sein wie diese! Eben noch hatte sie sich am Krankenbett der Sterbenden mit der jungen Frau identifiziert, die Gottesdienste wegen des Gesangs besucht hatte. Das war eine Vorstellung voller Töne, denn sie hörte dazu alte Plattenaufnahmen von Weihnachtsliedern, die jubilierenden Vogelstimmen der Nachkriegsfrauen und die Klangkörper von Baß und Bariton, in denen Orgel und Glocken nachschwingen. Und jetzt saß sie mit dem ängstlichen, trockenen Pharisäerton im Ohr neben den Jugendlichen und setzte ein Schweigen gegen das andere.

– Ich hab gehört, jetzt kommen schon die Vorkonfirmanden und auch noch Jüngere zu euch in den Jugendraum, sagte sie schließlich, um überhaupt etwas zu sagen. Und sofort bereute sie es, weil so ein vermaledeiter Moralton daraus trompetete, den sie selbst nicht leiden konnte. Aber wie anders konnte man heute ein Gespräch mit Jugendlichen anfangen?

– Ah ja, sagte schließlich eine Stimme, zwei, drei Meter weiter. Die nächsten fühlten sich wohl nicht angesprochen.

– Seid ein dauerhaftes Gespräch, sagte sie; aber darauf reagierte gar keiner, so daß man die Geräusche vom vorbeifahrenden Verkehr und aus den umliegenden Häusern hörte: das heranbrandende Zivilisationsmeer.

In der Tat schwer, sich daneben zu einem längeren Satz aufzuraffen. Ingrid stellte sich das Sprechen hier auf der Mauer als ein Herausspucken von Stummelsätzen vor, das nach Jahren irgendeinen Sinn vermitteln mochte, aber nicht auf Anhieb und nicht ihr. (Es war ihr ein Rätsel, warum sich die Jugendlichen so gern in die Nähe von Lärm begaben.) So brach sie den Versuch ab mit dem Satz:

– Also paßt ein bißchen auf die Kleinen auf!

Als sei das der Zweck ihres Platznehmens gewesen.

Man ließ sie ziehen.

Der nächste Versuch war eigentlich gar kein Versuch. Am Montag mittag, kurz vor Geschäftsschluß, wartete Ingrid an der Kasse des Supermarktes, um schnell noch zwei Schachteln Quark, eine rote Paprika und eine Dose Pfirsiche zu kaufen. Sie wollte Kartoffeln mit Quark und dazu Paprika essen – und danach, um sich am Ende eines gesunden Mahls was Gutes zu tun und um Frau Philipp, die montags nach dem Saubermachen noch bei ihr aß, mit dem schnellen Essen zu versöhnen: noch ein, zwei kalifornische Pfirsiche. Sie war in Gedanken schon mit Zubereiten und Tischdecken beschäftigt und hörte die eine oder andere Bemerkung, die sie mit Frau Philipp wechseln würde. Hier an der Kasse galt es ja auch, rasch und reibungslos zu funktionieren. Wer tatsächlich ein Gespräch anfangen oder auch nur ein wirkliches Wort wagen wollte, wurde sofort von dem alles durchherrschenden Geist beiseitegedrängt, als wolle er ja nichts. Nicht einmal aus bösem Willen einer bestimmten Person oder des Personals. Da waren recht nette, aufgeweckte Menschen dabei. Es paßte einfach nicht. Und deshalb beschränkte man sich auf die Jagd nach den Kaufobjekten und ließ die Blicke im übrigen abgleiten.

Doch als ihr Vordermann an der Reihe war zu zahlen, da, aus irgendeinem Impuls heraus, sah sie an der Lederjacke hoch, sah das blond gefärbte und steil gekämmte Haarbüschel – und erkannte Gregor.

Der also wohl nicht bei der Arbeit war. Denn Montag mittag …

Und wie es der Zufall oder ihr Gott wollte: Während sie noch den kahlen Nacken über dem Kragen der Lederjacke betrachtete und über Gregors gewöhnlichen Montag mittag nachsann, dabei übrigens versäumte, ihre drei Sachen aus dem Wagen auf das Förderband zu legen, hörte sie, wie sich die Frau an der Kasse, die sie nicht mit Namen kannte, weil sie aus einem Nachbarort war, verrechnete, jedenfalls für die paar Sächelchen, die Gregor zusammenräumte, eine zu hohe Summe nannte. Und da Gregor sich ohne jede Gegenwehr daran machte zu zahlen, mischte sie sich ein und fragte:

– Stimmt denn das?

Worauf die Kassiererin noch einmal nachrechnete und die Summe um achtzehn Mark nach unten korrigierte, ohne sich mit einem Wort oder auch nur einer Miene zu entschuldigen, so daß auch Ingrid nicht hätte sagen können, ob das nun ein Versehen oder ein Betrugsversuch oder eine Strafe für den gewalttätigen Gregor gewesen war. Was es auch immer gewesen war, es wurde mit einem Achselzucken, das aber ganz unsichtbar blieb, einfach aufgegeben. Und auch Gregor zahlte den nun geforderten Betrag völlig gleichmütig. Kaum daß er sich ein wenig zu ihr umgedreht hatte. Und natürlich bedankte er sich nicht.

Am liebsten hätte Ingrid gesagt: Komm, wenn es dir so egal ist, dann spende den Differenzbetrag für die Hungernden in Äthiopien oder für die verelendenden Russen oder meinetwegen für unsere neue Kirchenglocke. Aber nun war sie dran und mußte auf die Ungeduld der Kassiererin reagieren; und bis sie bezahlt hatte, war Gregor mit seinem gekauften Kram längst draußen und über alle Berge.

DIE KIRCHE IM DORF

Matthias hat Gregor oft von Wehringer, dem Geschäftsmann, erzählt. Irgendwie begegnet er ihm immer. Kaum ist er in der Kreisstadt, kommt ihm ein Mercedes entgegen, aus dem ihn Wehringer ansieht. Obwohl der ein kleiner schmaler Fünfzigjähriger ist und wie eine Maus hinter dem Steuer sitzt, fällt er Matthias sofort auf. Und auch Matthias muß Wehringer auffallen, denn als Matthias einmal in Wehringers Geschäft einkauft, fragt der ihn:

– Ich hab Sie doch eben in der Schillerstraße gesehen?

– Ich Sie auch, sagt Matthias darauf; aber es geht ihm absolut auf den Keks.

– Ich kann ja nicht mehr in die Stadt, ohne auf diesen Typen in seinem Mercedes zu stoßen. Klar, das fällt auf, so ein Kleiner in so einem großen Schlitten. Der hat ganz schön Knete, sagt Matthias: Und zu tun hat er wohl auch nichts, wenn er pausenlos in seinem Mercedes umherrauscht.

– Brüstet er sich denn? fragt Gregor.

– Brüsten? Der ist viel zu klein zum Brüsten. Der macht sich mausig! Der ist einfach zu viel anwesend.

Und eines Tages fügt Matthias hinzu:

– Wenn der mal aus seinem Mercedes rauskommt, dann mach ich ihn noch kleiner.

Seitdem gehört die Drohung zu seinen Berichten von den Treffen mit dem mausartig hinter dem Steuer seines Mercedes hockenden Wehringer, den Matthias: abstrafen will. »Abstrafen« – das Wort hat er aus irgendeinem Zusammenhang geklaut, weil er es geil findet. Es ist einfach so, daß er es nicht länger dulden will, daß ihm dauernd der Wehringer in seinem Mercedes begegnet, ohne abgestraft zu werden.

Am Morgen, während Matthias mit hochgeklapptem Visier in die Stadt rollte, sah er, wie Wehringer an den Grünanlagen seinen Mercedes abstellte und ausstieg. Sofort setzte Matthias mit einem scharfen Schwung auf die andere Straßenseite, ließ das Visier herab und sprang von seiner Maschine. Mit wenigen Sätzen war er bei dem kleinen Mann, der ihm aber nach dem ersten Schreck mit der Wendigkeit einer Maus wieder entwischte und in die Parkanlagen lief, wo einige Passanten spazierengingen. Matthias setzte ihm nach, an den Nasen der verdutzten Parkbenutzer vorbei, schnappte sich den kleinen Wehringer, warf ihn nieder und trampelte nach einigen strengen Tritten auf ihm herum, bis der sich nicht mehr rührte. Dann lief er zurück zu seiner Maschine und brauste davon. Alles vor etwa einem Dutzend Zeugen, die wie angenagelt auf den Parkwegen standen und keinen Laut von sich gaben. Nun, immerhin konnten zwei bei der Aufnahme des Tatbestandes durch die Polizei so ausführliche Aussagen machen, daß Matthias noch am selben Tag festgenommen wurde. Diesmal setzte man ihn nach der Einvernahme nicht wieder auf freien Fuß. Wehringer war wenige Stunden nach dem Überfall in der Universitätsklinik gestorben, ohne das Bewußtsein wiedererlangt zu haben.

Am Abend, nachdem die Nachricht von dem Überfall im Radio gesendet worden war, klingelte es an der Tür des Pfarrhauses, und als Ingrid öffnete, stand Gregor da, eine Reisetasche in der Hand.

Ingrid war so überrascht über das plötzliche Auftauchen des Menschen, mit dem sie schon seit Tagen ins Gespräch kommen wollte, daß sie ihn nur anstarrte.

– Kann ich reinkommen? fragte Gregor.

– Entschuldige, sagte Ingrid.

Sie steuerte auf das Pfarrbüro zu.

– Komm erst mal, sagte sie.

– Wo waren wir stehengeblieben? fragte sie, ohne die Stimme zu erheben.

– Ich kann bei meinen Alten nicht bleiben. Und zu Kirsten darf ich nicht wegen der Eltern, erklärte Gregor.

Automatisch sah sich Ingrid um, ob Gregor zur Not im Pfarrbüro schlafen konnte. Aber da standen nur das, von einem Vorgänger wohl aus Nostalgie gekaufte, hochlehnige Zweisitzer-Sofa und der Kiefernholz-Dreisitzer im Karo-Muster aus dem Skandinavien-Look der 70er. Nicht zum Liegen empfohlen. Bequem waren die Sessel ...

– Also, ich muß erst mal meine Gedanken sortieren, sagte Ingrid: Ich mach uns einen Tee.

– Trinken Sie Tee? fragte sie gleich darauf, mit einem Anlauf ins Siezen wechselnd, weil es besser zu dem jungen Mann paßte, der noch immer seine häßliche kackbraune Tasche wie einen Schandfleck in ihr Pfarrbüro hielt.

– Hab ich schon mal getrunken.

Den Kopf voller merkwürdig langsam schweifender Gedanken (als wäre sie seit Jahren in einem überheizten Raum ...), zerfurchte Ingrid mit den Zähnen die Lippen. Eine Gebärde, die sie mochte. Wandte sich dann doch dem Teekessel auf dem kleinen Kocher zu, mit dem sie für ihre Besucher das Zubereiten des Tees zelebrierte, um sich für das Gespräch zu sammeln und genug Gleichmut zu gewinnen.

Das Wasser spritzte in den gußeisernen Kessel, die Flamme flammte auf, die Elemente grüßten. Gern hätte sie ihren Eindrücken nachgehangen, um diese Gewaltexplosion emotional einzuholen, aber dazu war wieder mal keine Zeit.

– Hast du schon Abendbrot gegessen?

– Kein Hunger, antwortete Gregor, der mit niedergeschlagenen Augen dazustehen schien, jedesmal aber, wenn sie sich nach ihm umdrehte, zu ihr sah. Wozu sie nur schweigen konnte.

– Ich könnte nachher ein Spiegelei braten, sagte sie schließlich, erschrak aber sofort über ihr Angebot.

– Nicht nötig.

– Es macht mir nichts, murmelte sie.

Inzwischen begann das Wasser zu wallen. Gleich gab es Tee; dann konnte sie noch in das Ritual der ersten Schlucke flüchten. Aber dann mußte die Entscheidung auf den Tisch.

– Nehmen Sie Kandis oder Zucker oder Milch? fragte sie.

– Ist mir nicht wichtig, sagte er gewählt.

– Nicht wichtig? Aber das ist wichtig! sagte sie im Brustton ritueller Erfahrung.

– Also gut, ich geb Ihnen den Tee pur ... Und wenn er Ihnen nicht schmeckt, dann können Sie dazutun, was Sie mögen. Es ist alles da.

– Sowieso, sagte er, und es klang ein wenig irritierend.

– Bitte?

Etwas an seinem Ton und an seiner Ausdrucksweise mahnte sie, den Jungen nicht zu unterschätzen. Er hatte die Mittlere Reife und ein BGJ-Jahr hinter sich und war nun im ersten Lehrjahr ...

Sie schenkte den Tee in die Schälchen und trug sie auf dem von ihrer Großmutter geerbten Tablett hinüber zum Tisch.

– Der erste Schluck, sagte sie und hielt Gregor ein Schälchen hin. Aber der fand keinen Henkel und konnte das Schälchen nicht annehmen. So stellte sie es vor ihn auf den Couchtisch. Und auch ihres stellte sie hin und nahm es dann erneut auf, damit er sehen konnte, wie man so etwas macht ... Tee schlürfen und lächeln.

Aber erst einmal stellte sie ihr Schälchen wieder ab, um die Kanne zu holen, aus der sie nur abgegossen hatte, damit beim Hintragen zum Tisch kein Tee herausschwappte. Nun noch Milch, Kandis, Zucker – und die Vorbereitungen für ihr kleines Ritual waren abgeschlossen. Sie setzte sich, forderte Gregor mit einer Gebärde auf, es ihr gleichzutun, nahm einen Schluck, der das Schälchen glücklich leerte, und seufzte vorbildlich. Mit einem Blick vergewisserte sie sich, daß ihr Gast noch nicht getrunken hatte, und schenkte sich aufmunternd nach, jene Ruhe in den Fingern, auf die alles im Leben hinauslaufen sollte.

– Nun erzähl mal der Reihe nach, sagte sie, mit dem Ausatmen, so daß sich wohl etwas Friedliches übertrug.

– Was soll ich erzählen, sagte Gregor: Da läuft immer derselbe Film.

– Ich kenne den Film aber nicht.

– Ist auch nicht nötig. Wenn er vorbei ist, ist er vorbei, ließ sich Gregor mit einem Philosophieansatz vernehmen.

– Du willst sagen: Mit dem Film ist auch das Verhältnis zu deinen Eltern vorbei? fragte Ingrid vorsichtig.

Das war nicht der richtige Anfang, aber wahrscheinlich gab es hier überhaupt keinen richtigen Anfang.

– Mein Vater kann enorm schreien, sagte Gregor.

– Und deine Mutter?

– Die ist ins Schlafzimmer gegangen ... Die kann das Geschrei auch nicht ab.

– Wer kann schon Geschrei ab, versuchte es Ingrid mit einer Identifikation.

Gregor stülpte zur Antwort die Unterlippe vor.

– O.K., sagte Ingrid: Du kannst erst mal in meinem Gästezimmer schlafen.

Es regnete in Strömen, Katzen und Hunde, wie die Engländer sagen; und an einem solchen Tag jagt man keinen Hund vor die Tür. Wenn sich auch in der deutschen Wendung vor allem die berechtigte Tierliebe dokumentieren mochte, war sich Ingrid, als sie das Sprichwort vor Gregor zitierte, bewußt, daß es für einen Menschen eine Versuchung darstellen mochte, es noch besser als ein Hund zu haben. Nie aber hätte sie damit gerechnet, daß Gregor sofort zum Telefon gehen und sich mit erkälteter Stimme bei seinem Chef für heute und eventuell morgen krankmelden würde ...

Der Kaffee war fertig, ein paar Toasts lagen im Brutkästchen (wie sie in Tradition eines Freundes, sie hatte nur vergessen: welches Freundes, den Warmhaltekorb für Toastscheiben und Brötchen nannte, den ihre Eltern als erstes Geschenk in ihre Studentenbude gebracht hatten und dem sie treugeblieben war wie einem Teddy). Sogar zwei Eier hatte sie gekocht, um sich, wie immer mittwochs vorm Konvent, und somit notgedrungen auch den andern zu verwöhnen.

Der andere, das war in ihren Studentenzeiten etwas Emphatisches gewesen: eine abenteuerliche Möglichkeit des Wunderbaren; wie man sah, war auch davon, im Zeitalter der Asylanten- und Flüchtlingsströme, nur eine eher unangenehme Banalität übriggeblieben ...

Mit dem festen Vorsatz, sich erst mal nicht weiter um Gregor zu kümmern, setzte sie sich an ihren Platz und überließ sich ihrer Frühstücksroutine, während es draußen immer mehr Katzen und Hunde regnete, so daß man von dem Rest der Welt nur noch Schemen zu sehen bekam. Das würde eine gräßliche Fahrt werden. Ein Blindflug! Sie wollte dem Wort nachhängen, da meinte sie, etwas zu hören, und schreckte hoch.

– Haben Sie was gesagt? fragte sie.

– Ich hab gefragt, ob Sie keinen Zucker haben! sagte Gregor und sah sie mit einem Stirnrunzeln an, als müßte er eine jüngere Schwester zur Ordnung rufen, weil sie das Frühstück und überhaupt das ganze Leben nicht richtig serviert hatte.

– Ich nehm keinen Zucker, erklärte Ingrid und erhob sich seufzend, um den Zucker aus dem Schrank zu holen: Man kriegt Karies, fettes Blut und Durst, das ist alles.

– Ist mir egal, sagte Gregor, der darauf bestand, bei seinen Gewohnheiten zu bleiben.

– Also los, sagte Ingrid resigniert und schurrte die Zuckerdose über den Tisch Richtung Gregor, der sie geschickt abfing und sich in betont großen Portionen mit dem Süßen versorgte. Da sie einmal stand, wagte sie die Frage, wohl mit dem unterschwelligen Wunsch, nach Erledigung dieser lästigen Pflicht in Ruhe frühstücken und sich für Gregors Gegenwart, aber auch für den Konvent stärken zu können:

– Sollten wir nicht deine Mutter anrufen? (Den Vater erwähnte sie instinktiv nicht; der war vielleicht dummer Hund genug gewesen und hatte sich bei diesem Wetter zur Arbeit jagen lassen.)

– Kommt nicht in die Tüte, sagte Gregor (ausgerechnet Gregor dies Wort ihrer Mutter!) und begann, ohne aufzusehen, Milch über die gezuckerte Einheit aus Weetabix und Corn-flakes (die sie zur Auswahl auf den Tisch gestellt hatte) zu schütten …

– Lesen Sie nicht zum Frühstück? fragte Gregor, mit einem Nicken hin zur Konsole, wo die Zeitung lag. Er schien davon auszugehen, daß jeder mit Abitur selbstverständlich zum Frühstück Zeitung las.

– Wenn ich zum Frühstück lese, dann ein bis drei Seiten Klassiker, sagte Ingrid lässig.

– Klassiker … was? fragte Gregor, während draußen plötzlich Donner tönte. Inzwischen war der Regen in eine Mischung aus Hagel und Schnee übergegangen und legte sich auf die Scheiben.

– Wir werden zugemörtelt, sagte Ingrid, in Erinnerung an ein Kind, auf dessen Namen sie nicht kam, das sie aber wohl vor ein paar Tagen während eines Taufgesprächs kennengelernt hatte, als ältere Schwester des Täuflings. Sie hatte mit den Eltern über die Bedeutung der Taufe gesprochen, als hätten sie alles, was sie damals zur Taufe des älteren Mädchens gesagt hatte, vergessen;

hatte ihnen wieder die Broschüren überreicht und sie gefragt, ob sie diese Taufe des Kindes ernsthaft wollten. Und wie ein Leitmotiv dazu hatte das Kind vom Mörteln gesprochen, ein dreijähriges Mädchen, das von dieser Art des Zusammenbackens ganz fasziniert war. Und schließlich war sie selbst sich ganz zugemörtelt vorgekommen ...

– Klassiker ... von was? fragte Gregor geduldig nach. Er hatte grau-grüne Augen.

– Klassiker? fragte Ingrid zerstreut.

– Hören Sie nicht, was Sie sagen?

Gregor schien ihren Morgenmenschen nicht zu mögen; aber so war der nun mal. So früh mochte sie am Stück nicht für andere dasein, sondern wollte sich erst einmal selbst einkriegen. Das mußte man akzeptieren; oder man ließ es und verschwand.

– Ich geb's auf, sagte Gregor und nahm die Zeitung von der Konsole.

Schon bald richtete er sich mit einem Kichern auf und sagte:

– Hier!

Wie ein übereifriger Melder in der Schule (und viel lebendiger als Ingrid ihn bisher erlebt hatte). Dann las er, ohne sie um Erlaubnis zu fragen, einfach dreist vor:

»MASKIERTE SKINHEADS ÜBERFALLEN KIRCHENGEMEINDE. Einbeck. Drei Skinheads haben am Dienstag abend ein Treffen des evangelischen Stadtjugendkonvents Einbeck überfallen und dort zwei Menschen ins Gesicht geschlagen. Nach Angaben der Polizei waren drei maskierte Männer in die etwa 15 Personen umfassende Versammlung gestürmt und hatten ›unverständliche‹ Parolen geschrien. Einen 28 Jahre alten Diakon schlugen sie ebenso mit der Faust ins Gesicht wie einen zwölf Jahre alten Jungen, der an dem Treffen teilgenommen hatte. Danach flüchteten sie. Nach ersten Erkenntnissen der Polizei handelte es sich bei den Schlägern um Skinheads im Alter zwischen 16 und 20 Jahren. Die Fahndung nach ihnen verlief bisher erfolglos.«

– Warum liest du das vor? fragte Ingrid.

Sie wollte ihm nicht den Gefallen tun und wie ein aufgescheuchtes Huhn in Schreckensschreie ausbrechen, weil nun offenbar schon kirchliche Einrichtungen angegriffen wurden.

– Der an dem Treffen teilgenommen hatte, wiederholte Gregor: Also war nach dem Besuch der drei das Treffen wohl zuende. Eine grammatische Spitzfindigkeit, mit der er seine Genugtuung kundtat.

– Offensichtlich, sagte Ingrid ruhig: Gewalt beendet meist.

– Gar nicht schlecht von der Gewalt, oder?

– Ich mag Gewalt nicht, sagte Ingrid so schlicht wie möglich. Es sollte jetzt kein moralischer Ton aufkommen. Die künstliche Erregung, nach Fernsehberichten und Zeitungsartikeln, ohne daß man betroffen war oder wenigstens die Tatsachen zweifelsfrei kannte: das war ja das, was Menschen wie Gregor provozieren wollten, um es danach verachten zu können. Denn der Schmerz, den sie kannten, der fand hier statt, ganz in der Nähe. So schlau war Ingrid inzwischen auch.

– Gewalt ... geiles Wort für die zwei Ohrfeigen, bemerkte Gregor.

– Woher, schnappte Ingrid mißtrauisch zu, weißt du, daß es zwei Ohrfeigen waren?

– Ich geh mal aufs Klo, sagte Gregor statt jeder Antwort, stand auf und nahm die Zeitung mit hinaus.

Wenn Ingrid etwas haßte, dann Männer, die mit Zeitungen aufs Klo gingen. Sie hatte vor Jahren deshalb eine Wohngemeinschaft verlassen. Weil die Männer nach dem Frühstück immer mit den Zeitungsseiten, die sie ergattern konnten, aufs Klo gegangen waren. Sie aber wollte nicht später am Tag Zeitungen lesen, mit denen Männer auf dem Klo gesessen hatten, womöglich noch rauchend. Es kam ihr dann so vor, als würde die ganze Welt davon besudelt. Jede Nachricht wurde zu einer Nachricht, neben der man scheißt, nein, sie korrigierte den Ausdruck, weil sie den naiven wie den betonten Gebrauch dieses Worts ablehnte: neben der man sein Geschäft verrichtete … Die Geschäfte der Welt und die Geschäfte des Klos. Und dazu rauchen, Herr Brecht! Wehe, wenn Gregor rauchen würde! Sie nahm sich vor, ihm in Zukunft das Mitnehmen ihrer Zeitung auf die Toilette zu verbieten. Sollte er sich doch selbst eine kaufen. Ja eigentlich verletzte sie schon die Vorstellung, daß er ihr Klo, die Nachbarschaft ihrer Sachen für solch eine Sitzung mißbrauchte. Es war eine Verunreinigung ihrer Welt. Männer! Nicht, daß sie, was Klo-Gelegenheiten anging, zimperlich war. In Pierres Meditationszentrum waren die sanitären Anlagen weiß Gott nicht appetitlich gewesen, und wenn nicht sie sich, halb freiwillig, halb als eine Art Morgengabe, um die Sauberkeit dieser Örtlichkeit gekümmert hätte, dann wäre es eine Katastrophe gewesen (im Gegensatz zu dem, was man immer von Zen-Klöstern las!). Obwohl doch die Meditierenden das Leben in allen seinen Aspekten bewußt auf sich nehmen wollten. (In den Meditierenden stecken die Tiere, hatte sie zu Pierre öfter scherzhaft gesagt.) Und sie wischten und fegten ja auch; und sie eben an gewissen Orten … Alter Ärger stieg in ihr hoch und verdarb ihr den Rest des Frühstücks. So begann sie denn abzuräumen, egal ob Gregor fertig war.

Der Schneeregen hatte sich schließlich doch noch in Schnee gewandelt, und jetzt war es draußen weiß. Alle hatten das Kreiskirchenamt rechtzeitig und wohlbehalten erreicht und lauschten in der kleinen Kapelle dem Gebet und der Auslegung des Wochenspruchs. Der Superintendent hatte eine angenehme Stimme; sein weißes Haar erinnerte an den Schnee, der draußen aufgeschichtet wurde. Noch durch das Buntglas sah man die großen nassen Flocken herabtaumeln. Vielmehr sah man ihre Schemen; dann machte sich die Vorstellung stark. Der Schnee schenkte neue, klare Bilder. Was im Alltag überladen worden war im Laufe der Zeit, vollgestellt, zusammengepreßt – das wurde nun, wie früher im Winter, mit einer weißen Schicht überzogen und mit jeder Minute mehr eingeebnet. Die Seele atmete auf und vernahm leichter das Wort Gottes. Denn was ist das Wort Gottes anderes als das Gebot des Zusammenklangs. Liebe und Einordnung, die Wahrnehmung der anderen als Mitgeschöpfe, als Schwester und Bruder. Und in einer Schneelandschaft verstand man (wie vielleicht nur noch in der Wüste, fügte Olrich bedeutsam hinzu) auch leichter den Sinn der Jungfrauengeburt Jesu, über die sich nun wieder einmal die Katholische Kirche zu entzweien drohte. Es fiel der Name Drewermann. Der Superintendent erinnerte an das dogmatische Pathos der Protestanten; und indem er von dem Furor dieses Mannes sprach, gab er zu verstehen, daß man jetzt doch eigentlich in einer milderen, ökumenischen Zeit angelangt sei, einer Zeit übrigens, in der, gerade angesichts der vereinzelt aufbrechenden Barbarei, die vereinten Kräfte aller Menschen guten Willens gefordert waren, nicht ihre dogmatische Zersplitterung. Um auf die Jungfrauengeburt und den Schneefall zurückzukommen. Es ging darum, daß dieser Menschensohn nicht in eine sündige menschliche Vorgeschichte verstrickt sein wollte. Der Gedanke sollte sein (vielmehr: die helfende Erleuchtung): Jesus, Gottes (das heißt des höheren, reinen Zusammenhangs) Sohn, nicht der Erbe eines kleinlichen Verdachts. Denn natürlich schloß die Jungfrauengeburt an das Gebot der Unberührtheit vor der Ehe an. Es sollte sichergestellt sein, daß die sexuelle Verstrickung, die tragische und zugleich triviale Geschichte der Menschen nicht seine ihn mitbedingende Vorgeschichte sein sollte. Er kam als ein Neuanfang, als die wiedergewonnene Reinheit, ein weihnachtlich-winterlicher Segen (auch wenn im Lande seiner Geburt der Schnee nicht gefallen sein mochte). Wie schön sind die ersten, in den Schnee gestapften Spuren! Wie läuternd ist das Leiden in der Wüste! Denken wir doch an die Gegenbilder der Verstrickung, an sündige Verflechtungen. Die Existenz neben Bierkästen und Drogen, im sogenannten Milieu, wo die Umwelt den Menschen zu verschlingen droht. Wie anders, erleuchtend und befreiend dagegen das jungfrauengeborene Leben, in dem die Schöpfung sich noch einmal wiederholt. Freilich, in der Reinheit liegt nicht nur die Klarheit der Verhältnisse, sondern auch ihre Strenge zutage. Wir können uns nicht darum herummogeln, daß wir zusammenhängen und den Nächsten lieben müssen, wenn das Leben, das ein Zusammenleben im Namen Gottes ist, gedeihlich sein soll.

Eine Schneeböe fegte heran und warf sich gegen die bunten Scheiben, so daß mancher erschauerte und sich auf den heißen Tee oder Kaffee freute, den man gleich, beim Besprechen der Probleme, miteinander trinken würde. Es war klar gewesen, daß der Superintendent, der sich immer als ein treuer und etwas trauriger Liebhaber der Jahreszeiten begriffen hatte, zum Schnee ein wenig improvisieren und aus seinem persönlichen Füllhorn schenken würde. Er hatte so dichtes weißes Haar, obwohl er nicht älter als Mitte Fünfzig war; er war so gesund und von der Natur verwöhnt, daß ihm das Anschließen an die Erscheinungen der Natur immer das Nächste und Heiligste gewesen war. Und hatte er nicht recht? Die Schöpfung, der Garten Eden, der Apfel vom Baum der Erkenntnis, das Linsengericht, Magdalenas Haar, ja noch der Essig: alles schloß an die Welt der Natur und ihrer Erscheinung an – und so auch Superintendent Olrich, der in zwanzig Minuten den Anschluß an alle lose liegenden Fäden der vergangenen Woche versucht und wohl auch ein bißchen geschafft hatte und nun für sie betete und den Segen sprach, während draußen die Aufschichtungen weitergingen und eine versöhnliche Schneelandschaft gelingen ließen. Wie leicht war es nun, sich auf das Wesentliche zu beschränken.

Als die Reihe an sie kam, erzählte Ingrid von Gregor. Eigentlich hatte sie zuerst allein damit fertigwerden wollen. Was war eine Nacht, ja: was waren einige Nächte mit einem fremden Jugendlichen unter einem Dach angesichts des Zustands der Welt? Aber der Blick hinaus auf die Schneelandschaft, die Sehnsucht nach Reinheit und Geborgenheit – und zugleich die Aussicht, mit diesem Menschenbrocken eingeschneit zu werden, löste sich beim Schlürfen des heißes Kaffees in das Bedürfnis, sich mitzuteilen. Wenn sie außer Zuspruch und Ratschlag nicht viel erwarten konnte, so würde man doch wenigstens von ihrer Situation wissen.

– Vor einigen Monaten, wir haben damals darüber gesprochen, haben bei uns zwei Jugendliche nachts einen jungen Mann zusammengetreten und furchtbar, man muß schon sagen: demoliert …

– Haben Sie von dem Vorfall in Einbeck gelesen? unterbrach man sie aufgeregt.

Sie hatte also die Schleusen geöffnet …

– Ja, sagte sie und sah einen Augenblick lang Gregor vor sich, wie er in seiner Lederjacke an ihrem Küchentisch saß und triumphierend aus der Zeitung vorlas, die er dann mit aufs Klo nehmen würde.

– Es hieß damals in der Zeitung, die Täter seien unbekannt und hätten sich gleich nach der Tat davongemacht … Weg … Nicht von hier … Nichts mit uns zu tun … Ein furchtbarer Einbruch des Fremden …

– Aber sie waren doch bekannt. Der eine hat eben den Mord an Wehring begangen. Und der andere wohnt seit letzter Nacht bei mir.

Ein aufgeregter Wortschwarm erhob sich und schien sich auf Ingrid werfen zu wollen, so daß sie, ein wenig geschmeichelt, die Arme abwehrend mit jener Gebärde: Zuviel der Ehre in die Höhe streckte.

– Es ist der siebzehnjährige Sohn eines Kirchenvorstands …

– Ist er denn ein Skinhead? fragte man erregt.

– Er sieht nicht ganz so aus ... Aber ins zwielichtige rechte Milieu gehört er bestimmt.

– Es ist eine Tragödie, sagte Olrich.

– Nach der neuen Untat, erhob Ingrid die Stimme: seines Kumpels kam Gregor abends zu mir ...

– Er wußte nicht mehr weiter, sagte man: Typisch.

– Er konnte es wohl zuhause nicht mehr aushalten, sagte Ingrid: Hatte den wichtigsten Kram in eine Tasche zusammengepackt, übrigens die häßlichste Plastiktasche, die ich seit Jahrzehnten gesehen habe (als habe er die Ausrüstung seines Opas geerbt), ... und tauchte vor meiner Tür auf, offensichtlich in der Absicht, sich bei mir einzuquartieren. Und mir fiel, obwohl ich verzweifelt hin und her dachte, kein Ausweg ein; also habe ich ihn in meinem Gästezimmer untergebracht.

Ein wildes Gemurmel wurde laut. Olrich war es, der die Aufregung auf den Punkt brachte:

– Übernehmen Sie sich da nicht, liebe Kollegin?

– Allerdings übernehme ich mich ...

Ingrid lauschte erstaunt ihrem Sarkasmus nach. Das war nun ihr Sarkasmus.

– Zumal er sich heut früh krankgemeldet hat, fügte sie hinzu: Ich selbst hab ihn darauf gebracht, als ich sagte: Bei dem Wetter schickt man keinen Hund vor die Tür ...

Man lachte auf, leicht erregt, wie eine Schar, die etwas gemeinsam vorhat.

– Und nun lungert er in meiner Wohnung herum ...

Wieder erhob sich das wilde Gemurmel und noch mancher übertrumpfende Auf- und Schmerzensschrei.

– Was soll ich denn tun! rief Ingrid: Als ich heute morgen seine Eltern anrufen wollte, da schnappte er sich meine Zeitung und ging damit aufs Klo.

Eine große Komik ging von diesen Worten und ihrem Gesichtsausdruck wohl aus, denn erneut entlud sich die Erregung der Pastoren, diesmal in einem großen Lachen und etlichen Zurufen.

– Ich schließe daraus, sagte Ingrid, daß Sie alle mit Ihren Zeitungen aufs Klo gehen.

– Wir sind, sagte einer auf diese plötzlich ruhige Art, die immer für Stille sorgt und unter allen Vernünftigen dieser Welt die Entscheidung einleitet: so mit allem versehen, mit allen Büchern, Platten, Filmen, Möbeln und Menschen, die wir brauchen, daß uns das kleinste Defizit zu einem Katastrophenbewußtsein führt.

– Nein, sagte Ingrid: das ist nur die Hälfte der Wahrheit. Die Welt ist tatsächlich in einem katastrophalen Zustand, und wenn die Burg, die wir uns dagegen in Form unseres optimierten Privatlebens errichtet haben, auch nur ein bißchen bedroht wird, also zu der fernen allgemeinen Katastrophe die nahe Krise kommt, dann fühlen wir uns mies, und es flattern die Nerven. Aber das ist etwas Allgemeines, das mit der Zeitung auf dem Klo nicht so viel zu tun hat ... Ich mag einfach die Vorstellung nicht, eine Zeitung zu lesen, die stundenlang dem Gestank und womöglich noch dem Rauch auf dem Klo ausgesetzt war!

– Nichtraucherinitiative! rief einer.

– Bitte, liebe Kollegen! rief Olrich.

Er schwenkte sein weißes Haupt zum Fenster und schien eine Weile an seine Schneepredigt zu denken und ihrer Unschuld nachzuhängen. Nun schwieg man und sah auf ihn.

– Was wollen Sie tun? fragte er Ingrid in einem so ungewohnt würdevollen Ton, daß Ingrid nicht ernsthaft antworten konnte, weil sie darin wieder eines jener perfiden Rollenspiele deutscher Unverantwortlichkeit witterte: Wenn es brenzlig wurde, antwortete man mit einer so aberwitzigen Pose, daß man sicher sein konnte, von erwachsenen Menschen nicht mehr herangezogen und also nicht mehr behelligt zu werden.

– Am liebsten, sagte sie langsam; würde ich zur Entspannung in ein Thermalbad fahren und meinen Körper pflegen.

Das war die bei weitem witzigste Replik, die Superintendent Olrich jemals auf einem Kreiskonvent erfahren hatte; und entsprechend hemmungslos fiel nun das Gelächter der Zeugen aus. Freilich entsprechend heftig auch der Zorn des Gewaltigen.

– Also sind Sie nicht in Not, wenn Ihnen solche Scherze zur Verfügung stehen! Dann können wir ja fortfahren. Also bitte der nächste!

– Doch, ich bin in Not, sagte Ingrid leise: Und vielleicht ist auch dieser 17jährige Junge in Not, der am Scheidepunkt seines Lebens steht.

– Jedenfalls, sagte einer: ist es nicht die beste Lösung, daß du als alleinstehende Frau ihn in deiner Wohnung beherbergst. Das kann in der Gemeinde zur Explosion führen und deine Stellung ruinieren.

Alle erwarteten, daß Olrich sprechen würde, aber er schwieg. Und mit seinem Schweigen breitete sich ein allgemeines Schweigen aus, das wohl ernst und tief war und Ingrid zeigte, daß die Kollegen nicht weniger ratlos waren als sie selbst.

– Ich kann den Jungen ja nicht einfach rausschmeißen, so gern ich es bei Gott möchte, sagte Ingrid schließlich.

– In jedem Fall, sagte nun Olrich, müssen Sie den Kirchenvorstand informieren und um eine Entscheidung bitten. Vielleicht findet sich ein geeigneterer Platz für den Jungen als Ihr Gästezimmer.

– Bei seiner Freundin ist er jedenfalls unerwünscht. Es heißt sogar im Dorf, sie hat Angst, sich von ihm zu trennen, was sie wohl gerne würde, weil er gedroht hat, sie »platt zu machen« …

– Unerwünscht wird er wohl überall sein, sagte einer: Das gehört zu der Geschichte solcher Menschen.

– Schöner Trost, bemerkte Ingrid sarkastisch; aber mehr als das eine oder andere Lächeln erntete sie nun nicht mehr. Es war ein schweres Problem, das war nun klar. Ja, es gehörte offenbar zu der Sorte von Problemen, an der man verzweifeln kann, und so war nun Vorsicht geboten. Denn so groß waren die Kraftdeputate der anwesenden Pastoren auch nicht mehr.

– Bitte halten Sie mich auf dem Laufenden, sagte Olrich.

– Vielleicht, sagte einer: sollte man auf der nächsten Landessynode über die Einrichtung einer Arbeitsgemeinschaft nachdenken, die Strategien für solche Fälle erarbeitet.

Die Rückfahrt durch den Schnee war eine Rutschpartie auf Sommerreifen. Irgendwo auf dem gefährlichen Kurs verlor Ingrid jeden Gedanken an Gregor und an ihr Zuhause.

Es war eine merkwürdige Lust, das Auto am festgepackten Lenkrad zu führen und zu nichts anderem Zeit zu haben. Draußen war Gleißen und Blitzen, Sonne auf dem Schnee, waren Schneeflocken, die noch immer sanft herabsegelten und sich auf der Windschutzscheibe sammelten, bis sie der Scheibenwischer beiseiteschob. Vor ihr tauchten dann andere Autos auf, die wie sie auf dem Weg zu einem Ziel waren. Und alles weitete sich, in jeder Richtung, zu einer Schneelandschaft als sei tiefer, unwiderruflicher Winter. Die Ruhe, die sie vom Konvent als Geschenk ersehnt hatte, gewann sie hier in der Konzentration durch die Frontscheibe und in der angespannten Fahrleistung. Und die Schneelandschaft kam ihr nun auch, sie mußte an den weißhaarigen, schweifenden Prediger vom Morgen denken, in besonderer Weise als Gotteslandschaft vor. So leuchtend und doch in ihren fallenden Partikeln sanft bewegt war diese Landschaft. Man bekam Sehnsucht, dort zu sein, wo der Blick für einen Augenblick anhielt, Sehnsucht also: im eigenen Augenblick zu existieren, Teil des eigenen Geschenks zu sein ... den Augenblick damit Gottes Augenblick sein zu lassen, weil in ihm der Zusammenhang mit der Schöpfung empfunden und gelebt war.

– Ich werde mystisch, murmelte Ingrid.

Mit diesem, fast gebetsmühlenhaft wiederholten: Ich werde mystisch kam sie zuhause an. Noch im Duffle-Coat trat sie ins Wohnzimmer und entdeckte in einem Sessel Gregor, der sich überraschenderweise einige Bücher aus dem Regal genommen und darin gelesen oder jedenfalls geblättert hatte, nun aber nur dasaß und ihr entgegensah.

Die Bücher, die neben ihm lagen, reizten ihre Aufmerksamkeit freilich mehr als der junge Mann. Das erste nämlich, das sie identifizierte, sie, die in den letzten Minuten ihr: Ich werde mystisch wiederholt hatte, war John Blofelds »Jenseits der Götter«. Da mußte sie lachen, denn sie war ja längst Mystikerin! Sie hatte das nur in den letzten Gemeinde-Jahren im Hintergrund gelassen. Diese Mystikerin hatte sie zwar nicht ununterbrochen durchgehalten, aber ständig erneuert, in jener modernen Bewußtseinsexistenz, die mit der Schnitt-Technik lebt und vom einen zum andern Ich und wieder zum einen schaltet. Sie war Mystikerin; aber sie wurde auch Mystikerin ... Das brauchte nicht noch auf die Reihe gebracht zu werden, denn das war die Reihe! Ein tiefer, befreiter Atemzug, dem Durchatmen nach Versenken des Körpers im warmen Badewasser gleich, wenn man endlich durchlässig zum Geschehen des Universums geworden war, weitete und durchzog ihren Körper, und sie war mit einem Ruck glücklich, weil dies vor Jahren gekaufte und studierte Buch ihr nun plötzlich Selbsterkenntnis schenkte, und Gregor war Mittler und Werkzeug dieser Erkenntnis geworden, weil er das Buch aus dem Regal genommen und vor ihre Augen gebracht hatte.

Fast hätte sie ihn umarmt und am Innigen teilnehmen lassen; doch hinderte sie der weite, stoffreiche Duffle-Coat. Gregor aber, das sah sie erst jetzt, hielt noch ein Buch in den Händen, und zwar, es war ein Schock für sie, den Almanach 11 für Literatur und Theologie. Auf grünem Grund prangte dort in roter Schrift der Titel »Der Mann«, darunter in blauer Schrift: »Ansätze für ein neues Bewußtsein«.

Ganz andere Reaktionen als der Blofeld löste dieses Buch auf Gregors Schoß in ihr aus. Es fiel ihr sofort ein Beitrag darin ein, in dem über das Intimleben von fünf männlichen Nachkommen von Missionaren die Rede war, die in Opposition zu einer prüden protestantischen Moral ein heimliches sexuelles Zweitleben lebten, in dem sie sich bei Prostituierten oder sozial als nachrangig empfundenen Frauen gehen ließen, was der Berichterstatter als Emanzipation aus Enge und Dünkel interpretierte. Ingrid hatten damals die Kurzbiographien aufgewühlt, weil diese Männer sich in Wahrheit nur vor der sexuellen Revolution bewähren und nur ja nicht den Anschluß an einen gewissen Standard der Gesellschaft verpassen wollten. Schmierinfektionen waren das für sie gewesen, und sie hatte diese feigen protestantischen Machos verachtet und seitdem eigentlich nie mehr eine Ansammlung von männlichen Kollegen wahrnehmen können, ohne diesen Typen sofort auszumachen und zu identifizieren – und irgendwie auszumustern, weil sie die eilfertige sexuelle Bereitschaft dieser Typen, dieses angeberische Posieren in engen Hosen unter betendem Gesicht zum Kotzen fand. Und sicherlich hatte diese Aversion ihre eigene erotische Unlust gesteigert, so daß für sie von diesen Typen und auch von ihren mitschuldigen Nachbarn, Vorfahren und Nachfahren keiner infrage kam. Nichts anderes waren diese Männer für sie gewesen als dreiste Angebote heimtückischer Sexualität. Männer, die früher oder später ihre Frauen schlügen, mit Fäusten, blasierten Gesichtern oder erfolgsgeilen Sätzen, die die restliche Menschheit zur Kulisse machen … Wobei ihr nicht ganz klar war, warum ihr Haß noch immer so aufschäumte, wenn sie nur den Almanach sah, und ihr der widerlichste Streß-Schweiß ausbrach, so daß sie noch jetzt, nach all den Jahren und direkt nach der wunderbaren Entdeckung ihres mystischen Pols, zu stinken meinte. Wie angesteckt von diesem schwülen Milieu sie sich fühlte, aus dem man nicht anders als besudelt (und so besudelt, daß einem alle Läuterungslegenden hoffnungslos verlogen klingen müssen) entkommen kann. So daß dadurch jedes Durchhalten des Mystischen verhindert wurde. Eben Schmierinfektionen …

Aus Angst, Gregor könnte ihrem Gesicht den Ekel ablesen und auf sich beziehen, verließ sie schnell das Wohnzimmer und zog sich im Flur den Duffle-Coat und die Winterstiefel aus.

Als Ingrid ins Wohnzimmer kam, um Gregor zum Essen zu rufen, hatte sie sich dies »zum Essen rufen« als Verlockung zu einer Normalität gedacht. Sie wollte ihm eine Normalität anbieten, in der für sie beide Platz war. Und so wählte sie eine Stimme, die sie irgendwo, bei einer Freundin, in ihrer Kindheit, in einem der vielen Haushalte, die sie als Pastorin besucht hatte, einmal oder freilich (Konnte das sein?) immer gehört haben mochte:

– Kommst du zum Essen, Gregor?

Die Antwort auf diese friedliche Übung war überwältigend. Gregor stürzte vor sie hin, der kahle Nacken legte alle Wölbungen und Wülste frei wie bei einem Schlachtopfer, und zerrte ihr den Hausschuh vom Fuß, so daß sie fast hingekippt wäre und nur mit viel Stemmen und Rudern die Balance halten konnte.

– Aber was soll denn das! schrie sie (auch dies ein Zitat).

Da spürte sie schon, was er wollte. Gregor hatte ihren Fuß ein wenig hochgedrückt und übersäte ihn (wie die triviale Anweisung lautet) mit Küssen. Das heißt: In Wahrheit saugte er sich schon bald fest und sabberte ihren Fuß mit seinem Speichel voll. Ekelhaft feucht und bald nur noch naß drang sein Sekret durch ihren Strumpf, wozu der wahnsinnig Gewordene, als er einmal kurz Luft schnappte, hervorstieß:

– Ich könnte alles für dich tun! Wirklich alles!

(Wozu der Täter sie, um die Parodie komplett zu machen, die Nackenwülste des Schlachtopfers sehen ließ ...)

Wie konnte einer auf ihren Fuß sabbern! Und nicht verrückt sein. Ingrid mußte an Maria Magdalena denken, die Jesus mit ihren Haaren die Füße trocknete. Als demütigste Magd. Ob Gregor darauf antworten wollte? Natürlich nicht. Sie war nur inzwischen umzingelt von Dingen und Ideen, die in Abschweifungen lockten. Meine Sternendecke, dachte sie und erschrak zugleich, daß sie das dachte, während unten jemand auf ihren Fuß sabberte.

– Nun hör schon auf! rief sie, inzwischen kontrolliert, und trat den Jungen mit dem nassen Fuß gerade so vor die Brust, daß der umfiel. So leicht tritt man einen Menschen, dachte sie, während sie sich entschuldigte:

– Ich kann nicht mehr auf einem Bein stehen …

Und da Gregor, wenn auch etwas theatralisch, auf dem Rücken lag wie ein Insekt und ein wenig mit den Beinen strampelte, als sollte dies Spiel weitergehen, sagte sie streng:

– Komm jetzt essen und benimm dich nicht wie ein Idiot!

Denn genau so sah er aus, dieser fast kahle, vollgesabberte Kopf mit den roten, wundgeriebenen, gleichsam über ihre Grenzen gedrungenen Lippen, mit dem betonten Glotzblick und den ragenden Ohren an den Seiten. Die gewollte Visage im Bund mit einer tölpelhaften, grotesk hingewürfelten Gestalt.

Als er sich rappelte und wie ein Tier auf den Knien an sie herankrabbelte und, da sie zurückwich, hinter ihr her, erkannte sie diese ganze aberwitzige Situation. Es war eine Inszenierung ihrer Alpträume, die Ausformung jener Sekundenkatastrophe, mit der sie sich von Menschen und Situationen, die sie nicht ertragen konnte, abwendete. Gestalt gewordener Widerwille …

Ein panisches Grausen, als sollte sie tatsächlich jetzt schon in ihrer persönlichen Apokalypse verschwinden müssen, erfaßte sie und trieb sie aus dem Wohnzimmer, ohne jeden Versuch, den herabgestreiften Hausschuh wiederzuerlangen.

Erst in der Küche konnte sie auf- und durchatmen. Wieder sehen. Dort waren zwei tiefe Teller gedeckt. Sie hatte sie gedeckt, für die Nudeln und die Tomatensoße. Dort war es hell und die Tischdecke abwaschbar. Dort war sie in Sicherheit vor dieser Verrücktheit, die darauf abzielte, sie aus der Fassung und sonstwohin zu bringen und nicht mehr sie, ein bestimmter Mensch in seiner Wohnung, sein zu lassen.

Tatsächlich kam Gregor auf allen vieren hinter ihr her in die Küche und stöberte und schnüffelte in den Ecken herum, original Haustier.

– An dir ist ein Schauspieler verloren gegangen, sagte Ingrid:

Aber nun komm, die Nudeln werden kalt! Nudeln muß man sofort essen!

Sie wandte sich betont dem Tisch zu (Alles deutlich machen! befahl ihr Instinkt) und setzte sich auf ihren Lieblingsplatz, den sie vorhin, in einer versöhnlichen, christlichen Anwandlung, Gregor zugedacht hatte. Doch nun ging es nicht mehr um solche Gesten, um ihre Kultur. Sie war soweit, erst einmal an sich zu denken. Gregor würde sich schon einfinden.

Sie begann, die Nudeln mit der Nudelzange auf ihrem Teller zu häufen, und sah sich, als Gregors Teller an die Reihe kommen sollte, flüchtig um. Da entdeckte sie, wie ihr Gast etwas vom Küchenboden aufleckte, so aufleckte, daß man gut die Zunge, wie sie über den Boden leckte, sehen konnte. Brösel vom Frühstück oder Nudelkrümel oder was auch immer. Er wollte, daß sie das sah und erschrak.

Schnell drehte sie sich zurück zum Tisch und tat gleichmütig Nudeln auf Gregors Teller, als habe sie nichts bemerkt. Danach die Tomatensauce, langsam, bedächtig, mit der Betonung einer Hausfrau, die zeigt, wie man eine Mahlzeit zubereitet, auftut und verzehrt. Und die weiß, daß ihr Männe schließlich doch nachgibt und an den Tisch zurückkommt, um abgefüttert zu werden. Und tatsächlich, genau in dem Augenblick, als sie:

– Dann guten Appetit! sagte, zog sich etwas am Tisch hoch und nahm ihr gegenüber Platz.

Sie konzentrierte sich auf ihre Gabel und wie sie damit die Nudeln drehte, ohne mit der Tomatensauce zu spritzen. Zwar hatte sie pro forma einen tiefen Löffel dazu gedeckt, aber sie drehte die Nudeln immer auf dem Teller, so wie sie es in Italien gelernt hatte. Das konnte Gregor ruhig einmal sehen. Aus den Bewegungen am Rande ihres Gesichtsfelds schloß sie, daß auch Gregor inzwischen angefangen haben mußte zu essen. Sie wollte sich aber nicht davon überzeugen, um ihm nicht den Triumph zu gönnen, sie zur Zuschauerin gemacht zu haben.

– Und Zuschauer sind schon halb verloren, murmelte sie.

Als sie doch hochblickte, sah sie, daß Gregor versuchte, die Nudeln mit dem Löffel zu essen. Mit der Gabel zerkleinerte er sie wie mit einem Messer, dann packte er sich seinen Löffel voll und löffelte sie in seine Mundhöhlung. Ringsum war der Mund gerötet und würde sich vielleicht entzünden.

Sofort spürte sie ihren nassen Fuß, der inzwischen kalt geworden war, ohne Schuh und auf den Küchenfliesen. Zwar mochte manches um diesen Mund herum Tomatensauce sein, aber es war zugleich deutlich eine Wundrötung, wie bei Babys oder unsauberen Jugendlichen auszumachen. Ein wundes, schmutziges Milieu. Und das hatte sich der Nacktkopf absichtlich im Gesicht angeschafft, um sie zu schockieren, da war sich Ingrid sicher.

– Man ißt die Nudeln mit der Gabel, sagte sie, immer noch oder schon wieder auf der Suche nach einer erlösenden Normalität.

Mittagessen im Pfarrhaus ...

– Was? nuschelte Gregor, mit kauendem Mund und so debil wie ein über Hundertjähriger mampfend; benutzte selbstverständlich weiter den Löffel, nachdem er jeweils mit seiner Gabel die Nudeln niedergemetzelt hatte.

– Schon O.K., sagte Ingrid und aß rasch weiter.

Sobald sie fertig war, stand sie auf.

– Ich hol was aus dem Keller zum Nachtisch, sagte sie und ging hinaus, bevor Gregor reagieren konnte. Sie wollte die Gelegenheit nutzen und von unten aus dem Pfarrbüro bei Gregors Eltern anrufen, ohne daß Gregor davon etwas mitbekam. Im Prinzip wußte sie noch nicht, was sie wollte: nur eine Situation schaffen, in der die Eltern wußten, daß Gregor bei ihr und sie also nicht mehr so etwas wie eine geheime Zuflucht war.

– Vielmehr Teil eines tierischen Traums, murmelte sie und suchte die Telefonnummer von Volkmar Sander heraus.

Es meldete sich die Mutter. Sie sah die blondgepflegte Erscheinung dieser Frau vor sich, wie sie mit dem Telefon Kontakt aufnahm. Sekretärinnenhaft klang diese Stimme, wie aus dem

Vorzimmer eines noblen Chefs und Geliebten. Volkmar Sander aber war nicht dieser Chef. Er lag krank im Bett und traute sich nicht raus, solange sein Sohn verschwunden war.

– Er flennt, sagte Frau Sander ohne jede Tonanhebung: So kommt er mit Gregor natürlich nie zurecht.

– Jaja, sagte Ingrid: ich hab jetzt keine Zeit ... Gregor sitzt oben bei mir in der Küche und ißt Nudeln ... Frißt, müßte man sagen. Am besten, es kommt jemand von Ihnen vorbei!

Sie ahnte nicht, daß sie mit diesem Vorschlag die Person nicht anritzen konnte.

– Was soll das bringen? erwiderte Frau Sander mit einem überraschenden, wohl unterlaufenen gewöhnlichen Ton: Wenn er nicht freiwillig kommt, will er bestimmt nicht kommen.

– Aha, sagte Ingrid: Und damit ist die Angelegenheit für Sie wohl erledigt, und ich hab das Bürschchen am Hals.

– Wenn er zu Ihnen gekommen ist, vertraut er Ihnen, tönte es gelassen aus der Muschel.

Ingrid meinte eine niederträchtige Genugtuung herauszuhören, als habe sie es sich selbst zuzuschreiben, weil sie auf Männer wie Volkmar Sander auch nur eine Bohne gebe.

– Jedenfalls hab ichs Ihnen gesagt! rief sie erbost und knallte den Hörer auf die Gabel. Ja, tatsächlich: Gabel, denn hier im Pfarrbüro stand noch eins von den alten schwarzen Telefonen.

Der Kirchenvorstand und gerade Volkmar Sander hatten ihr ein neues Telefon mit Computer, Beantworter, Fax und so weiter angeboten, vielmehr aufdrängen wollen, als hänge daran die Qualität ihrer Gemeindearbeit. Aber sie hatte das alte Telefon behalten, zurecht, wie sie wieder einmal bestätigt fand: denn wenigstens konnte man da den Hörer auf die Gabel knallen. So, und jetzt ging sie noch rasch in den Keller, um die Kirschen zu holen, damit der Knabe zu seinem Sabber- und Tomatenmund noch einen Kirschmund verpaßt bekam.

DU MUSST MICH NOCH MAL RETTEN

Es klingelte; wohl nicht zum ersten Mal, als Ingrid es hörte. Gregor spielte im Wohnzimmer überlaut ihre alten Platten, und sie hatte, nach der Empörung über diese Unverschämtheit, widerwillig mitgehört, den alten Wallungen nachhorchend. Nun lief sie rasch (und ein wenig schuldbewußt) hinunter und stoppte verdutzt, als sie die Gestalt erkannte: Olrich ...

Das dicke weiße Haar stramm gebürstet und irgendwie korrespondierend mit dem Schnee hinter ihm, stand der kleine Mann da. Die blauen Augen musterten sie und schienen auch gleich zu entdecken, daß sie nur einen Hausschuh trug, reagierten aber darauf nur mit einem kleinen gutmütigen Zwinkern.

Im Wohnzimmer freilich, als er mitten auf dem Teppichboden den zweiten Hausschuh entdeckte, während er sich den angebotenen Platz suchte und Ingrid zum Plattenspieler gehen und die überlaute Stones-Musik abschalten mußte, setzte er eine sorgenvolle Miene auf. Als sei der zweite, frauenlos herumliegende Hausschuh Zeugnis einer Sünde.

– Ja, sagte er; und sofort erinnerte sich Ingrid, daß dies das erste gewesen war, das ihr an Olrich aufgefallen war, als sie ihn kennengelernt hatte. Das Ja des Superintendenten, das wie ein Zitat aus großer alter Zeit klang, von hunderten gewichtiger Protestanten gesprochen und an die nächste Generation weitergegeben. Aber dann, irgendwann vor ein, zwei Jahren erst, hatte sich Olrich dies Ja offenbar abgewöhnt. Jedenfalls war es unterblieben, ohne daß sie es direkt vermißt hätte. Nun, da er es aus einer tieferen Schicht der Gewohnheit hervorholte, wurde es ihr bewußt, und sie mußte lächeln.

Zu lächeln aber sollte es hier nichts geben. Olrich hatte den

Jungen bisher ignoriert, sich nicht gerade wie ein Gleichaltriger umstandslos hinzugesellt, aber doch anstandslos Platz genommen und sich um das Komplexe der Situation erst einmal überhaupt nicht gekümmert.

– Warum stellen Sie denn ab? fragte Gregor lahm, den Weißhaarigen mit einer Visage anödend.

– Damit wir uns verständigen können, reagierte Olrich prompt.

– Verständigen is jut, geriet Gregor ins Berlinerische und hustete ehrfurchtsvoll. In der Tat besaß er ein beträchtliches schauspielerisches Talent; setzte es nur nicht gerade zur Belustigung ein.

– Nun mal langsam, junger Freund! sprach Olrich mit erhobener Stimme und wollte ihn wohl ein wenig abbürsten. Aber da war er an der falschen Adresse.

– Was isn das fürn ungläubiger Thomas? fragte Gregor und wandte sich lässig zur Hausherrin.

– Das ist Superintendent Olrich, sagte Ingrid ernst.

– Na und! bemerkte Gregor, kam herüber zur Tür, bückte sich zu dem Hausschuh, spuckte hinein, überreichte ihn Ingrid mit einem Grinsen und schlenderte aus dem Zimmer.

Das war empörend. Olrichs Gesicht sagte es. Aber der Mund des Superintendenten blieb, als sei der Mund in diesem Raum für Unheilvolles genug geöffnet worden, vorerst geschlossen. Olrich rechnete wohl mit Ingrids Zerknirschung.

Aber so leicht wollte es Ingrid dem Protestanten nicht machen. Sie zog sich kurzerhand den Hausschuh mit der Spucke an, auf die Gefahr, wieder einen feuchten Fuß zu bekommen. Denn inzwischen war auf dem Fliesenboden der Küche der naßgesabberte Strumpf getrocknet.

Olrich verfolgte ihr Tun mit staunenden Augen. Sämtliche Vorbehalte, die er gegenüber dieser Pastorin schon so lange empfand, sprachen aus dem Blau.

– Tee? fragte Ingrid.

– Ich habe keinen Durst, sagte Olrich langsam: Und für den Appetit bräuchte ich einen Kaffee …

– Ich hab gesehen, wie Sie dem Jungen die Stange halten, oder sagen wir lieber: wie Sie ihn nicht im Stich lassen wollen.

Ingrid wollte das gar nicht. Am liebsten wäre sie Gregor lieber gleich als heute losgeworden. Aber wie er das so sagte, der gute Olrich, klang es respektabel, so respektabel, daß man schwer davon zurückkonnte, seufzte es in ihr. Sie hatte gedacht, durch einen Rempler der Rettung näher zu kommen; und jetzt kreuzte hier ein Edelritter auf, der sie noch tiefer in diesen Sumpf hineinreiten wollte, in dem sie über kurz oder lang ganz allein mit Gregor sein würde.

– Sie überschätzen mich, sagte sie schnell, mit jenem Huschen, das die Wahrheit nur eben zu signalisieren wagt: Ich habe die Eltern vorhin angerufen und sie gebeten, hierher zu kommen. Aber als es klingelte, waren Sie es und nicht die sorgenden Eltern.

– Aha, sagte Olrich, aha, also: Ja …

– Ich wollte Ihnen … Er fummelte in seiner Jackettasche herum und brachte ein kleines Kalenderblatt zum Vorschein, auf dem er einen Namen und eine Telefonnummer notiert hatte.

– … die Telefonnummer einer Kollegin geben, die Ihnen vielleicht helfen kann in dieser Situation …

– Rosemarie Knittel! rief Ingrid, den entgegengenommenen Zettel noch einmal betont begutachtend: das kann doch nicht wahr sein!

– Kennen Sie die Kollegin? fragte Olrich mit einem Unterton der Verärgerung, als wittere er die Gefahr, daß seine überlegene Güte nicht hinreichend gewürdigt werden könnte.

– Dann hat die Supervisions-Ausbildung also schon Erfolg gehabt? fragte Ingrid zurück.

Da der verdutzte Olrich mit ihrer Frage nichts anzufangen wußte, konnte sie ihm erklären, daß sie die etwas jüngere, gleichwohl mit ihr schon im Gleichschritt fertiggewordene Rosemarie Knittel sehr wohl kenne, die Stationen, die sie durchlaufen hatte,

Rundfunk-Arbeit, Programm-Kommission, auch ein halbes Jahr Gefangenen-Seelsorge und Krankenhaus-Seelsorge und tatsächlich auch ein wenig Gemeindearbeit ... Und wie ihr die Gute vor einiger Zeit angekündigt hatte, sich in einem Supervisions-Aufbaustudium fit zu machen. Wenn du dann Schwierigkeiten hast bei deiner Gemeindearbeit, komme ich und entwickle Strategien mit dir, wie du damit am besten fertig werden kannst. Ausgerechnet Rosemarie, die es nirgends aushielt, die mit nichts fertig geworden war (wenn das Wort noch einen Sinn haben sollte), ausgerechnet sie wollte ihr also beibringen, wie sie durch- und aushalten könne. Nein, danke, da ging ihr ja der Hut hoch oder der Schuh auf! Ingrid hielt den Fuß mit jenem ekelerregenden Hausschuh hoch.

– Wollen Sie den Modernisierungsversuch der Landeskirche ablehnen, ehe Sie das Ergebnis getestet haben? fragte Olrich gekränkt.

– Ich brauche Rosemarie Knittel nicht zu testen, sagte Ingrid: Ich habe sie jahrelang getestet.

– Wünschen Sie lieber einen anderen Kollegen aus der Arbeitsstelle? fragte Olrich mit aller ihm zur Verfügung stehenden Ironie: Das überrascht mich. Und ich habe mir so viel Mühe gegeben, Frau Knittel loszueisen. Ich soll Sie übrigens schön grüßen. Für Sie macht sie einmal eine Ausnahme, wenn wirklich Not am Mann ist, hat sie gesagt ... Es ist ja auch ein besonderer Fall.

– O nein! murmelte Ingrid. Eine nie gekannte Hoffnungslosigkeit ... Nein, das nicht, sie wollte nicht übertreiben, denn in diesem Moment sah sie ein Gesicht vor sich, Pierre, den bärtigen Pierre, wie er beim Singen leicht seitwärts zu ihr sah – und mit dem linken Augenlid plinkerte (wie sie es seit ihrer Kindheit nicht mehr gesehen hatte, als man diese müden, überhängenden Lider hatte und für Scherze beherrschte). So daß sie lächelte.

– Na also, sagte darauf der Kirchenmann: Ich dachte mir, daß Sie sich ein wenig freuen würden.

– Muß ich denn die Hilfe dieser Supervisionsabteilung ...

– Arbeitsstelle.

– ... in Anspruch nehmen? fragte Ingrid.

– Müssen?

Der Superintendent legte alle gütige Enttäuschung in dieses eine Wort.

– Ja, ich meine: Ist das eine Weisung von Ihnen?

– Liebe Kollegin! rief Olrich in einem neuen Ton, als seien ihm alle Vorbilder und Klischees nun abhanden gekommen und er stehe vor dem absoluten Nichts.

– Wissen Sie, sagte Ingrid und hätte um ein Haar den Mann ans Knie gefaßt: Ich weiß, es ist dickköpfig oder hoffärtig oder was Sie wollen, aber Rosemarie Knittel jetzt, das würde mir die Luft nehmen. Überhaupt diese Supervisions-Typen ...

– Typen?

Die Entrüstung des Superintendenten hatte endlich ein echtes Ventil gefunden.

– Typen? Sprechen Sie so von Menschen, die dazu da sind, Ihnen zu helfen? Von Kollegen?

– Ich kenne diese Kollegen, sage Ingrid tapfer; und ich bin davon überzeugt, daß sie das Elend der Welt vermehren.

– Ja, aber meinen Sie nicht, daß es gut sein kann, wenn sich ein gutwilliger Außenstehender helfend einschaltet ... Sie sollen doch nicht überfahren oder gar überflüssig gemacht werden.

– Nein, ich bin nicht der Meinung. Wenn ich mit einer Sache nicht fertig werde ... Ich meine unter Mithilfe nicht fertig werde, Sie, die Kollegen vom Konvent, der Kirchenvorstand, die Gemeinde, meinetwegen der Bischof ...

– Meinetwegen?

– Alle, die im Rahmen ihrer Arbeit und ihrer Nächstenliebe tatsächlich hier etwas tun wollen, sind mir willkommen. Aber nicht Leute, die mir Ratschläge erteilen, um mich dann doch die Suppe auslöffeln zu lassen – und dann ist es gar nicht mehr meine Suppe, sondern sie haben sie mir eingebrockt. Nein, wenn ich mit einer Suppe nicht fertig werde, soll ein anderer sich an ihr versuchen. Aber er soll es tun, nicht nur daherreden aufgrund eines »Supervisions-Aufbaustudiums«. Schon wenn ich dies Wort »Supervision« höre …

– Was haben Sie gegen Supervision? fragte der Superintendent. Ingrid wurde die Super-Affinität so deutlich, daß sie lachen mußte.

– Nichts.

Mit einem Mal verschwanden sämtliche Ressentiments dieser Welt.

– Nichts habe ich gegen das Super! Ich möchte nur mein eigenes Nicht-Super-Leben und mein eigenes Nicht-Super-Problem lösen.

– Und wenn es nun aber, sagte der Superintendent mit einem überraschenden, fürsorglichen Ernst: doch ein Super-Problem ist? Und Sie selbst haben ja doch von einem gesellschaftlichen Phänomen gesprochen, einem Steppenbrand …

– Das habe ich bestimmt nicht, widersprach Ingrid.

– Sie haben vielleicht nicht das Wort gebraucht. Aber Sie haben den Tatbestand gemeint. Und ich habe eine gewisse Verzweiflung, ja Panik aus Ihrem Gebaren herausgelesen.

– Ist das wahr? fragte Ingrid erschrocken. Sie meinte, bei aller Aufregung doch relativ cool mit der Sache umgegangen zu sein.

– Wäre ich sonst hier? konterte der Superintendent. Also doch die Super-Ebene.

– Trotzdem, sagte Ingrid: Vielleicht kommen ja die Eltern noch. Und ich will in jedem Fall noch den Kirchenvorstand einberufen und mit dem Bürgermeister sprechen. Der ist ja im Hauptberuf Polizist.

– Naja, also wenn es so ist … Olrich suchte nur noch mit halber Kraft nach einem Argument oder einem Ausweg.

– … Dann können Sie mir jetzt einen Kaffee machen, sagte er witzig.

– Ich kann zur Not immer noch bei dieser Arbeitsstelle anrufen, bot Ingrid an. Aber das war kein guter Vorschlag.

– Ich habe Ihren Anruf quasi schon angekündigt und die Frau Knittel aus einem anderen Projekt losgeeist.

Ingrid ließ den Kopf hängen; und nun hing er da, ihr Kopf. Ein großer Widerwille würgte in ihr. Sich von dieser Frau helfen, stundenweise betreuen zu lassen – das wäre das Größte. Sie sah sich schon auf künftigen Kirchentagen, wenn Rosemarie Knittel auf sie zukam, um das neue Evangelium zu verkünden und sie als Zeugin aufzurufen. Ein berühmtes Schaf würde sie sein … Das war schlimmer als ein Gregor.

– Lassen Sie man, hörte sie da Olrich reden: Ich sehe ja, wie Sie leiden. Machen Sie mir den Kaffee, und ich rufe inzwischen bei Frau Knittel an und blase die Aktion ab. Sie haben doch Telefon? …

– Jede Menge. Da ist eins.

Nun war er wieder ganz der Superintendent, der schließlich doch die richtigen Worte und Vorschläge findet.

Brav trottete Ingrid hinaus und in die Küche, um den Kaffee für den Weißhaarigen aufzubrühen. Ein Bild zuckte durch ihr Bewußtsein, wie Gregor in der Küche aus einem Hundenapf Schappi fraß. Aber sie hatte keinen Hundenapf (höchstens einen Katzennapf), sie hatte kein Schappi (immerhin noch Katzenfutter von ihrer verstorbenen Gudrun), und natürlich war Gregor kein Tier.

Gerhard Halves, der Vorsitzende, war gerade beim Kaffeetrinken (etwas, das er sich Sonntag und Mittwoch, wenn alle Alteingesessenen sich ab Mittag den kleinen Sonntag gönnten, erlaubte). Immer klang seine Stimme wie in einem Kirchenschiff, und es ließen sich mit solch einer Stimme vertrauliche Dinge nicht gut bereden. Gleichviel, er würde um acht kommen, und auch die anderen Kirchenvorstände, bis auf Sander, bei dem niemand abnahm, waren zu einer raschen außerordentlichen Zusammenkunft (Ingrid vermied das Wort »Sitzung«) zu bewegen.

Sie hatten schon davon gehört, daß Gregor »jetzt bei der Pastorin war« – woher, nun, das wußte keiner mehr. Aber alles andere war ungewiß: ob Gregor tatsächlich bei ihr wohnte oder nur mal eben untergeschlüpft war, bis seine Freundin ihn aufnehmen würde oder Freunde … Aber von der Freundin war auch manches im Schwange … Kurz, es wurde vorausgesetzt, daß Ingrid stillzuhalten hatte, egal wie die Entscheidung der andern fiel. Und diese unausgesprochene, wie selbstverständliche Erwartung erboste Ingrid genauso wie Olrichs Supervisionsidee.

– Das kommt nicht in die Tüte, murmelte sie: ich bin nicht euer Mülleimer.

– Bitte? fragte Halves, der ihr das Verständnis des Kirchenvorstands für ihre Situation ausgesprochen hatte.

– Meine Entscheidung, ob ich Gregor vorübergehend bei mir aufnehme, ist noch nicht gefallen, sagte ich … Eigentlich sehe ich nicht ein, warum ich die Kohlen aus dem Feuer holen soll, wenn sich Freund Sander, seine Frau und Gregors Freundin und seine Freunde zu schade dafür sind – und die Eltern nicht einmal hierher kommen und mit ihrem Sohn reden.

– Dabei würde nicht viel herauskommen, höchstens Mord und Totschlag, sagte Frau Jendrischek, eine 60jährige, und niemand wagte, über den unfreiwilligen Galgenhumor zu lachen. Ingrid sah Frau Jendrischek auf den Mund, seitdem sie wußte, daß die in ihrer Handtasche neben Schlüsselbund, Taschentuch und Portemonnaie auch ein Gebiß bei sich hatte; und manchmal, wenn sie sich die Nase schneuzen mußte, konnte man es sehen, das Gebiß, wie es ohne weitere Hülle unter all den andern Utensilien in der Handtasche lag. Wohl ihr Ersatzgebiß, denn sie sprach aus geschlossenen Zahnreihen. Aber doch wohl ihr Gebiß (und keine bloße Dorf-Exzentrizität oder etwa ein Erbstück), denn sie trug es in ruhigem Gleichmaß schon all die Jahre bei sich. Ein regelrechtes Eßzimmer ... wie auch immer, das Gebiß war der Grund, warum Ingrid und auch die andern jede Äußerung der Frau Jendrischek mit besonderer, freilich geteilter Aufmerksamkeit verfolgten.

Nun lachte niemand. Man roch Frau Jendrischeks Feierabend-Parfum; und damit sollte es vom Kirchenvorstand aus gut sein. Den Rest, den freilich entscheidenden Rest wollte man ihr überlassen, der Frau Pastorin, die dafür bezahlt wurde.

– Von Ihnen, wandte sich Ingrid an die Männer: kann wohl keiner den Gregor aufnehmen?

Erstaunen, Zucken, Kopfschütteln. Schweigen; in dem eine Empörung arbeitete, mit sowas überhaupt konfrontiert zu werden. Man hatte kaum Raum, und wenn, wie Halves, dann nur in der Scheune. Aber sollte man sich ein Brutnest des Rechtsradikalismus in der eigenen Scheune heranzüchten. Die Brut kriegte man nachher nicht mehr los; und dann zündelte sie auf dem Hof ...

– Da kommt man nicht mehr raus.

– Da tritt man nicht aus wie aus der Kirche.

Ein Kompliment für die Kirche. Lachen. Schweigen.

Hatte man doch lesen können, daß die Rechtsradikalen in Südniedersachsen etliche Feuer gelegt hatten. Abtrünnige gefoltert. Wehrlose zusammengeschlagen sowieso oder Schlimmeres, in Trupps Discos überfallen oder Schüler eingeschüchtert ... das konnten diese Feiglinge.

– Opfer auftun, nannte es der Jugendbeauftragte der Gemeinde, der aber Gregor auch nicht aufnehmen wollte, weil er mit ihm und seinen Kumpanen schon einige Male im Jugendraum zusammengestoßen war.

– Wenn ich den in meine Wohnung lasse, hab ich bald keine mehr, sagte er.

Und das war die Quintessenz dessen, was alle sagten; was sie noch ganz anders dachten. Man soll helfen, aber nicht ich; denn wer seine helfende Hand hinhält, ist sie los.

Es erregte Ingrid, daß ihr als Pastorin nicht derselbe Status zugebilligt wurde. Sie konnte ruhig Hand und Wohnung verlieren, weil sie ja Pastorin war. Und es verschlug ihr zugleich den Atem, weil sie die Konsequenz dieser unterschwelligen, natürlich nie direkt ausgesprochenen Rollenzuweisung ausmachte: wer half, gehörte schon nicht mehr richtig dazu, der wurde schon aufgegeben wie das Opfer auch, weil er ja doch gleich Hand und Haus los war und selbst zu jenen gehörte, um die man sich kümmern sollte.

– Es macht Ihnen nichts aus, daß Gregor mit einer unverheirateten Frau unter einem Dach wohnt? fragte sie, aus ihrem Ärger heraus mit einem deutlich provokanten Unterton: Alleinstehende Pastorinnen sind wohl neuerdings Freiwild …

– Er könnte ja Ihr Sohn sein, sagte Frau Jendrischek, und Ingrid nahm sich vor, nicht mehr so gutmütig über deren Gebiß zu denken.

– So, und dieser Sohn schnappt sich morgens meine Zeitung und verschwindet damit in mein Bad aufs Klo. Und zwar noch bevor ich auch nur einen Blick auf die Gemeindetermine und die Geburtstage geworfen habe, und so lange, daß ich mein Bad vor den Morgenbesuchen nicht mehr benutzen kann. Oder soll ich an der Tür betteln?

Sie war nun sehr erregt (daran war irgendwie Frau Jendrischek schuld) und wollte ihnen die ganze Verruchtheit der Gesellschaft auf den Kopf zusagen. Doch an den irritierten, sich verschließenden Gesichtern sah sie, daß sie so kein Verständnis und erst recht keine Solidarität erringen konnte. Und fast trauerte sie der Minimalgemeinschaft mit der Supervisorin Knittel nach.

– Und das, nachdem er sich wegen des Wetters kurzerhand krank gemeldet hat, mußte sie gleichwohl noch anfügen.

Was aber ganz falsch war, wie sie den Gesichtern ablas. Man petzte nicht. Krankmeldungen, Steuerhinterziehungen, Geschwindigkeits- und andere Lebensstildelikte sagte man nicht offiziell weiter, so daß sich daraus Konsequenzen für den Übeltäter ergeben könnten. Mogeln tun wir doch alle ein bißchen. Da muß man ein Auge zudrücken und »tolerant« sein. Aber genau diese versaute Toleranz fand Ingrid zum Ersticken. Schmierinfektionen, die die individuelle und öffentliche Moral infiziert hatten und immer weiter infizierten, bis von der Moral nur noch das Oral übriggeblieben war.

– Odol fürs Orale, murmelte sie.

Die Nazi-Mitläufer waren von den gemächlicheren inoffiziellen Mitarbeitern und von den allzeit wendigen Schlawinern abgelöst worden (es war ohnehin ein alter Verdacht Ingrids, daß nicht die Karrieristen eine Funktion der Nazis und Kommunisten, sondern umgekehrt die Nazis und Kommunisten eine Funktion der Karrieristen waren, Weihrauch und Nebelkerzen für rücksichtslose Eliten); und die Gesellschaft war zur Schweinchen-Schule geworden. Wer nicht sein bißchen Dreck zu verbergen hatte (und Hochachtung rief hervor, wenn dies bißchen ein unverschämter Batzen war), mit dem mußte irgendwas nicht in Ordnung sein. Der krankfeiernde Steuerhinterzieher rast mal eben über die Bundesstraße zu einem Besäufnis der benachbarten Freiwilligen Feuerwehr. Das gibt ein Ächzen im Kopf, daß es eine Lust ist, und fast käme Sympathie für die Skins auf, wenn sie einmal die aufmischten. Aber denen wollen sie sich ja andienen, indem sie die Opfer auskucken. Wenn sie die zum Ausschuß gemacht haben, können sies nicht mehr sein, meinen sie …

– Mist, murmelte Ingrid und wischte den Wutschweif aus dem Kopf.

– Bitte? fragte Kirchenvorstand Halves, der seine Zeit schon strapaziert fand, bei aller Sympathie für die hübsche Pastorin, die er für eine aktive und mutige Person hielt, wie er verschiedentlich betont hatte, gerade auch, als es nach Ablauf des Probejahres darum gegangen war, der Gemeinde die Weiterbeschäftigung der alleinstehenden Frau zu verkaufen.

– Also lassen Sie mir freie Hand? fragte Ingrid; ein Intellektueller hätte die dick aufgetragene Ironie als eine Beleidigung seiner Sensibilität empfunden – und benennen können. Hier aber ging ein Strahlen durch den Saal, man nickte schwerbieder und sprach seinen Segen.

Ist es nicht menschlich, wenn man einem unübersichtlichen, dazu morastigen Terrain, wo Gefahr für Leib und Leben drohen soll, entkommen möchte? Die Formeln finden sich dann ebenso schnell wie das Kopfschütteln, mit dem man es ablehnt, vielleicht eben jetzt einmal mit Gregor zu sprechen, der ja vielleicht auch gar nicht im Hause ist.

– Im Hause, murmelte Ingrid: Und dies ist mein Haus ... Falsch: es gehört der Gemeinde, korrigierte sie.

– Ich hab Sie nicht verstanden, sagte Halves, der wie die andern sich schon erhoben hatte, und beugte sich vertraulich zu ihr.

– Ich hab nur noch meinen Segen gesprochen, sagte Ingrid und bereute sofort diese Ungeheuerlichkeit. Nein, sie wollte sich und ihre Welt dieser Schmierentragödie nicht auch noch opfern.

– Entschuldigung, das war ein Scherz, ein mißglückter Scherz, sagte sie aufrecht und unterwarf sich dem befremdeten, nun wirklich an ihr zweifelnden Blick des Kirchenvorstandsvorsitzenden, der wenigstens immer zu ihr gehalten hatte, wenn es um die Normalität ging.

– Was sagten Sie denn wirklich, überwand sich schließlich Halves, doch noch versöhnlich zu fragen.

– Ich weiß es nicht mehr, sagte Ingrid und hob hilflos die Arme (wie Entenflügel, dachte sie): ich weiß es einfach nicht mehr.

Der Bürgermeister war ein ruhiger und als Polizist auch erfahrener Mann, von dem sich irgendetwas in Ingrid die Rettung versprach. Nicht der Verstand; denn was konnte ihr der Mann anderes als die Rechtslage und ferne Ratschläge bieten?

– Abnehmen wird er ihn mir nicht, murmelte sie.

Es war schon nach Neun, aber Bein meldete sich noch. Ja, er hatte davon gehört und sie bedauert. Aber auch bewundert. Ja, er verstand ihre Angst und auch ihre Wut auf die Eltern. Aber mit Gewalt war der Bursche nicht zu den Eltern zu schaffen. Wenn er irgendwohin gehörte. Eine Verfügung beim Gericht war möglich. Sie konnte auch Anzeige erstatten. Ja, er wußte, daß viele Bürger es schwer erträglich fanden. Der Bürger war aber kein Kind und mußte zunächst selbst seinen Mann stehen. Mann, nun ja … Bein war etwas verlegen. Er wollte auch nicht sofort umfallen und sagen: seine Frau stehen, aber im Prinzip und schweigend gestand er ihr das zu.

– … Was machen wir nun? fragte Ingrid in das Schweigen hinein. Sie sah Bein vor sich, einen gutgebauten Enddreißiger mit Kräuselhaar und Schnurrbart, der bei Würstchen- und Weihnachtsbaumverkäufen seiner Partei zu guten und Werbezwecken immer im Parka erschien. An diesen zuverlässigen deutschen Männern zerschellen unsere Hoffnungen.

– Mit der Spucke im Schuh müssen wir selbst fertig werden. Das mußte sie erklären und tat es.

– Widerlich, sagte Bein und schwieg.

– Der Superintendent war dabei, sagte Ingrid.

– Also einen Zeugen hätten Sie, sagte Bein, aber es klang matt und müde, als wollte er sagen: Nun soll ich schon wegen ein bißchen Spucke einschreiten!

– Ich wollte nur sagen, daß er es trotzdem getan hat; vielleicht gerade, weil der Superintendent da war und er mich blamieren wollte.

Sie wagte sich vor. Sie wollte reden, reden, einfach reden.

Sich im Reden einholen und dies merkwürdige Gefühl des

Betäubtseins, dies Unterwassergefühl – und oben rollen die Ereigniswogen: das wollte sie verscheuchen und loswerden. Eine Person, die über das Problem sprach, wollte sie sein.

Aber Bein war, trotz eines nicht unerfreulichen Tons, lakonisch bis schweigsam.

Ja, er wußte, daß für den jungen Sander Provokationen die Hauptsache waren.

– Moment, sagte Ingrid: Ich mach mal das Fenster auf!

Plötzlich fühlte sie sich dem Ersticken nahe und bekam Platzangst. Hier, wo sie doch seit Jahren lebte, an ihrem alten Bürotelefon festgenagelt zu sein und in schlechter Luft umzukippen, war das letzte. Sie riß die Fensterflügel auf, nahm ein paar tiefe Züge und ging zurück zum Telefon.

– Ich bin wieder da.

– Geht es Ihnen nicht gut? fragte Bein.

– Ich bin schon O.K., sagte die Pastorin jugendlich.

Das Entlastende wollte auch er hören; und so sollte er es hören, damit er seinen Parka nicht anziehen brauchte.

– Vielleicht, sagte sie auf gut Glück: gibts ja was Gutes im Fernsehen.

– Heute ist Mittwoch, sagte Bein, und als sie nichts zu antworten wußte: Sporttag, Europa-Cup.

Es bestand also Hoffnung.

– Wenn es schlimmer wird, rufen Sie mich an, sagte er: Eine Straftat wird nicht geduldet.

– Könnten Sie nicht mal, Sie als Bürgermeister, versuchte sie einen letzten Anlauf, bevor die zurückhaltende Korrektheit des Mannes sie zwingen würde, aufzulegen und auf das Sprechen zu verzichten: die Eltern anrufen?

Sie hörte ein tiefes Durchatmen, das ganz authentisch wie das Seufzen eines Polizisten klang.

– Der Vater ist in der SPD. Wenn die davon hören, daß ich mich als Bürgermeister einmische, heißt es gleich wieder: Parteipolitik und Wahlkampf. Jeder im Ort weiß, wie empfindlich

Volkmar Sander ist. Er kann ja fast nur noch die Vögel ertragen. In die Familie kommt niemand mehr rein.

Was für ein Satz! Ingrid sah das Gesicht einer geschlossenen Persönlichkeit, während diese Persönlichkeit sprach: In die Familie kommt niemand mehr rein. Tür verrammelt. Fenster verrammelt. Gesichter verrammelt.

– Wenn schon Sie als Pastorin ... , hörte sie noch, da sagte sie rasch:

– Danke, Auf Wiedersehen. Und legte auf.

Vom Fenster wehte kühle Luft zu ihr und machte sie frösteln.

Versunken verfolgte sie die Bahn der Luft durchs Zimmer: über die Schale mit alten Kastanien, Eicheln und Herbstblättern auf der Fensterbank; über die altmodische Schreibgarnitur aus Marmor, die sie als Andenken an ihren Vater aufbewahrte (und weil sie in dem früheren Tintenfaß Büroklammern aufbewahren konnte und der Griff dorthin ihr zur Gewohnheit geworden war); über die Vase voller Bleistifte und Kulis, über Terminkalender und Adreßbuch, über verstreute Papiere und einige Cassetten, die sie eigentlich heute, an ihrem Konventtag, hatte hören wollen: bis hin zu ihr; und nun fror sie.

Da kam ihr die Idee, bei dem Fraktionsvorsitzenden der SPD im Ortsrat anzurufen. Eigentlich mußte sie das Fenster schließen, denn sie zitterte schon. Stattdessen suchte sie die Nummer heraus und wählte Tröter an. Während es klingelte, probierte sie aus, ob die Schnur lang genug war, um zur Not mit dem Hörer zum Fenster zu gehen und es zu schließen. Nein, natürlich nicht. Aber warum hatte sie nicht eben schnell vor dem Anruf das Fenster schließen können? Rätselhaft.

– Der Mensch ist ein lederner Sack voller Kniffe und Pfiffe, murmelte sie, als sich Tröter, ob der Zeit mit deutlicher Reserve in der Stimme, meldete.

Ja (ganz knapp), Ja (noch knapper), auch er hatte gehört. Und in der Tat war Volkmar Sander in der Partei, und er kannte den Genossen Sander lange und gut. Bis vor kurzem war er noch zugänglich gewesen. Aber seit der Krankheit, seit der Sohn diese furchtbare Sache gemacht hatte, lief da nichts mehr. Übrigens keine Sache der Partei. Wenn wir damit anfangen würden! Der Fraktionsvorsitzende lachte, als wollte er sagen: Dann müßte bei jedem von uns der Parteirat aufkreuzen.

– Oder nicht der Parteirat, sondern der Ältestenrat, murmelte Ingrid.

– Bitte? fragte Tröter. Welcher Ältestenrat?

– Ach nichts, sagte Ingrid: Ich hab nur laut gedacht. Ich frage mich nur, wer mir helfen kann. Sie wissen, ich bin alleinstehend, und jetzt hat sich der Gregor hier eingenistet, obwohl er noch keine Achtzehn ist und die Verantwortung eigentlich bei den Eltern liegt.

– Bei den Eltern, betonte Tröter und deutete mit einem sprechenden Schweigen an: Aber doch nicht bei der Partei.

– Die lassen sich nicht aus der Reserve locken, sagte Ingrid locker.

– Wenn Sie mich fragen, entgegnete Tröter schlagfertig, sind sie schon seit einiger Zeit aus der Reserve – oder andersherum: fahren auf Reservetank.

– Sie sehen keine Möglichkeit? fragte Ingrid frontal, da sie inzwischen furchtbar zitterte und demnächst mit den Zähnen klappern würde. Merkwürdig, daß sie bei Bein einfach den Hörer hinlegen und das Fenster öffnen konnte, hier bei Tröter aber lieber nicht den Hörer aus der Hand geben wollte, um das Fenster zu schließen. Das wäre so etwas wie ein Gefallen gewesen, um den sie Tröter gebeten hätte, und man wußte ja, wie empfindlich die SPD war, wenn es um die Balance der Gefallen ging.

– Vitamin B, murmelte Ingrid, die an die Posse um die Gesamtschule dachte, die so treffend als Intrigierte Gesamtschule bezeichnet worden war.

– Sie sprechen so undeutlich, sagte Tröter.

– Ich spreche gar nicht, ich murmle und zittere, weil es hier so kalt ist, sagte Ingrid, der es langsam zuviel wurde, mit diesem politischen Würstchen nicht anders umspringen zu können. Wer produzierte denn diese Skins! Cum grano salis.

– Ist bei Ihnen die Heizung kaputt? fragte Tröter: Ich könnte ...

– Nein, nein, sagte Ingrid, die nur keine Gefälligkeit zulassen wollte.

– Ich hatte nur gedacht, daß Sie als Parteigenosse Volkmar Sander vielleicht am Portepee fassen könnten, damit er sich mal um seinen Sohn kümmert oder wenigstens hier aufkreuzt.

– Jetzt noch? fragte der Fraktionsvorsitzende. Der geht doch um Neun ins Bett, weil er um Fünf aufstehen muß.

– Dann danken wir Ihnen für das Gespräch, sagte Ingrid sarkastisch und legte auf, weil sie ihr Bibbern und Zähneklappern nicht mehr länger beherrschen konnte (was ja nicht die Schuld des guten Tröter war, ihm aber jetzt zugerechnet wurde). Fast hätte sie den Cassettenrecorder von der Schreibtischkante geworfen, als sie zum Fenster lief, um endlich das Eindringen der kalten Luft zu stoppen.

Während sie die Flügel, die altmodischen Flügel des altmodischen Fensters im 200 Jahre alten Pfarrhaus schloß, sah sie draußen in der Dunkelheit Schneeflocken herabsinken. Ein malerisches, meditatives Bild, wie da sanft die Flocken fielen, das schwebende Weiß, während sie hier kämpfte. Aber warum kämpfte sie überhaupt? Mußte sie denn: kämpfen? Indem sie das Wort genau nahm, kam es ihr plötzlich albern und irreal vor. Real waren die Flocken, die draußen herabsanken. Real waren ihr Schüttelfrost und ihr Zähneklappern. Und wenn sie die Antwort darauf finden würde, würde auch alles andere gut werden.

– Das rede ich mir ein, murmelte sie: Nein, das rede ich mir nicht ein; das ist so.

Plötzlich schmeckte sie den heißen Kakao auf der Zunge, den sie damals mit Pierre am Montmartre getrunken hatte, als sie wie Touristen nach einem Zug durch die Museen den Zauberschlüssel für das entspannende AH suchten. Das war der Kakao gewesen – und das würde er jetzt sein, vorausgesetzt sie würde noch Pulver im Küchenschrank finden. In der Tür sah sie sich noch einmal um ins Pfarrbüro, in ihre Pfarrstube, wo sie mit dem Kirchenvorstand gesprochen und mit der politischen Spitze des Dorfes telefoniert hatte, ob ihr irgendetwas Passendes, Pathetisches einfiele, mit dem sie vor sich bestehen konnte. Aber mehr als die Sehnsucht nach dem Kakao brachte sie nicht in ihren Kopf.

Zurück vom Einkauf in der Kälte, die Hände in den kuppenfreien Fingerhandschuhen (die Blick und Empfindung so faszinieren), traf Ingrid im Wohnzimmer auf Gregor. Sie liebte es nicht, wenn er sich über das Gästezimmer hinaus in ihrer Wohnung ausbreitete und seine Duftnoten absetzte; aber für diesen Augenblick, in dem sie sich in ein Zimmer treten sah, in dem ein junger Mann wie Picassos »Lesende« am Wohnzimmertisch saß und als ein Lebewesen schon da war, erfaßte sie ein übermütiges Gefühl der Verbundenheit, und sie fragte, den Überschwang der Töne in eine distanziert-disziplinierte Form bindend:

– Was treiben Sie denn da?

Um noch diesen gebändigten mitmenschlichen Übermut freilich gleich zu bereuen. So langsam und betont gnädig hob der gelangweilte Jüngling den Kopf. So viel Stumpfes saß da und verschluckte jeden Ton. Da zog sie am besten sofort ihre Fingerhandschuhe aus und spielte vor diesem da nicht eine Minute das junge Mädchen im Frost – und am besten überhaupt nichts.

– Lagunenstadt mit sieben Buchstaben, sagte Gregor, halb zu ihr gewandt, den Bildungsapparat anfordernd.

Erst jetzt sah sie, daß er über einem Kreuzworträtsel hockte, vor ihren Bildern und Büchern die Trivialschwundstufe gewählt hatte. Das empfand sie als eine elementare Schwächung der Hoffnungen, die diesen Raum, in Kunst gebunden, bevölkerten und zu ihrem Refugium machten, so daß sie sich hier nie verlassen vorkommen konnte. Nun aber wollte sture Reduktion das stören und von ihr ablenken. Lagunenstadt mit sieben Buchstaben. Okay, gelöst, das wär's, machen Sie bitte die Tür hinter sich zu. Und das Rot der Bilder? Die verschiedenen Ausgaben, in denen sie Hölderlins »Andenken« finden und in Händen halten konnte, der Chor der frohen Stimmen?

– Weiß ich auch nicht, murmelte sie und verschwand aus dem Wohnzimmer. Vor der geschlossenen Tür blieb sie stehen und spielte mit den ausgezogenen Handschuhen. Seltsam, was ist in mir vorgegangen, dachte sie, daß ich die Treppe hochgeeilt bin, die Einkaufssachen dort vor der Küchentür abgestellt habe und, nachdem ich aus irgendeinem Signal geschlossen hatte, daß Gregor im Wohnzimmer saß, durch diese Tür hineingegangen bin und zwar eindeutig mit der Gebärde, meine Hände in diesen kuppenlosen Mädchenhandschuhen vorzuführen, als gelte es, einen bestimmten Blick herauszufordern ... Aber welchen Blick?

Während sie hinüberging, die Einkaufstaschen aufnahm und in die Küche trug, um die Einkaufssachen wegzuräumen, mußte sie plötzlich an Moni denken. Die hätte ihre Gebärde verstanden und sie in die Arme genommen. Die hätte vom eisigen Wetter draußen gesprochen und davon, wie schön warm es hier drinnen war und daß sie sich freuen könnten, solch ein Refugium zu haben. Moni hätte verstanden, welcher Rest der Welt damit in Schach gehalten werden mußte – und daß sie beide wußten, für welch kurze Zeitspanne das nur gelingen konnte! Dann waren die Refugien, die Türme und die Lagunenstädte dahin. Dann war die Kraft, sich an diesen Refugien festzuhalten, dahin, die Lebensfreude, die nachbarliche Güte ... Nun kamen die Begriffe für das Notizbuch, die Kraftzentren für ein, zwei künftige Predigten, und das war gut so. Eine Erfahrung würde sich niederschlagen. Und den zittrigen existentiellen Ton war sie auch los. Wenn nur nicht der Gedanke wäre, daß sie jetzt also, mit dem Einbrechen Gregors hier, ihre Refugiumszeit zurücklassen mußte; daß aus einem Alltag der Geborgenheit ein Posten der Erinnerung zu werden hatte, den man, nachdem es denn zu spät war, würdigen konnte.

Sie hatte zwei Packungen Van Houten-Kakao gekauft, Darjeeling für Moni, Assam für Bruder Robert ... Für alle legte sie Vorräte an ... Vorräte anlegen: sie sah plötzlich, in einem Film, einen jungen Stift im Lager die neuen Kisten und Kästen in die Regale wuchten, den Bleistift hinter dem Ohr. Auf Ohr reimt sich Kontor, alberte etwas in ihr. Sie sah hinüber zu den Handschuhen, die sie auf dem Herd abgelegt hatte und also wohl demnächst von dort irgendwohin verbummeln würde. Und aus einem bleichen, unerfindlichen Grund mußte sie eine knappe Minute mit den Tränen kämpfen. Keine einzige aber ließ sie hinaus, und darauf war sie stolz.

Es kam der Tag, da traf Bruder Robert Ingrid nicht allein an, und er witterte Gefahr. Da lungerte so ein junger Kerl im Wohnzimmer, frühmorgens, wenn auch an einem Sonnabend, aber immerhin in einer Weise, daß der erfahrene Gefahrenmensch wußte, der junge Mann mußte im Haus übernachtet haben, und hier lag eine besondere Situation vor. Sofort sprangen die Signallämpchen an, wie Robert es formulierte, als er Ingrid in die Küche folgte. Und da fand er denn auch die beiden Frühstücksgedecke, die seinen Verdacht bestätigten.

– Wer ist das? fragte er, mit dem Daumen hinter sich deutend. Nie hatte Ingrid ihn so natürlich gefunden.

– Ich glaube, sagte sie lächelnd (es war ein altes fremdes Lächeln, von weit her aus der Kindergeschichte, von der Mutter vielleicht): Neugier ist etwas ganz Selbstverständliches für dich. Du witterst und sicherst gern ...

– Wie ein Tier im Walde, ich weiß ... Aber wer ist der junge Bursche drüben im Wohnzimmer?

– Warum willst du das wissen? Ist das so wichtig? ... Ein Gemeindeglied, das Hilfe braucht ...

– Ich sage dir: Bei mir gehn alle Signallämpchen an, wenn ich den sehe ...

– Signallämpchen.

– Ein Mensch, dem ich nicht den Rücken zukehren würde.

– Aber das tust du doch schon, sagte Ingrid, amüsiert von diesem übertriebenen Waldläufergebaren.

– Ich komme gleich wieder, sagte Robert abrupt und ging hinaus. Ingrid konnte wohl den Kaffee allein aufbrühen, den Bruder Robert lieber zum zweiten Frühstück trank als den lauwarmen Tee, den sie noch anbieten konnte. Und sie konnte mit diesem jungen Mann, den die Eltern wegen seiner unsteuerbaren Gewalttätigkeit (so hatte sie es am Telefon verschiedentlich genannt, wenn sie den Tatbestand in einem Satz erledigte) lossein wollten, allein fertigwerden ...

Doch Bruder Robert war in der Tat gleich wieder da. Er hatte nur seinen Aktenkoffer geholt, sie wußte einen Moment nicht, warum; denn bisher hatte er dieses Renommierstück jedes Vertreters nie mit heraufgebracht. Aber dann, zugegeben erst nach einem Blick in Bruder Roberts Gesicht, der eine große männliche Entschlossenheit entdeckte, fiel bei ihr der Groschen: der Rothaarige hatte seinen Eschenstock geholt, um gewappnet zu sein.

– Wie albern, murmelte Ingrid, empfand aber in ihren gemischten Gefühlen auch eine Art Respekt vor der Entschlossenheit ihres Bruders. Solche Entschlossenheit hatte in der Gemeinde bisher niemand dem jungen Gregor Sander entgegengesetzt. Trotz Schützenverein, Jugendpfleger, Polizist als Bürgermeister ...

Fast bedauerte sie, daß sie sich nicht einfach an ihren Bruder wenden und ihm das Problem mit dem Jungen übergeben konnte, der vor einigen Tagen abends bei ihr aufgetaucht war und aufgenommen werden wollte, ein paar Utensilien in der häßlichsten Plastiktasche, die sie in ihrem Leben bisher gesehen hatte (kein gutes Omen). Kackbraun. Und der nun in ihrem Gästezimmer, hier oben in ihrem Heiligsten, schlief, da er im Pfarrbüro beim besten Willen nicht untergebracht werden konnte und niemand, buchstäblich niemand (und nicht einmal seine Freundin, die sich nur aus Angst vor ihm bisher nicht von ihm getrennt hatte) ihn aufnehmen wollte, das Gefängnis aber erst nach dem Prozeß, vielleicht ...

– Laß uns ins Wohnzimmer gehen, sagte Ingrid und nahm das Tablett mit dem Kaffee, den Toastbroten, der Butter, der selbstgemachten Himbeermarmelade, die Bruder Robert inzwischen so schätzte, Milch und Zucker (sie nahm alle diese Dinge auf dem Tablett in einer Deutlichkeit wahr, als gelte es, damit ein Vermächtnis zu bestreiten).

Gregor stand am Fenster, mit dem Rücken zum Zimmer wie ein konzentrierter Chef, und konnte deshalb die etwas merkwürdige Prozession der Geschwister, mit Tablett und Köfferchen, nicht würdigen. Er schien überhaupt nichts würdigen zu wollen, denn er blieb, mit einer undefinierbaren Schulterbewegung alle Angebote abwehrend, am Fenster stehen, durchaus auch stur und ohne jede Regung, aus Diskretion das Wohnzimmer der Gastgeberin zu verlassen und sich ins Gästezimmer zu verfügen. Er stand da, groß, massig, schwarz, kahlgeschoren, sprechender deutscher Rücken und Nacken: ohne sich zu rühren.

Bruder Robert ließ sich davon nicht einschüchtern und konterte mit einer halblauten Rede, die so berechnet war, daß sie dem dort lebenden gefährlichen Menschen ein bißchen was aus seiner Erfahrung zu knacken gab. Ingrid fühlte sich überflüssig und fehl am Platze, als vorgeschobene Gesprächspartnerin für so einen Sermon mißbraucht zu werden, der nach der Melodie ging: Ich kenne diesen Andrang oder Gefühlsschwall, der mit anderen kurzen Prozeß machen, aus dem Weg geräumt haben will, und die Lust, die Ärmel aufzukrempeln und den Stall auszumisten, dreinzuschlagen, wenn sich nicht endlich was ändert, die Lust, den von der Haut fest umspannten Körper blitzschnell und zielgerichtet zu bewegen wie ein Geschoß oder ein Verhängnis (er sagte tatsächlich: Verhängnis – und alles waberte in einem unverständlichen Fremdenlegionärspathos und traf doch auch etwas, was dort am Fenster stand, eine Ausdünstung, ein Tiermännliches ...).

– O.K., auch ich hab manchen nachher gesehen, Matsch, in seinem Blute, Rest, Leiche oder Klumpen – und ich kann dir sagen (Bruder Robert hatte die Frechheit, Ingrid anzusprechen): das ist auf die Dauer kein Vergnügen. Der süßliche Gestank, das Getier, die merkwürdige Stille ... Man wird dadurch fahrig und abwesend. Dann kriegten wir immer Fronturlaub, um uns wieder ins Zivilleben einzuleben. Aber ich frage mich manchmal wirklich, wo sich heute die Leute wieder einleben wollen. Gibt es noch ein Zivilleben, in das man sich einleben kann oder nur noch Zonen unterschiedlicher Unsicherheit ...

Bruder Robert ließ durchblicken, daß er, als Held, den jugendlichen Wunsch, heldenhaft aufzuräumen, freien Raum zu schaffen, durchaus verstehen könne. Es sah etwas merkwürdig aus, wie dieser gut gekämmte Rothaarige dabei im Sessel saß, in der einen Hand die Kaffeetasse und in der anderen sein Aktenköfferchen. Offensichtlich war ihm nur seine Stimme wichtig.

Was macht Menschen einander sympathisch? Es waren ja diese Fragen von der Ratgeber-Seite, die Bertrand Russell und Ingrid amüsierten und bewegten. Ingrid schloß in diesen Tagen mit Klaus, dem alten Doktor, Freundschaft, als sie aus ihrer Wohnung und in viele Gespräche floh. Sie entdeckte, daß Klaus genau wie sie eine Schwäche für sentimentale amerikanische Schlagerballaden hatte und das sogar zugab. Sie war überrascht, denn sie hatte diese Schwäche für ein Privileg ihrer Generation gehalten – und nun bekannte sich dazu jener ältere Herr, der vor zwei Jahren seine Praxis an seinen Sohn übergeben hatte und schon einige Male, aus Langeweile wohl, versucht hatte, mit ihr ins Gespräch zu kommen. Nun lauschte sie, wie groß nach dem Krieg die Erleichterung gewesen war, als man sich solch zivilen Genüssen, hinter denen man keine Propaganda wittern mußte, hingeben konnte. Und Zivileres als die amerikanische Schlagerballade gibt es wohl nicht. Als Klaus diesen Satz sagte, stieg ein großes Sympathie-Gefühl für ihn in Ingrid auf, und sie freute sich, daß sie endlich (und noch in dieser Situation, was wieder einmal Hölderlins Wort vom Rettenden in der Gefahr bestätigte) im Dorf einen Gleichgesinnten gefunden hatte. Freilich sprachen sie mit bitterer Miene und offizieller Empörung über die Raserei auf dem Lande und sogar noch in ihrem Dorf, wie die Motorradfahrer mit 140, ja oft in solch einem Tempo, daß man nichts und niemanden mehr erkennen konnte, sie gleichsam zur Wegwerfkulisse machten. Um die Stimmung der Pastorin aufzuheitern, erzählte Klaus von dem jugendlichen Raser, der auf der Autobahn von der Polizei eingefangen wurde, als er bei einer Geschwindigkeitsbegrenzung auf 120 mit 240 gemessen worden war: und auf die Frage, ob er denn nicht das Schild mit dem Geschwindigkeitsgebot gesehen habe, antwortete: Glauben Sie, bei diesem Tempo sehe ich noch was!

Klaus erzählte also einen Witz, über den sie lachten (obwohl dies eine Nachricht aus der Zeitung gewesen war). Wie sympathisch waren ihnen da ihre Gesichter! Und so fing Klaus an zu summen und sang schließlich ein wenig: Laura and Tommy were Lovers. / He wanted to give her everything: / Flowers, presents, but most of all: a wedding ring. // He saw a sign for a stock-car-race. / A thousand-dollar-price it read. / He couldn't get Laura on the phone, / So to her mother Tommy said: // Tell Laura, I love her, / Tell Laura, I need her, / Tell Laura, I may be late, / Tell, Laura, I've something to do / That cannot wait.

Früher, so erzählte Klaus mit angenehmer Selbstironie, hatte er eine ganz klangvolle Stimme, und eine Weile, nach dem Krieg, sang er gern Lieder aus dem Radio nach, obwohl seine Frau dann wütend wurde, weil sie meinte, wenn sie das hörten, würde ihn das den Respekt seiner Patienten kosten. Bully Buhlan, Rudi Schuricke, später noch ein wenig René Carol und Gerhard Wendland. Klaus gefiel die alberne Lust am schönen Motiv, und wenn es noch so sehr zum Klischee geworden war und wurde. Aber noch mehr und bis heute mochte er die sentimentalen amerikanischen Schlagerballaden, weil sie in ihrer Übertriebenheit nicht ganz so albern waren wie die deutschen und man sie deshalb nicht so leicht überkriegen konnte. Auch entlastete die fremde Sprache ein wenig von der kulturellen Verantwortung. Andere schunkelten im Bierzelt; Klaus kostete ganz gern den Schlagergesang, um sich vom Alltagsräuspern freizusingen.

Natürlich war Ingrid überrascht, aber dann konnte sie sich nicht bezähmen und fiel ein in den Gesang, um nachher gleich nach dem Sänger zu fragen, weil dies eines der Lieder sei, die auch ihr immer wieder einfallen würden, abends im Bett, auf Wanderungen, einmal im Norden Schottlands. Diese eingängige, etwas wacklige Melodie, die Geschichte von dem jungen Liebenden, der, um zu Geld für die Hochzeit zu kommen, an einem Autorennen teilnimmt und sich totfährt und von dessen Leben eigentlich nichts übrigbleibt als die Nachricht: Sag Laura, daß ich sie liebe. Am Telefon hört man sie plötzlich, in der Kirche hallt sie nach – und Ingrid als Pastorin ... Klaus wisse schon!

Klaus wußte zwar nichts, aber Ingrids Gesicht war von der Begeisterung für dies wiederkehrende Lied jünger geworden und wie erhellt, so daß er sie verliebt ansah und ihr sehr aufmerksam zuhörte. Auf den Namen des Original-Sängers kam er jedoch nicht. Es waren etliche, die dieses Lied damals gesungen hatten, vielleicht auch Ray Peterson, aber nicht Gene Pitney, dessen Balladen er ebenfalls ganz gern nachgesungen hatte. Für eine Schlagerballade reichten seine Luft und seine Stimme: zwei, zweieinhalb Minuten; dann war er froh, daß er sich wieder seinen Patienten zuwenden konnte.

– Wären Sie gern Sänger geworden? fragte Ingrid.

– Überhaupt nicht! Sie wollen mich wohl für Ihren Kirchenchor …

– Warum nicht? Es gibt wunderschöne amerikanische Gospels …

– Ich bin nur Privatmann … sagte Klaus: … Privatmann!

Da verfinsterte sich Ingrids Gesicht, und die großen Verantwortungswolken zogen auf. Keinesweges wollte sie, indem sie in seinen Gesang eingestimmt hatte, nur die Komplizin von Klaus' Privat-Existenz sein, die sie für unerlaubt, sogar verbrecherisch hielt. Lieber zeigte sie Klaus das erfolgreiche Spielverderbergesicht ihrer Generation, das seit »Global 2000« einfach recht hat (während freilich weiter unten das Herz und die Füße tanzen und ausbrechen möchten). Ja, Klaus konnte sie es zeigen, weil er es verstand und sie deshalb nicht gleich stehenließ. Aber was weiß ein Sander von diesem Gesicht? Laß mich heut mit meiner Liebe nicht allein, sang René Carol … Und dazu fand dann Ingrid langsam wieder ein anderes Gesicht. Wie wird man wohl einmal das spielverderberische Global 2000-Gesicht nennen? … Wie wenig jedenfalls paßte es auf eine Vespa, jenes beschwingte Gefährt aus der Nachkriegszeit, das auf kleinen Rädern durch die Wunder Italiens rollte und mit ansteckendem Gesang seiner Nutznießer schließlich auch Deutschland, jedenfalls die Bundesrepublik aufsuchte, um Stimmung zu verbreiten. Heutige Motorradfahrer möchten vielleicht auch eine Stimmung verbreiten, insofern stimmte der alte Klaus Ingrids gutem Willen zu; aber man wird doch recht schüchtern davon. Schwarze Ritter sind es, Racheengel und Fürsten der Unterwelt, blanke, funkelnde Kampf-Gewaltige.

Unaufmerksam stieg sie die Stufen hinauf in die Wohnung, als sie plötzlich einen Schatten wahrnahm und erschrak. Eine dunkle Gestalt im Flurhintergrund, ein Unbekannter im Dämmerlicht der Treppenbeleuchtung, beim Gästezimmer – und also wohl jemand, der zu Gregor gehörte. Der Einfall, Gregor könnte jetzt noch Kumpane hierher laden, weckte die Alarmgeister. Schnell knipste sie das Flurlicht an.

Da stand Gregor vor ihr; aber es war nicht Gregor. Denn er hatte sein Gesicht schwarz angemalt, und er hatte auf ein helles T-Shirt mit schwarzer Farbe den Slogan gemalt: Win or Die. Ohne jeden Fehler war das geschrieben, dachte sie einen Augenblick mokant. Ein Skin, wenn denn Gregor einer war, war nichts als die Manifestation seiner dumpfen Gewaltbereitschaft: Win or Die ... Das war die auf die Spitze getriebene Konfrontation, adressiert an Opfer-Täter, für die die Alternative zum Sterben schon ein Gewinn oder die Alternative zum Gewinnen schon der Tod, das Leben also ein Setzen auf das Gewinnen und sonst gar nichts ist ... Es ließ sich darüber nachdenken, und das schwarz angemalte Gesicht des Jungen, die Mühe, es für sie schwarz anzumalen, zeigte, daß sie nachdenken sollte.

– O.K., murmelte sie: Warum nicht.

Laut sagte sie:

– Was hast du mich erschreckt!

Ziemlich lahm; denn so richtig hatte sie sich seit Jahren schon nicht mehr erschrocken. (Wann hatte sie denn den Schrecken verlernt? Und war es nur der Schrecken der Kindheit? Oder jede Form von Bestürzung?)

– Ach ja, sagte Gregor langsam, im Ton jener Jugendlichen, die alle Tricks der Erwachsenen durchschauen, sich aus dem wahrhaftigen Gespräch zu verdrücken.

– Wir sind zu ihren Pappenheimern geworden, murmelte Ingrid: Ich bin ein Pappenheimer, unwiderruflich als Generation vorgerückt, aufs Grab zu.

– Hast du Lust, einen Kakao mit mir zu trinken? fragte sie: Ich hab solch einen Appetit darauf.

Das schwarzgemalte Gesicht und die ganze Gestalt vor ihr verharrten, nur die Augen schienen gierig aus den Höhlen springen zu wollen. Wohl der Sinn der Kriegsbemalung. Das Gesicht wird zur Kulisse, aus der die Augen hervorspringen. Auf sie zu.

– Nun? fragte sie.

– Mit Rum, forderte Gregor. Der Genuß solcher Getränke wie Kakao war nur genehmigt, wenn sie mit Alkohol veredelt und in eine echte Droge verwandelt wurden.

– Ich mag keinen Rum, sagte Ingrid (was nicht stimmte; sie sagte das therapeutisch): Ich hasse diesen ewigen Fusel. Der Kakao ist so ein wunderbares Getränk! Muß da immer gleich der Rum dazu?

– Was fürn Aufstand, kam es vom Schwarzbemalten.

Wohl eine Floskel, die Distanz signalisieren sollte.

– Also ich hab Lust auf Kakao! Und die Lust laß ich mir nicht kaputtmachen, sagte Ingrid und ging in die Küche, darauf hoffend, nun auch tatsächlich Kakao in der Küche zu finden – und genug Milch im Kühlschrank zu haben. Das Programm mußte klappen. Denn wie stand sie sonst vor diesem aufwendigen Jugendlichen da, der durch ihr Verhalten bezwungen werden wollte.

Bring was, wenn dir dein Leben lieb ist! Das meinte die Aufschrift. Merkwürdig, seit sie die Aufschrift gelesen hatte, die Anrede an sie, fühlte sie sich wohler. Nicht ungefährdeter, aber wohler.

– Nicht mehr die diffuse Dräuung, murmelte sie, während sie die Küchenschranktür aufzog und die Dosen und die Gläser mit ihren Vorräten musterte. Ja, aber wo waren die Vorräte, mit denen sie gerechnet hatte? Es war da eine alte Van Houten-Kakaodose, das sah sie, aber darin waren Rosinen. Sie rückte die Dosen und Gläser hin und her, vor und zurück; aber es war nicht zu ändern, der Befund war niederschmetternd: Nichts. Kein Kakao da. Ihr Kakao hatte sie im Stich gelassen. Sie war kein Sieger.

– Wieder nichts im Hause, hörte sie hinter sich. Und da diese Worte so genau in ihre Gedanken paßten, erschrak sie nun wirklich und hätte fast mit einem Schrei das Glas mit Langkornreis auf die Fliesen fallen lassen. Keine Scherben jetzt! Tatsächlich kam ihr im Küchenlicht das Glitzern der Augen in der schwarzen Gesichtsmaske bedrohlich vor.

– Nur keine Schwäche jetzt, die zu Taten einlädt! Auf keinen Fall die Opferrolle! murmelte sie.

– Was? fragte Gregor.

– Sieh doch mal im Kühlschrank! Ob wir wenigstens Milch dahaben! rief sie, ein bißchen laut, fand sie, zu dem Jungen hinüber. Das Wir und der Befehl sollten es machen.

– Den Kakao können wir dann zur Not von Oma K. holen.

Es war ihr eben noch rechtzeitig eingefallen, daß die allseits Oma K. genannte Nachbarin gern Kakao trank. Jedenfalls hatte sie davon gesprochen, nachdem Ingrid ihr einmal in einem redseligen Moment ihre romantische Leidenschaft verraten hatte. (Als sie noch Zeit haben wollte für die ausführlichen Gespräche in der Nachbarschaft.)

– Bummelnder Redepartner, murmelte sie.

– Haben Sie was gesagt? fragte Gregor.

– Ich sagte: Oma K. wird uns auch um halb Zehn noch Kakao borgen, wenn sie welchen dahat.

– Zur Not, intonierte Gregor sarkastisch, da er ihr diese Rede nicht als Wiederholung des eben Gemurmelten durchgehen ließ. Aber er öffnete den Kühlschrank und entdeckte die Milch.

– Genug Milch für eine Kakao-Orgie, die wir mit tagelanger Verstopfung büßen müssen, sagte Ingrid (noch immer rätselnd, daß sie doch vor gar nicht langer Zeit Kakao-Vorräte gekauft hatte ...): Wie wär's, wenn du mal schnell zu Oma K. rüberläufst und sie um eine Ration Kakao bittest?

Sie nahm, ohne auf den verdutzten Gregor, der wie zum Kontrast zu seinem schwarz bemalten Gesicht die dreiviertel gefüllte Milchflasche hochhob, um sich lässig vom Vorhandensein des behaupteten Vorrats zu überzeugen, eine kleine rote Dose aus dem Schrank, in der einmal Picadilly-Tee gewesen war. Eine schöne, original englische Tee-Dose mit einem minarettartigen Deckel, die ihr vor Jahren einmal ihr Religionslehrer geschenkt hatte. Damals, nach dem Ende der Pierre-Geschichte, war sie überall im Vaterland herumgereist und hatte Verwandte und Bekannte besucht, um ein wenig zu lernen, wie man sich an die Heimat anschließt. Und als hätte er das verstanden, aber nicht ganz verstehen wollen, hatte ihr der alte Religionslehrer diese schöne englische Tee-Dose geschenkt.

– Im Land aus der Fremde geschenkt, murmelte sie: Es gibt wohl unter uns einen gewissen Zwang zum symbolischen Handeln ...

– He? fragte Gregor ungehalten: Bist du nicht ganz dicht? Wenn die mich sieht, kriegt sie einen Herzschlag und ist tot.

Richtig, bei Oma K. wohnte ja der Andy, und Andy war Gregors Opfer ... Win or Die: war Ingrid versucht zu sagen, amüsiert von der plötzlichen Besorgnis.

– Du kannst dich doch waschen, oder? fragte sie und stellte wie früher als Studentin im Seminar bei erregten Steh-Debatten aufmüpfig ihre Hüfte raus. (Inzwischen kam einiges aus tiefen, unkontrollierten Schichten.)

– Also, sag mal, spinnst du? bekam sie zur Antwort.

– Also gut, nahm Ingrid den Ton auf: Dann geh ich rüber und hol den Kakao, während du schon mal die Milch aufsetzt. Der Topf ist auf dem Trockenrost, der rote da! Aber laß die Milch nicht anbrennen!

Und mit diesem Kommando rettete sie sich aus der Küche.

Oma K. brachte es fertig, von der Kirschernte vor fünf Jahren zu erzählen, als ihr Mann noch in die Bäume kletterte und 35 Eimer selbst herunter holte, obwohl die Milch anbrennen konnte. Jetzt war Oma K.s Mann schon drei Jahre tot, aber sie hatte dafür noch genug Kakao für einen ganzen Weihnachtsbazar, und es machte ihr auch nichts aus, um diese Zeit gestört zu werden.

– Ich habe außer Andy keinen im Haus, und die im Fernsehen, die antworten nicht, sagte sie auf ihre unnachahmliche Weise. Wenn Ingrid nur daran dachte, wie sich Oma K. um Andy kümmerte, dann wurde ihr warm ums Herz. So überschaubare, umgängliche und dennoch nicht auf den Kopf gefallene Menschen: war das nicht die ideale Gemeinde? Wohin man immer gern zurückkehrt?

– Denn man weiß, wohin, murmelte sie.

Oma K. war es egal, wann die Leute an ihrer Tür klingelten, mit denen sie sprechen und denen sie erzählen konnte, Hauptsache sie klingelten. Und noch klingelten sie ja. Und Gott sei Dank nicht nur wegen der Kirschen, sondern wegen diesem und jenem und jetzt sogar wegen dem Kakao. Zwar waren die Kirschen seit Jahrzehnten die Hauptsache, aber jetzt fand sie niemanden mehr, der die Kirschen aus den Bäumen pflückte, für das Geld, das sie brachten. Wer ging heute noch in die Bäume wie ihr Mann ein Leben lang? Der übrigens in die Bäume gestiegen war, weil es ihm Spaß machte, das Klettern, das Kucken und Riechen, aber natürlich auch das Naschen. Oben Kirschen zu essen, die Kerne runterzuspucken, in Nachbars Garten zu rufen und den Triumph über die Stare zu genießen.

– Die Stare mochte er nicht. Die mögen wir alle nicht, sagte Oma K.: Und sie sind ja auch ein bißchen häßlich, wie bedröppelt, und als Schwarm unerträglich, wenn sie die blutenden Kirschbäume zurücklassen!

Längst hielt Ingrid die mit Kakao gefüllte Tee-Dose ihres verehrten Lehrers in Händen; längst auch hatte sie sich vorgenommen, irgendwie Gregor dazu zu bringen, bei Oma K. in die Kirschbäume zu steigen, sobald es soweit war und die Kirschen nicht erfroren waren, damit die schönen und noch gesunden Bäume nicht noch als nutzlos empfunden und eines Tages gefällt wurden, denn so ging es hier auf dem Land kurzerhand ... Aber immer noch konnte sie sich nicht von Oma K.s Redestrom lösen, ohne sich schuftig vorzukommen. Sie fror; sie meinte, die angebrannte Milch bis hierher zu riechen; und sie sah im Geiste schon ein Feuer in ihrer Küche emporschießen. Da hielt sie es nicht mehr aus.

– Liebe Oma K., jetzt ist die Milch schwarz, wenn ich nicht sofort verschwinde! Also vielen Dank! rief sie, schon fortlaufend. Immer hatte man für die Menschen, die es am meisten verdienten, am wenigsten Zeit.

– Auch für die Dinge übrigens, murmelte sie, vielmehr stieß sie murmelnd hervor, denn sie war das Laufen nicht mehr gewöhnt und kam schnell außer Atem.

Sie mußte gehen. Noch einmal drehte sie sich mit schlechtem Gewissen um und winkte herzlich, weil sie meinte, der nun so verwitweten und verwaisten Oma K. winken zu müssen. Aber Oma K. war nicht mehr zu sehen.

Auch roch das Pfarrhaus keinesfalls nach angebrannter Milch. Als sie die Treppen hochgehastet und im Begriffe war, in die Küche zu stürmen, entdeckte sie in der Tür zum Gästezimmer den schwarz bemalten Gregor, der dort so gleichmütig und irgendwie taub lehnte, daß sie gleich wußte, was kommen würde. Und doch fragte sie.

– Hast du die Milch gekocht?

– Ich bin doch nicht Ihr Sklave, kam es aus dem schwarzen Gesicht, deutlichst und auf Distanz bedacht.

– Ne, natürlich nicht ... Wenn überhaupt was, rutschte es Ingrid heraus: Eher bin ich wohl die Küchenmagd des gnädigen Herrn. Ein heißer Ärger, wenn denn ein Ärger heiß sein kann (aber der plötzliche Blutandrang im Kopf war groß), sauste in ihr hoch, und um sich in der Hand zu behalten, ging sie schnell und ohne ein weiteres Wort in die Küche. Wenigstens wollte sie sich nun endlich den ersehnten Kakao zubereiten (und sich auf nichts weiter einlassen).

Als sie am Herd stand und geduldig den Kakao-Sud rührte, stellten sich zu dem aufsteigenden Duft die Pierre-Bilder ein, in Paris und anderswo, und sie hörte kaum, wie Gregor hereinkam.

Aber dann stand er da, zwei, drei Schritte hinter ihr, doch nur halb in ihrem Rücken, so hingebaut, daß sie sehr gut sehen konnte, wie er sie beobachtete.

– Narziß, murmelte Ingrid.

– Was?

In manchen Gebärden sind sich alle Männer gleich. Dazu gehört die Gebärde des Zuwartens auf ein Anrichten der Frauen. Die Zeit steht für sie still, während die Tätigkeit der andern geschieht. Ob friedlich, ob ungeduldig, ob ungerührt, es ist eine Selbstverständlichkeit in dem Zuwarten, die die Weltgeschichte auf ihrer Seite weiß. Die Herren der Schöpfung können sich zurücklehnen.

– Die Herren stehen bequem neben dem Weib, murmelte Ingrid. Sie nahm den Topf von der Platte und schüttete den heißen Kakao in den braunen Krug, den ihr Moni einmal aus den Ferien mitgebracht hatte. Ein schöner dänischer Krug. Die Hand schmiegte sich um den Griff, der glasierte Ton warf einen dunklen Schimmer herauf zu den Augen. Fast überkam sie beim Benutzen dieses Krugs das Gefühl, eine Kult-Handlung zu vollziehen wie beim Abendmahl, wenn sie den Kelch griff, mit dem Tuch abwischte und drehte. Als sollte sie den ungebärdigen Jüngling tränken und damit das Widerborstige seiner Seele besänftigen. Sie stellte den Krug auf den Holzuntersetzer und nahm zwei Becher aus dem Küchenschrank. Die alten Namensbecher, die sie damals zu Beginn ihres Studiums gekauft hatte: Ingrid und Dieter.

– Mit den Männern hab ichs heute, murmelte sie.

– Setz dich, sagte sie, da Gregor noch immer seitlich des Herds aufgebaut war, um dort eine gute Figur zu machen.

– Juckt es nicht im Gesicht? fragte sie und faßte sich verdeutlichend an den Kopf.

– Es juckt immer, sagte Gregor und setzte sich automatisch vor den Becher, auf dem »Dieter« stand.

Wieder spürte Ingrid jenes heimliche Triumphgefühl. Das Unterbewußte klappte noch! Wenn der Instinkt der Pose entwischte, war der Mensch noch in Ordnung, hieß das doch.

– Immerhin, wenn uns die Posen so viel kosten, die Opfer vor allem, murmelte sie.

– Sie murmeln immer, sagte Gregor: Das geht einem auf den Keks.

– Eine Angewohnheit wohl, vielleicht älter als der Keks, konterte Ingrid gelassen. Das Ja zu sich hatte sie schon etliche Zeit hinter sich. Bilder von den Sitzungen mit Moni und den andern von der Gestalttherapie sprangen in ihrem Bewußtsein auf, und alle waren irgendwo in einem Raum und murmelten. Moni legte die Hand auf, auch sie murmelte, sie konnten beide auf das Losungswort hin schluchzen und lachen.

– Ach ja, registrierte Gregor mit aufreizendem Interesse. Es klang wie die Frage: Haben Sie deshalb keinen Mann abgekriegt?

– Prost, sagte sie und hob den Becher.

So wunderbar war der Duft, daß sie die Augen schloß, um dem Gedanken nachzuhängen, wann sie das letzte Mal – da plötzlich, aus einem warnenden Instinkt heraus, als seien bedrohliche Wellen zu ihr gedrungen, riß sie die Augen auf und sah eben noch, wie der Schwarzbemalte den heißen Kakao in ihre Richtung schüttete: und tauchte schnell unter dem braunen Schwall (sie sah ihn ganz deutlich, noch die Schaumperlen) weg.

Hinter ihr klatschte der Kakao auf die Fliesen. Ein paar Spritzer waren auf den Tisch gekommen, und auch sie hatte durch die heftige Bewegung etwas von ihrem Kakao verschüttet. Aber sie selbst, die Stuhllehne und der kostbare Küchenschrank waren unversehrt geblieben, wie sie mit einem raschen Blick feststellte. Wenn sie diesen heißen Kakao ins Gesicht bekommen hätte, wäre es wohl mit der Schönheit endgültig aus gewesen. Der dicke heiße Sud hätte sich auf die Haut gelegt und sie verbrannt. Die Augen wären furchtbar zugeklebt, ja zugeschweißt worden, und sie hätte nicht mehr so leicht blicken können wie eben jetzt auf die schwarze Maske vor sich mit den darin gierig leuchtenden Augen. Wie auf dem Sprung saß er. Wenn sie jetzt die Opferrolle annahm, sprach es in ihr, nur nicht die Opferrolle annehmen, es gibt einfach elementare Regeln für Menschen in Gefahr. Ich muß die Opferrolle meiden und darf mir nicht die Situation aufdrängen lassen. Sie probierte es und trank erst einmal von dem Kakao. Was auch geschehen sollte, sie würde von dem Kakao getrunken haben, sagte sie sich.

– Und ich rede mir nicht zu, das ist etwas, murmelte sie.

– Sie murmeln schon wieder, sagte Gregor tonlos. Das Tonlose konnte die Situation in der Schwebe halten, so daß er sich die Jagd nicht verdarb.

– Sie sollten von dem Kakao kosten; er ist wirklich gut, sagte Ingrid.

Sie trank noch einen Schluck und drang auch zu etwas ähnlichem wie dem Geschmack durch. Heißer Kakaogeschmack auf der Zunge statt heißen Kakao im Gesicht. Sie mußte sich überwinden und ihm nachschenken, damit ihre Situation weiterging und nicht seine. Sie mußte den überlegenen Entwurf wagen, so aberwitzig dies auch ihrem Vater vorgekommen wäre.

Sie nahm den Krug wieder in die Hand, ja ihre Hand suchte im behutsamen Zugreifen nach dem Henkel das Feste, die beruhigende Antwort ihres Lebensbegleiters, aus dem sie schon seit Jahren und nie ohne Freude etwas eingoß, auf diese Prüfung. Langsam schenkte sie in den Dieter-Becher, den Gregor immer noch umklammert hielt (damit seine Anspannung und Erregung verratend), ein wenig nach. Nicht zu viel, denn Gregor hielt den Becher schief. Und so viel Kakao, daß man beliebig davon in die

Küche schütten konnte, war auch nicht vorhanden. Es war auch nicht genug, um ihr Gesicht damit zu bedecken. (Denn vor dem Bedecken des Gesichtes mit dem heißen Sud hatte sie doch Angst; wie eine furchtbare Gesichtsmaske wäre ihr das vorgekommen – und sie erschrak, als ihr einfiel, Gregor habe sie damit sich angleichen wollen können: die Maskierten, die maskierten Täter und Opfer ...)

– Sie wolln mich wohl durch den Kakao ziehn, tönte es da von gegenüber des Tisches, recht aufgeräumt, schien es. Und tatsächlich trank Gregor den Kakao, nachschmeckend zuerst, dann mit genußvoll schlürfenden Schlucken. Wie eben Söhne von gutmütigen autoritären Vätern schlürfen. Wie sie die Nachtischschälchen auslecken oder beim Aufstehen rülpsen. So fiel auch der Schwarzbemalte in die Familienrolle – und schien erstmal entschärft. Ingrid trank nun gemächlich, den Becher gar nicht mehr vom Mund nehmend, schlückchenweise, so daß ein kleiner Strom Kakao in ihren Magen rieselte und jenes angenehme Dehnungsgefühl in ihrem Körper hervorrief, dies Ausatmen, nach dem sie sich gesehnt hatte. Den verschütteten Kakao konnte sie immer noch aufwischen, den gewaltbereiten Jungen immer noch therapieren; jetzt erstmal waren die Minuten der existentiellen Pause, in denen sich ihr Körper wiederfinden und ihre Seele Kraft gewinnen konnte.

Sie sagte Gute-Nacht.

Gregor nahm mit einer raschen Geste ihre Hand auf, führte sie eine kurze Strecke und ließ sie wieder fallen. Als wollte er sich in die Reichweite ihrer Hand bringen. Es war etwas Scheues, unwiederbringlich Junges in der Gebärde noch dieses Menschenbrocken, das sie erschütterte. Mit einem Mal fühlte sie sich an frühe erotische Situationen erinnert, an den Geschmack der Erregung im Mund, an das Vereinzeln der Gliedmaßen, die alle irgendwohin strebten und streben sollten.

– Der Mensch hat eine Aura, murmelte sie: und die wird gerichtet.

– Bitte was? fragte Gregor. Die Stimme klang »belegt«, und immerhin sagte er: Bitte.

– Hör nicht drauf, ich rede manchmal mit mir selbst, sagte Ingrid, räusperte sich und suchte nach ihrer Pastorinnen-Stimme. Ungern gab sie das zu, und am liebsten hätte sie hinzugefügt, daß das keine Altersschwäche, sondern eine Charakter-Beigabe sei, lebenslang (das hatte sie in der Therapie gelernt). Ich kann nicht allein sein, ich habe immer einen Gesprächspartner. Wie sie es früher, in großer Zeit, oft gerechtfertigt hatte; während sie heute die Leute lieber im Glauben ließ, sie hätten sich verhört und halluzinierten. Und manchmal schaltete sie diesen Mitredner auch einfach ab.

– Bei anderem Talent wäre ich vielleicht Bauchrednerin geworden, sagte sie.

– Ach nee, bemerkte der Schwarzbemalte, der sich wohl nicht recht klar war, was das sollte, und deshalb erst einmal einen halben Schritt zurücktrat (und damit ein wenig ins Gästezimmer hinein und die Tür weiter aufstoßend). Um sich neu zu sortieren und in Schwung zu bringen, wozu auch immer.

Durch die geöffnete Tür konnte Ingrid auf den kleinen Arbeitstisch sehen, den sie aus ihrer Studentenbude durch ihre bisherigen Standorte geschleppt und nun, wie eine Oase des Früheren in ihrer jetzigen Welt, im Gästezimmer aufgestellt hatte.

An diesen Tisch zog sie sich in ihren puristischen Stimmungen zurück, wenn ihr alles zuviel war und sie sich danach sehnte, daß jeder Mensch von allem nur eines und nur das, was er wirklich brauchte, haben sollte. Ein Bett, einen Tisch, einen Schrank, ein Bücherregal, 25 Quadratmeter, wie es damals die Chinesen in der Kulturrevolution proklamiert und durch die wunderschönen Joris Ivens-Filme beglaubigt hatten. Dann setzte sie sich an diesen alten Tisch, schrieb ihre Predigt – oder holte aus der Schublade das Kästchen mit den Aquarell-Farben, Pinsel und Blatt und malte das eine Bild.

Auch jetzt lagen da auf dem Tisch ihre Farben verstreut, verschmierte Blätter, wüst gespreizte Pinsel. Und da erst wurde ihr bewußt, wie Gregor zu seiner Maske gekommen war. Er hatte ihr Schwarz verbraucht! Wovon sie ein Leben aquarellieren wollte, das hatte er mit einer rohen Gebärde gegen die Tuben, mit Gleichgültigkeit und gewalttätiger Lust: verschmiert. Das war eine solche Gemeinheit, daß sie wie von einem Stoß schwankte. Wie kam er dazu, ihr die Zukunft wegzunehmen! Nicht irgendeine Zukunft, sondern die heilige Zukunft! Eine ungeheure Wut stieß in ihr hoch, fast hätte sie ihm die Fäuste gegen die Brust geschlagen, gegen dies eitle, rücksichtslose Gehäuse getrommelt und sich dem hysterischsten Anfall ihres Lebens hingegeben. Sie spürte, daß sie, am Ende dieses Tages, dazu bereit war und sich nur in dieses Rollenangebot ihres Gefühls fallenzulassen brauchte. Eine Furie zu sein, die endlich um das letzte bißchen kämpft.

– Wie kommst du dazu ..., sprach sie schon, an der Schwelle ihres Murmelns, aber dann erfaßte sie aus den Augenwinkeln Gregors Blick, dies Glitzern in schwarzer Umgebung, und da wußte sie, daß sie um ein Haar doch noch der furchtbaren Situation verfallen wäre. Da nahm sie lieber das Angebot der überlegenen Vernunft an und sagte:

– Ich würde mir die Maske abwaschen, damit das Gesicht atmen kann, wenn du schläfst.

Nach einer Katzenwäsche zögerte Ingrid im Bad. Das Entspannungssitzen auf dem Klo, das Ordnen der Gedanken beim Hokken mochte sie heute nicht wagen. Obwohl sie sich am liebsten irgendwo nur hätte baumeln lassen. Doch fehlte der Urwald; und sie war kein Affe. Schnell schloß sie also die Badtür wieder auf und schlüpfte auf Zehenspitzen über den Flur und in ihr Schlafzimmer. Einen Augenblick bestürzte sie die Vorstellung, hinter der Tür könnte Gregor sie erwarten, mit angeschwärztem Gesicht und gierigen Augen. Aber er war nicht da. Niemand war da. Sie holte rasch den Schlafzimmerschlüssel aus dem Nachtschrank, wo sie ihn vor Jahr und Tag deponiert hatte, weil er beim Zufallen der Tür ewig herausfiel und sie ihn ohnehin nicht brauchte. Er paßte noch immer, und nachdem sie zweimal umgeschlossen hatte, konnte sie durchatmen und sich ausziehen und für die Nacht fertig machen.

Es fehlten ihr die starken Gedanken, die ihr sonst zu Gebote standen. Nicht Zorn, nicht Haß; freilich auch nicht eigentlich Liebe. (Und vor dem Tribunal aus ihrem alten Lehrer, einem verehrten alten Pastor und auch ein wenig Pierre schämte sie sich deswegen.) Starke Gedanken, das war ein selbstbewußtes Ergreifen des Zusammenhangs, das Vertrauen auf die in Gott und die Schöpfung gründende Intuition. Den Sachverhalt klären, reinen Herzens werden und vertrauensvoll die Dinge anpacken wollen – und gleich darauf auch schon wissen, wo sie beginnen würde: das waren ihre starken Gedanken. Aber jetzt, an diesem Abend, mit der Kakao-Lache auf den Küchenfliesen, und dem schwarz angemalten Gregor im Gästezimmer, mit dem barbarischen Verbrauch ihres Schwarz und der Entweihung der Farben, ihres Mal- und Regenerationsplatzes, fühlte sie sich ohnmächtig. Vielleicht wenn sie in ihrer Wohnung hätte hin und herwandern können, ins Wohnzimmer, um eine Platte zu hören oder in der Dissertation über den unauffindbaren Einsiedler zu lesen; wenn sie am alten Studiertisch im Gästezimmer hätte sitzen und meditieren oder auch einfach am offenen Fenster stehen können im Bewußtsein ihrer Freiheit und des Glücks, eine Pastorin mit einer richtigen Gemeinde zu sein, voll und ganz zuständig: wenn ein Anlauf zu den starken Gedanken möglich gewesen wäre, dann wäre ihr die nötige Kraft zugewachsen.

Aber sie war in ihrer Wohnung zurückgedrängt auf das Schlafzimmer, eingeschlossen und ohne Hoffnung, morgen eine Lösung zu finden, die ihr die Freiheit wiedergeben und zugleich vor ihrem Selbstwertgefühl als Pastorin bestehen konnte.

– Owê, sagte sie, während sie im Bett auf dem Rücken lag, die Arme über dem Bettdeck und das Bettdeck neben sich platt schlagend, als wäre durch das exakte Einpacken des Körpers etwas gewonnen.

– Owê, owê, owê.

Fern in ihrem Kopf nahm sie die Gedanken wie Schwärme wahr, die überraschend einmal in ihre Nähe stürzten, so daß sie sich nachts ins Gästezimmer schleichen sah, um wenigstens die restlichen Farben zu retten, aber dann schwenkte der Schwarm schon wieder ab und stieg schräg in die Lüfte. Sie konnte nichts festhalten, nicht einmal diesen Gedanken ans Festhalten, die Sehnsucht nach Dauer und Konzentration.

– Ich bin porös, murmelte sie.

Darüber lachte sie albern, um gleich darauf voll Schreck daran zu denken, daß sie nicht einmal ans Telefon konnte, um jemanden anzurufen, weil sie sich ja eingeschlossen hatte; und in der Stille der Dorfnacht würde Gregor durch das Schließen des Schlüssels sicherlich aufgeweckt. Auch die Hausklingel … Aber dann waren Telefon und Klingel schon wieder irgendwohin mit ihrem Schwarm verschwunden. Rasierklingen sah sie plötzlich, die alten benutzten Rasierklingen ihres Vaters, die ihre Mutter nach seinem Tod aus dem Alibertschrank genommen hatte, dieses benutzte Dreckzeug, das er wohl für Notzeiten aufbewahren wollte und das sie schon immer gestört hatte, und jetzt lag es im Waschbecken, war aber auch nicht festzuhalten – wie die Freundin, die einzige wirklich sanfte Freundin, die sie in ihrem Leben gehabt hatte, die sich während ihrer gemeinsamen Chinareise auf dem Brunnenrand einer Volkskommune kämmte, und aus zehn, zwanzig Metern sahen die Chinesen zu, wie sich diese junge deutsche Frau da so ungeniert vor ihnen auf dem Brunnenrand kämmte, und auch Ingrid sah zu, für einen Moment sah sie sich selbst, wie sie so viel jünger und gesammelter damals bei nichts anderem war als bei diesem Kämmen, und dann war nichts bei ihr als die beiden Hände, die neben ihr das Bett plattdrückten. Genau in diesem Augenblick hörte sie die Klospülung im Bad und fuhr hoch, aufgeschreckt von der Lautstärke und dem Gedanken, wie dünn hier Wände und Türen waren. Wer es darauf anlegte in diesem alten Pfarrhaus, der konnte mit einer Axt durchbrechen, wohin er nur wollte, ein absurder Gedanke natürlich oder vielmehr nur eines dieser Bildangebote aus der Fernsehwelt und auch vorübergehend. Aber nun wußte sie, daß sie beten mußte, wie ein Kind mit über der Bettdecke gefalteten Händen oder kniend vor dem Bett. Und da drängte es sie, das warme Bett zu verlassen, auf dem Bettvorleger niederzuknien und zu ihrem Gott zu beten.

– Auf die Gefahr hin, fing sie an – und stockte ob des aufmüpfigen Tons (sie hatte fortfahren wollen: – daß ich Dir schon wieder in den Ohren liege … oder: – daß sich unsere Botschaften kreuzen, denn sicherlich willst auch Du mir etwas sagen …).

– Ja, auf die Gefahr hin … Ich bin nur ein Spielball, mal hier, mal da … Ohne einen andern, der neben mir ist und meine Hand nimmt. Nicht aus Hochmut: Rosemarie Knittel könnte das nicht sein … Auch nicht Dein Superintendent … Vielmehr: … Aber wer, aber wer? … Stammelte sie. (Schon die Anrede zu vergessen, war ein Fehler.)

– Lieber Gott, mein Vater, O Du mein Jesus.

Die Anrede sammelt die Gedanken auf ein Du und führt von allein zu dem zentralen Satz, zur Herzensbitte.

– Du mußt mich noch mal retten.

Ja, das war es. Sie war genauso verzweifelt wie damals, als sie von ihrem Pastorenamt für Ausländer geflohen war und sich in Pierres Meditationszentrum dann finden konnte … Pierre.

Nicht den Mann sah sie merkwürdigerweise, sondern seine Zelle, den Blick von dort hinaus auf den Wald. Sie sah, was er erzählt hatte aus seiner Kindheit. Daß er gestottert hatte, und wie er das Stottern durch sein Trompetenspiel im Kirchenchor überwunden hatte. Sie sah den kleinen Pierre, wie er Trompete spielte. Die Sommersprossen wurden aufgeblasen, und weithin schallte das Instrument, sie hörte es aus allen anderen heraus, und in der weihnachtlichen Festbeleuchtung strahlte sein Sommersprossengesicht wie mit Sterntalern besät (ein etwas altmodisch-kitschiger, jedenfalls süßlicher Eindruck, für den sie sich etwas schämte, obwohl sie ihn für völlig wahr hielt und nicht wegdrängen konnte). Wie hinter einem Gebüsch hervorgekommen, so stand er neben der Orgel, der Bub. Scheu und zugleich merkwürdig keck. Aber das war vielleicht nur die Trompete, die ihn aus der Reserve lockte, denn sonst konnte es nicht dies strahlende Trompeten in der überfüllten Kirche geben. Alle hatten ihn gesehen, viele Mädchenblicke gewiß, und später auch sie. Jedenfalls begann damals ihre Geschichte mit Pierre, mit dem Trompete spielenden Jungen und seinem Sommersprossengesicht, nicht erst mit dem bärtigen Pfeifenraucher und Sandalenträger in der Therapiegruppe, der merkwürdigerweise genauso Hilfe zu suchen schien wie sie: als sie, gänzlich erschöpft (»aus der Puste«, so hatte sie sich mit einem Lieblingswort der Mutter in der Gruppe vorgestellt und war gleich aufgefordert worden, die Poesie beiseite zu lassen und sich in ihrer Nacktheit zu zeigen ...), dort in dem strengen und aufrichtigen Gesprächskreis saß – und später, als sie ihm, ohne an die Gründe zu denken, die ihn in die Gestalttherapie geführt haben mochten, in sein Meditationszentrum gefolgt war ... Als weinende Magd, hatten sie gescherzt. Sie hatte weinen dürfen wie nie in ihrem Leben; aber sie hatte auch hart arbeiten müssen in einem strengen Tagesablauf. Und zwar durfte sie bleiben und sich nützlich machen, wenn sie die unbeliebtesten Arbeiten übernahm, und das waren auch in einem Meditationszentrum die trivialen Arbeiten der Versorgung und Instandhaltung. Kochen, Organisation, Toiletten reinigen, Besucher betreuen (die nicht berühmten, die nicht interessanten). Während sich die andern vor allem ihrem Bild hingaben, wie sie schließlich, undankbar, einmal boshaft zu Pierre gesagt hatte (Und dann sein Blick über dem Bart!), als sie schon gesünder, stabiler und wehrtüchtiger war. Einen Hof fegen, einen Zaun streichen oder eine Reihe Salat stekken – das waren natürlich meditativ ertragreiche Tätigkeiten. Aber vor den Abtritten verging einem schon mal die meditative Bereitschaft. Und doch, sie hatte es gern, wenn sie nach ihrer Arbeit zu Pierre in die Kapelle oder in die Zelle kam. Er machte sich einfach gut. Es beruhigte sie, ihn zu sehen, wie er die Meditationsblättchen malte, die sie an die Pilger verkauften. Kein Bildnis Gottes. Farbige Blättchen, fast gegenstandslos; aber aus den Farben winkten dann doch die Ahnungen von christlichen Symbolen, Fischteile wie Flossen, Kiemen, der Stülpmund; Dornen, Schwamm und Tropfen, der Speer, durchaus auch verschiedene Kreuzformen, eine Hand mit dem Mal oder ein Fuß. Die Blättchen waren unbestreitbar eine Attraktion des Zentrums und also schließlich geduldet und erwartet. Und Pierre kam der Nachfrage gar nicht nach. So durfte sie, Ingrid, sich zu ihm setzen und wie er Blättchen malen. Ihre Liebe zu den Aquarellfarben erneuern und überhaupt erst gewinnen. Es war sehr schwer, viel schwerer als sie beim Zusehen gemeint hatte (und schon bald verstand sie, warum sich sonst keiner dazu bereitfand). Immer noch sah sie die Blättchen vor sich, wie Pierre sie einfärbte und unverhofft, wie aus der gleichmäßigen Streichbewegung geboren, seine symbolischen Andeutungen und Hoffnungszeichen einfließen ließ (»einschmuggeln« nannte er es). Nichts zu wollen und doch etwas zu meinen, wenigstens mitzumeinen. Den Anfang eines Fadens in die Hand geben. Es muß doch nicht immer ein Rosenkranz sein. Er mochte keine geschlossenen Formen, und Ingrid gab ihm recht. Alles, was sie so erstickt hatte bei ihrer Arbeit in der deutschen Kirche, waren solch geschlossene Formen gewesen. Da war kein Atmen, da war ein Blasebalg, sagte sie zu Pierre, während sie nun auch ein Blättchen mit Farbe und Signalen versah. (Ein wenig schmerzte es, daß die Besucher Pierres Blättchen lieber hatten.) Fast alle Pilger und Besucher erwarben an dem kleinen Verkaufsstand vor der Kapelle die Blättchen, nahmen sie mit nach Hause, rahmten sie gar und hängten sie neben ein Fenster oder stellten sie auf ihren Schreibtisch. Und irgendwann bekamen sie Sehnsucht, noch solch ein Leuchtblatt zu holen, das sie in die christliche Meditation lockte; sie pilgerten los, kamen und erzählten von den glücklichen Orten der Blättchen und kauften ein neues Blatt. Andere sahen die Bilder bei ihnen oder im Zentrum, und so wurden Pierres Blättchen (und mit ihnen ein wenig Ingrids) populär und sogar eine Weile berühmt. Man dachte an sie, wenn man an das Zentrum dachte (nicht gerade zur uneingeschränkten Freude der Orthodoxen).

Im Zentrum folgte dem Malen die Liebe. Sie brauchte sich bloß, wenn ihr ein Blättchen oder ein Malutensil hingefallen war, neben ihm niederzulassen, schon beschleunigte sich ihr Herzschlag ... Die Gedanken an Pierre, die Bilder, daß nur er ihr Retter sein konnte, hatten sie erfaßt wie damals, und so konnte sie endlich beten.

– Du mußt mich noch mal retten! Du mußt kommen und Deinen Widerwillen gegen Deutschland überwinden und mich retten. Allein werde ich mich nicht retten können, lieber Gott, fügte sie schnell hinzu: Hilf mir gegen die Gewalt, gegen dies höhnische Katz-und-Maus-Spiel mit den Opfern, gegen die wüste Gleichgültigkeit der angstvollen Täter und gegen die kaltherzigen Beschwichtigungen der hysterischen Pharisäer.

– Nein, das sind zuviele Begriffe, murmelte sie, sagte dann aber doch: Amen und rappelte sich auf.

Die Knie taten ihr weh. Wie wohl hätte es ihr jetzt getan, wenn ihr jemand die Knie geküßt hätte wie sie damals Pierres Knie geküßt hatte. Sie zog den Vorhang beiseite, öffnete das Fenster und lehnte sich hinaus. In die kühle und feuchte Nacht (denn es nieselte nun). Es brannten noch einige Lichter, sogar drüben bei Oma K. Doch so anheimelnd der Anblick solcher vereinzelter Lichter in der Nacht sein konnte (weil irgendetwas im Menschen danach drängte, zum Licht zu kommen und dort geborgen zu werden), so wenig gab es für sie hier noch zu sehen. Sie mußte einfach gerettet werden.

UNTER MENSCHEN

Zwischen neun und elf schlich die Zeit. Die alte Praxiszeit. Der alte Klaus war mit der Betreuung seiner Sammlungen, mit Notizen, Lektüren, Spaziergängen, ja mit Gesprächen und interessanten Radiosendungen nicht ausgelastet. Er sah auf die Uhr – es war immer noch erst 10 Uhr 20, und sein Sohn empfing die Patienten. (Der Körper schreit nach Aufgaben, hatte ihm neulich ein dramatischer Kollege gesagt.) Er dachte an die Pastorin und ihren Gast. An Ingrid, die verwandte Seele ... Merkwürdige Stimmungen wandelten ihn an, Stimmungen, die ihn vielleicht immer angewandelt hatten; aber dann war der neue Patient hereingekommen, er hatte ein Gesicht und eine Karteikarte aufeinander abzustimmen und Worte zu finden, die eine Bahn brachen. Entweder die Wahrheit – oder ein Mensch floh. Beides füllte die Zeit wie sonst nichts.

Und jetzt mußte er sich etwas suchen, das den hohen Gewohnheiten der Morgen-Zeit nicht sofort lächerlich unterlegen war ...

Da kam Ingrid recht; die Ingrid, die kein Pastorengesicht abzustreifen hatte und Schlagerballaden mit ihm sang.

Sie zeigte ihm ihren Brief, an den Freund und geliebten Mönch in einem französischen Meditationszentrum. Der Brief begann, wie Papstbullen, gleich mit der entscheidenden Formulierung: Du mußt mich noch mal retten – und bat Pierre, sie für eine Weile zu besuchen, bei ihr zu wohnen und mit ihr zu sein, weil sie sich sonst einem jungen Mann ausgeliefert fühlte, der sich, unter dem Vorwand, ihre Hilfe zu brauchen, bei ihr eingenistet hatte und den ihr keiner in der Gemeinde abnehmen wollte, wenn sie ihn nicht offiziell wegen eines Delikts oder einer konkreten Bedrohung anschuldigte. Und obwohl sie Angst hatte, daß sie ihn eines

Tages anschuldigen würde, ja es eigentlich, so fühlte sie und konnte es niemandem sagen, genau darauf hinauslaufen wollte, brachte sie es doch jetzt nicht über sich, den ersten Stein zu werfen … Wie damals, als sie in ihrer Arbeit mit den Ausländern nicht mehr weiter wußte, würde sie am liebsten nur noch um Hilfe schreien.

Auf dem Niveau dieses Briefes, der mühelos die fraglichen Stunden schrumpfen ließ und ihnen die alte Harmlosigkeit zurückgab, wollte Klaus beschäftigt werden. Ein Brief übrigens, den er in solcher Aufrichtigkeit des Herzens nie jemandem geschrieben hatte – und den er in der Ferne wohl ungern empfangen würde; hier aber beflügelte er ihn, wenn er ihn las und urteilen sollte, ob man so etwas schreiben dürfe, und selbst einem guten Freund. Er nahm ihn auf wie der Empfänger und rüstete sich, seiner wert zu sein.

– Könnte ich nicht, fragte er: Sie retten?

– Sie? fragte Ingrid und trat tatsächlich jenen ominösen Schritt zurück und sah Klaus prüfend an. Nicht unfreundlich, aber doch lange genug, daß ihm jede Sekunde etwas auflud.

– Nein, sagte sie schließlich: Es geht nicht … Sie können nicht bei mir wohnen. Ich brauche einen Menschen als Schild in meiner Nähe; sonst bin ich verloren.

Ingrid blätterte noch einmal ihr Adreßbuch durch ... Während ihre Finger vor ihren Augen aktiv waren, sah sie doch nichts. Sie wartete auf eine Erleuchtung, wer aus dem Dorf ihr helfen könnte, Gregor auf eine humane Weise loszuwerden. Das klang furchtbar; aber es war anständiger und auch klüger, das zuzugeben, als sich darüber mit großen Worten etwas vorzumachen und »sich in die Tasche zu lügen«. Zu dieser beliebten Gewerkschaftler-Formulierung stand ihr plötzlich Willi Landers vor Augen, wie er sie neulich in ihrem Pfarrbüro besucht hatte (ein fast politisches Ereignis).

Der Hauptschullehrer und GEW-Ortsvorsitzende wollte sie bewegen, sich der Gesamtschulinitiative anzuschließen oder (als er ihre Reserviertheit gegenüber Vereinen bemerkte) wenigstens einen Leserbrief zu schreiben etwa des Inhalts: Die Situation an den Regelschulen (und sie sollte nicht nur auf die Hauptschulen abheben!) sei unhaltbar geworden, viele Menschen wünschten sich etwas anderes.

– Eine Schule, die ihren Kindern Heimat ist. Die ganztags betreut. Inklusive Mittagessen. Die die Gemeinde mehr in das Schulleben einbezieht und möglichst flexibel und vielfältig auf die Begabungen und Interessen des Kindes antwortet. Warum nicht ein kleines Billardzimmer, ein Puppentheater oder eine Arbeitsgemeinschaft »Feste feiern« (nicht etwa: feste feiern), sagte er mit einer nicht unsympathischen Selbstironie, jedenfalls Ironie.

– Also eine Lanze für die Gesamtschule brechen? fragte Ingrid. Worauf Landers ihr einzureden versuchte, daß dies eigentlich, im wohlverstandenen Interesse der Schäfchen, ihre Pflicht sei. Das hätte er nicht tun sollen. Wer die Interessen anderer als so wohlverstanden vorgibt und zugleich so mit ihnen umspringt, der war bei ihr an der falschen Adresse. Selbst wenn er auch nett im Umgang und ein gutaussehender Mann war, gleichsam ein Werbeträger für seine Belange. Aber war nun er eine Adresse für sie?

Immerhin hatte sie damals nichts Krasses gesagt, sondern sich auf eine amtsbedingte, wohlwollende Neutralität zurückgezogen, die nicht zugunsten einer politischen Gruppe aufgegeben werden durfte.

– Wir sind keine politische Gruppe, wir sind Bürger! hatte Landers in komischer Verzweiflung gerufen – und es vielleicht gar ein wenig geglaubt.

Sie hatte sich dazu bereit erklärt, in ihren nächsten Predigten verstärkt auf Werte einzugehen, die der Leistungsoptimierung in der Gesellschaft, dem frühzeitigen Einüben in Karrieren Widerstand entgegensetzten: Eigensinn, Phantasie, Mitmenschlichkeit, Verantwortung, Freude. Sie lade ihn, Willi Landers, ein, an den nächsten Sonntagen ihren Gottesdienst zu besuchen und seinerseits mit seiner Kampagne an ihre Worte, die ihm sicherlich wohltun würden, anzuschließen.

Das war wohl zuviel verlangt gewesen. Natürlich war er nicht in ihren Gottesdienst gekommen. Und schon dem Gesichtsausdruck, mit dem er sich bald darauf von ihr verabschiedet hatte, war zu entnehmen gewesen, daß er es zwar gut finden würde, wenn sie sich solidarisch seinen Argumenten anschlösse und mit ihm die Öffentlichkeit mobilisierte, daß er aber nicht im Traum an eine umgekehrte Abhängigkeit dachte.

Dabei war er, von dem sie wußte, daß er auch Gregors Lehrer gewesen war, ein durchaus heiterer, gutgelaunter Mensch, nicht ohne Charme; und deshalb rief sie jetzt auch an.

– Nun denn, murmelte sie, während es in der Ferne melodisch piepte.

Das erste, was sie dann hörte, war das Abschwellen des Fernsehtons, und sie konnte sich gut vorstellen, wie jemand, um diese beste Programmzeit, verärgert den Ton wegnahm, um sich kurz zuzuwenden.

– Wenig Zweck wird es haben, murmelte sie in die betonte Pause und empfing das Ja des Angerufenen.

Landers Ton hellte sich auf, als er erkannte, wer ihn anrief. Sie hörte diesem aufgehellten Ton geradezu an, daß sie immer noch recht ansehnlich war, eine erfreuliche Gesprächspartnerin, die gegenüber dem Fernsehen eine echte Chance verdiente. Doch als sie dann sagte:

– Gregor ... Er ist hier. Was soll ich machen? Können Sie mir helfen?

Da brach es aus dem Mann heraus, so schnell, daß sie gar nicht alles Furchtbare erfassen konnte: Daß es nur die Frage sei, ob Gregor und seinesgleichen uns oder ob wir sie ins Arbeitslager steckten, in ein Arbeitslager mit einem sehr hohen Zaun, wohlgemerkt; daß auf bestimmte Delikte die Strafe drastisch erhöht gehörte – und sogar die Todesstrafe für einige Delikte, nämlich für Pogromdelikte, ins Kalkül gezogen gehörte! Wie übrigens gerade in den USA, die ja unserer Gesellschaft in der Entwicklung immer ein paar Jahre voraus seien. Diese Verbindung von Kahlheit und Gewalt, die nackte Gewalt gleichsam, der pure Terror aus dem KZ-Geist, dem kann man nur mit Strenge und Rigorosität beikommen.

Er, Willi Landers, brauchte damals, gerade in dieser Klasse, nur mal für ein paar Tage krank oder zur Lehrerfortbildung gewesen sein – und schon mußte er bei seiner Rückkehr durch die Hölle gehen (und das war keine Metapher!). Angefangen mit wüsten Nazi-Meinungen und Parolen an der Tafel, über Drangsalierungen von anderen, vor allem Mädchen, in den Pausen, bis zu Schlägereien im Unterricht und ganz öffentlichen Verabredungen zu Gewalt- und Porno-Videos war alles zu haben. Mit einem Schlag, mit der Explosion des Fernsehens ins Privatsender- und Videogeschäft, sei ein anderes Verhalten unter den Jugendlichen angeknipst worden. Er hatte wie viele andere davor gewarnt, aber natürlich hatte die Geldgier wieder gesiegt.

– Wie oft schoben die an mir vorbei mit dem Ruf: Ich will Ketchup sehen! ... Sie verstehen: in Anspielung auf die blutrünstigen Filmszenen, vor und nach der Werbung, wo nach ihrer Meinung Ketchup floß. Aber wie man inzwischen sah, fließt bei ihnen ein kostbarerer Saft! ... Aber verurteilt werden sie natürlich als Opfer ihrer Eltern, der Gesellschaft, als unsere Opfer ...

Nein, sie merkte sofort, daß sie von ihm keine Hilfe zu erwarten hatte, so gerecht er in seinem Zorn sein mochte. Sie verstand auch, wie verzweifelt die Situation in den Hauptschulen sein mußte und daß Landers und viele seiner Kollegen, koste es was es wolle (und seien das, dieser Preis, die anderen Schulformen oder wenigstens die Realschule), aus der Hauptschule flüchten wollten und, rette sich wer kann, sich eine schöne neue Welt in der Gesamtschule ausmalten, wohl um damit andere zu betören, aber doch auch um diesem Fanal der Rohen etwas entgegensetzen zu können, in dem sie sich nicht alleingelassen vorkamen. Trotzdem, sie hatte ihn nun einmal angerufen (und diese große Erregung damit abgerufen); nun wollte sie doch konkret etwas über Gregor wissen.

– Was können Sie mir über Gregor sagen? Nehmen Sie an, ich wäre die Mutter.

Schweigen.

– Die Mutter?

– Ja, über welche persönlichen Details …

– Die Nistkästen des Vaters kennen Sie ja … die Mutter, die richtige Mutter, oder sollte man besser sagen: die tatsächliche Mutter habe ich nie näher kennengelernt, Moment, mal während eines Festes habe ich mit ihr getanzt, das heißt: sie mit mir, sie warf sich regelrecht an mich heran, naja … getanzt, aber sonst: Fehlanzeige … Jedenfalls, raffte sich Landers doch noch zu einer Lehrer-Äußerung auf: war er wohl doch, wie so viele heute, alleingelassen, nicht unbedingt im Wortsinne, aber alleingelassen mit den Finessen und Siegertricks aus den Gewalt- und Sexfilmen, den orgiastischen Mixturen der Video-Clips, die mit einer Minute mehr Sensation erreichen als ein ganzer Schulvormittag, wenn Sie wissen, was ich meine … Die Kinder werden angemacht, geradezu angeschmissen – und dann müssen sie mit dieser Alltagsöde fertigwerden, mit den immergleichen Redensarten der Alten, die noch nichts begriffen haben; die gar nicht wissen, was in und angesagt ist. Das ist es doch! Sie stehen alle unter

Modernitätsschock, da mithalten zu müssen, nicht out und harmlos zu sein. Ohne Knete, ohne Möge, ohne Freunde: darauf müssen sie Antworten finden und finden diese fürchterlichen ...

– Gregor ..., erinnerte Ingrid sanft.

– Sie kennen meine Meinung zur Gesamtschule! Natürlich sind diese Typen, und das gilt auch für Gregor, insofern auch Opfer ... Aber wer sagt das den Opfern ihrer Gewalt ins Gesicht? Da stimmt es doch nicht! Der Tarif stimmt einfach nicht mehr. Es ist ein Nichts, einen Menschen für den Rest seines Lebens zu versehren, als sei es ein Unfall bei Fernsehaufnahmen ... Von der Einschüchterung einmal abgesehen, die dieses Klima erst erzeugt, in dem alles möglich ist, so daß man froh sein kann, wenn man wieder einmal heil durch den Tag und durch die Nacht gekommen ist. Die massive Drohung, die wird überhaupt nicht mehr geahndet, sondern hingenommen wie ein Naturereignis. Da versagt die Rechtsprechung, übrigens schon lange, denn das hat sich über ein Jahrzehnt aufgebaut. Da versagt die Polizei. Und dies Versagen darf nicht hinter dem anderen der Politiker, der gesellschaftlichen Gruppen wie der Vereine, der Kirchen und uns allen versteckt werden. Denn deren Versagen hat eine andere Qualität. Sie sind von uns gleichsam als Spezialisten für Gewalt abgestellt und übrigens auch bezahlt ... Kurz, Opfer eines zugegeben lieblosen, ja katastrophalen Bildungssystems, in dem man den Kindern und Jugendlichen ganze Lehrergenerationen, nämlich die jungen mit Elan und Kraft, neuen Ideen, neuer Didaktik vorenthält ... Kurz, solche Opfer haben noch lange nicht den Freischein, andere zu noch größeren Opfern zu machen: zu Krüppeln wie unsern Andy ... Und jetzt lungert hier der Täter, halb entschuldigt, noch nicht verurteilt, halb hingehalten ... herum!

– Nur, seufzte Ingrid: hilft mir das im Moment nicht viel weiter.

– Ja, tut mir leid, sagte Landers, erschöpft und von der offenbaren Sinnlosigkeit seiner Erregung zerstreut: tut mir wirklich leid … Ich habe davon gehört, daß Sie ihn jetzt auf dem Hals haben.

– Weniger auf dem Halse als im Hause, sagte Ingrid.

– Hoffen wir das beste, antwortete Landers mit einem unangenehmen Unterton, der sofort alle ihre Ängste mobilisierte, gerade weil er dabei den Fernseher lauter stellte, wenn auch vielleicht rein mechanisch.

So daß sie dankte und auflegte.

Ihre Ohren waren heiß und fühlten sich verklebt an. Das Zeichen, daß erst einmal Schluß sein mußte mit dem Telefonieren.

– Reden wir über Andy! hörte sie.

– Man würde gern einmal ein ganzes Lied von ihm hören.

– Die Akkorde haben es in sich; man kann süchtig danach werden.

– Sie haben gut reden, Sie müssen das nicht den ganzen Tag hören.

– Hauptsache Töne, Hauptsache: das Leben geht weiter ...

Andy schien bei einer einfachen Rechnung übriggeblieben zu sein. Wie man eines schönen, glücklichen Tages für 40.000 Mark ein Haus kaufte – und es eine Generation später, übrigens eilig und viel zu billig, für 190.000 Mark wieder verkaufte. Drei gleiche Anteile erklärte, den Anteil für den Sohn zurückließ und mit den beiden anderen Anteilen, die für die Eltern, verschwand. Die 65.000 immerhin sollten noch unangetastet auf Andys Konto liegen, für die Zukunft. Nicht viel, aber eines fernen Tages vielleicht vermehrt um ein Schmerzensgeld, die Transitkosten durch den Schmerz, hatte es einer genannt …

Der Sohn war Andy. Sein Vater Bodo kam vor zwanzig Jahren ins Dorf und arbeitete bei Friseur Schmitz als Herrenfriseur. Mit ihm kam Irene, eine Lustige, die das Jahr bis zur Geburt des Sohnes drüben in der Weberei im Büro saß. Die bekanntermaßen jeden Morgen kalt duschte und entsprechend munter war, wenn sie in die Firma kam. Morgenstund hat Gold im Mund, jedenfalls für die Vögel …

Bodo sorgte auf Festen für Musik und Stimmung, mit einer Gitarre, später an der elektrischen Orgel. Rocco Granatas »Marina, Marina, Marina« war seine Hymne, das würde niemand vergessen. Für Irene war Tanzen das Leben; sie war die erste und die letzte auf der Tanzfläche. Es hieß: Damit der Bodo nicht Angst haben mußte, was hinterm Zelt oder auch nur im Gedränge am Tresen passierte. »Good Night, Irene« sang er immer zum Schluß und übersetzte es dann mit seiner Rocco Granata-Stimme: »Gute Nacht, Irene! Gute Nacht!« Und man hörte das Wunder der Heiserkeit …

Wie sehr hatte der Vater seine Irene geliebt! Als sie dann so jämmerlich an Darmkrebs starb, ausgerechnet sie, die fröhlichste von allen, da war er verstummt und nie wieder der geworden, der er vom ersten Moment an gewesen war, seit er sich, noch von Hannover aus, auf die Anzeige gemeldet hatte, als er mit dem Bus angereist und so selbstbewußt vor dem Niedersachsenhof ausgestiegen war, als er für 40.000 Mark das Haus gekauft und dann

Stück für Stück, Meter für Meter renoviert hatte; so daß er es vor seinem Verschwinden leicht für 190.000 losschlagen konnte.

Andy aber war geblieben, als sein Vater wegzog. Er hatte am Gymnasium der Kreisstadt das Abitur bestanden, ein freundlicher und patenter Junge, der Computer wie wenige im Dorf reparieren oder jedenfalls begutachten konnte. Zwar wurde er nicht so eine Stimmungskanone wie sein Vater (die wird man vielleicht nicht, wenn man das Abitur besteht), aber Gitarre spielte er besser, das hörte man. Wenn er auch etwas merkwürdige, nicht so geläufige Lieder spielte und nicht die Hits, mit denen sein Vater die Leute in Schwung gebracht hatte. Dafür konnte man seine Lieder inzwischen tagaus, tagein aus dem Fenster hören und sich langsam darüber aufregen.

Trotzdem, Oma K. war sehr froh, daß er zu ihr ins Haus gezogen war, als er plötzlich kein Dach mehr über dem Kopf hatte. Er hatte ihr die Zimmer unterm Dach renoviert, Leitungen gelegt, Decken und Wände isoliert, die Dielen abgezogen – und konnte nun dafür bei ihr wohnen, solange er wollte, hatte er doch fast, wie Oma K. gerne erzählte, fast einen Palast aus ihrem Haus gemacht, jedenfalls einen Musikpalast, jedenfalls oben, unter der Mütze.

Soweit war alles in Ordnung. Aber bis zur Universität waren es über vierzig Kilometer. Er brauchte ein Auto. Auf dem Fahrrad strampelte er sich tot, zumal in seinem Zustand! Oder auch nicht, sagten andere. Er wollte passenderweise Biologie studieren. Das war gut. Er sollte ruhig teilnehmen an der Rettung der Schöpfung; nur nicht vergessen, sich selber zu retten. Das war ein bißchen seine Schwäche. Er sollte ruhig von dem singen, was er tun wollte. Die Rettung singen. Nicht immer nur diese furchtbare Geschichte. Daß er zusammengetreten worden war, ohne Pardon. Wenn es Waffen gibt, gibt es Taten mit diesen Waffen. Und Springer-Stiefel waren Waffen. Sie wurden zu keinem andern Zweck gekauft und getragen als: Waffen zu sein. Und damit waren sie ihm auf dem ganzen Körper herumgesprungen, aber natürlich, weil das das Schlimmste ist und die Täter das Schlimmste tun, besonders auf dem Kopf, auf seinem Gesicht. Man konnte die Spuren lesen im Krankenhaus. Wie einst Old Shatterhand auf das Spurenlesen in der Wildnis, so hatten sich heute wohl junge deutsche Ärzte auf das Lesen von Stiefelspuren auf den Körpern der Opfer spezialisiert. Die Kriminalpolizei freilich war noch nicht so weit, solche Spuren professionell zu verfolgen und die Täter anhand der Stiefelabdrücke, die diese auf den Opfern zurückließen, aufzustöbern. Und die Rechtsprechung war noch nicht in der Lage, solche Delikte als die Vernichtungsspiele, die sie waren, zu erkennen. Die Rechtsprecher beschworen immer noch die Täter, darin unglückliche Verletzungen zu sehen. Und auch die Bevölkerung sollte sich nicht aufregen. Obwohl Auschwitz schon das heimliche Modell war, wenn man nachhorchte, was vor dem wiehernden Gelächter gesagt worden war.

Bodo, der Vater, hatte es nach dem Tod der Mutter nicht mehr lange ausgehalten und war nach dem Verkauf des Hauses verschwunden. Nach Andys furchtbarer Geschichte hätte er wohl noch schneller den Platz geräumt. Vielleicht konnte Andy ihn mit einer der modernen Suchsendungen im Fernsehen aufspüren. Jedenfalls mußte er sich endlich um das Grab seiner Mutter kümmern. Seit über einem Jahr war daran kaum etwas gemacht worden. Und wenn nicht Oma K. gewesen wäre, könnte man das Grab schon von weitem an seinen Überwucherungen erkennen. Andy war sehr schwer verletzt worden, auch wenn man bedenkt, was heutzutage für die Medizin: schwer war. Er hatte lange in der Universitätsklinik gelegen und dabei Glück gehabt. Riesiges, einmaliges Glück. Er hatte wieder sprechen gelernt, schreiben und lesen gelernt, bewegen, anziehen, aufs Klo gehen und sogar ein wenig laufen und dann richtig laufen gelernt. Nur quälte es ihn und verleitete ihn wohl zu dem quälenden Gesang, daß er sich nicht an die Täter erinnern konnte, daß er sich überhaupt nicht mehr an die Umstände des Furchtbaren erinnern konnte – und daß deshalb die Täter, obwohl man sie kannte, noch immer frei herumliefen und auf ihren Prozeß warteten, als hätten sie nichts getan. Und das angesichts von sechs großen Operationen, angesichts der Rehabilitationen, des Jahrs Intensivmedizin, währenddessen Andy wieder zusammengebracht worden war. Bis allmählich, sehr allmählich die Erstarrungen und die Versteifungen wichen und er die Gelenke und Finger wieder bewegen und Gitarre spielen und sogar dazu: singen konnte. Dann hatte er eines Tages das Fenster geöffnet, damit man ihn hören sollte. Und man glücklich sein konnte, ihn zu hören. Denn das war Andy, der wieder auf seiner Gitarre spielte und seine Lieder sang.

– Die Menschen sind so flüchtig geworden, hörte sie.

– Wer nicht will, der war schon.

– Die Menschen ragen aus den Kirchenbänken wie müdes Material.

– Wir müssen die Not aus uns herauslassen, die Stimme finden; die Stimme bildet dann den Körper.

– Mit dem tätigen Atem kommt die Haltung.

– Das ist Andy.

– Hinter den Scheiben sind Fälle; und das Straßenleben wird davon überhaupt nicht berührt.

– Ich weiß, man hat seinen Kopf auf die Bordsteinkante gedrückt und ist mit schweren Stiefeln darauf herumgesprungen.

– Das Schicksal einer Gemeinschaft entscheidet sich an dem Verhalten der guten Starken. Starke gibt es immer; und Böse gibt es immer. Die Bösen zögern selten, böse zu sein. Zum Guten aber gehört immer das Zögern. Ja, ein Teil des Guten ist eben dies Zögern: das Skrupulöse, das Rücksicht- und damit Zeitnehmende. Aber der Teil darf nicht zu groß werden. Früher gab es ein deutsches Sprichwort: Immer mit der Ruhe – und dann mit nem Ruck. Ein gutes deutsches Sprichwort.

– Laß es uns mit der Gemeinde versuchen.

Beim Blick hinaus aufs Meer, wie ihn schon Heinrich der Seefahrer gehabt haben mag, bevor er von Europa aufbrach in die Welt, versucht Klaus, sich trotz seines Alters manchmal Utopia vorzustellen, die Insel, wo vieles besser geregelt ist als bei uns und mehr Gutes zusammenkommt. (Denn daß dort alles perfekt sei, wie die ungebildete Legende will – darüber hätte Morus nur gelächelt!) Er ist nicht mehr jung und sieht aus dem Fenster seines portugiesischen Ferienhauses, das er Ingrid so gern als Feriendomizil schmackhaft machen würde, Utopia nicht als Zukunftsland, sondern als anderes Land, nebenan; von dem man lernen, das man besuchen (oder auch nur suchen) kann.

– Und ich? fragt Klaus manchmal, wenn er aus seinem portugiesischen Ferienhaus an die Küste gegangen ist und dort am Meer wandelt: Habe ich ein Utopia?

Man braucht dazu eine inspirierende Nachbarschaft, und das hat ihm den Umgang mit Ingrid so lieb werden lassen, obwohl er dabei manchmal in eine, fast möchte er sagen: utopische, Gewohnheit ihrer Generation gerät, der er reserviert bis verabscheuend gegenübersteht, von der sie aber das Heil (oder doch wenigstens die Rettung, als Theologin) zu erwarten scheint. Das ist die Gesprächsmanie.

Ingrid möchte aussprechen, beim Namen nennen, mit dem Begriff spielen, auf Töne und Argumente antworten, redend zusammensein und sich dabei umwenden und am liebsten den Einsiedler treffen und mit ihm eine Pause machen. Mit ihrer Freundin Moni hat sie schon eine Technik entwickelt, mit der sie, wie mit einem Sieb, alles um sich herum, was schön ist (und sogar die Luft!), einfangen kann. Andere fangen Schmetterlinge, sie ...

– Moni, sagt Klaus und hat es schon etliche Male mit krittelndem Unterton gesagt; Moni hat ihren Nachbarn aus dem Lateinkurs geheiratet, hat alles gelernt und studiert, was er auch studiert hat, aber kein Examen abgelegt, keinen Beruf ergriffen, sondern ist Hausfrau und ideale Gefährtin, eben Redepartnerin geworden: ein bisher weitgehend unbeachteter Typus ihrer Generation! Zwanzig Jahre lang, bis der Mann sich von ihr scheiden und zu ihrem Unterhalt verurteilen ließ. Dann hat sie sich mit Therapien das Leben zurechtgelegt, ist in Clubs eingetreten und Morgenpartnerin von gutsituierten Frührentnern beim Squash, Tennis und Badminton geworden (sie hat ein gutes Ballgefühl und eine vorzeigbare Figur), hat Studienreisen unternommen, Volkshochschulkurse belegt …

– Und ist mein Freundin geworden, sagt Ingrid in einem Ton, der keine weiteren Unterminierungen dieser Freundschaft zuläßt, der nicht zulassen will, daß der alte Doktor an Monis Liebe zu ihr zweifelt, daß er sie aus dieser Redegemeinschaft, in der sich die Individualitäten auflösen lassen, herausholt und ihr das Quecksilbrige dieser Existenz abzugewöhnen versucht. (Mit dem Elan eines, so sagt sie spöttisch, der nun in die Kommission »Unser Dorf soll schöner werden« berufen worden ist … und das, trotz aller amerikanischer Schlagerballaden, angenommen hat!)

Ingrid kann dem alten Klaus ganze Gespräche vorspielen und dazu ihre Theorie des Ansteckens entwickeln. Ein Wort gibt das andere, wird Anker, herabgelassen oder gelichtet, und steckt an zum Frieden. Wo dies Wort ist, kann keine Gewalt sein. Da wird etwas erfunden, das uns rettet …

– Ja, meine Liebe, sagte Klaus schließlich: Daran denke ich, wenn ich am Meer stehe und über mein Utopia sinne. Ich selbst bin nicht mehr jung … Aber davon möchte ich Sie kurieren, so sehr ich mir auch vorgenommen habe, das Kurieren, wenn es irgend geht, nun zu lassen. Dem Aberwitz doch noch einmal die Stirn bieten und Hier rufen. Dazu die zerstreuten Kräfte sammeln, das möchte ich – und am liebsten mit Ihnen an Portugals Küste! Auf die Gefahr hin, selbst hineingezogen zu werden in diese Verflüchtigungsmaschine wie Sie.

Nach einer Weile schrieb Ingrid dem Brief an Pierre noch eine Karte hinterher, beginnend mit einem merkwürdigen Satz, der halb ihrem Unterbewußtsein oder Unbewußten entsprungen sein mußte:

»Sie ließ ihren kleinen Mephisto erzählen.« (Punkt)

» ... Der Utopier, der zu Besuch weilt, wird die Erkenntnis mit nach Hause nehmen, daß hier der kriminelle Weg der erfolgreiche ist; der Gewalttätige, ja Brutale und Unbarmherzige aber der Held. Nicht einmal, wird er zuhause berichten (wenn man ihn nach Anregungen fragt), der Starke, der sich im Kampf mit anderen Starken mißt, sondern der, den wir: das Schwein nennen und kurzerhand von den Klippen stürzen. Der ohne Gefahr für sich und meist in großer Überzahl einen Menschen vernichtet. Das ist die markanteste Errungenschaft der modernen abendländischen Zivilisation, wird der Utopier zuhause berichten und schweren Herzens zur Rüstung gegen Staaten mahnen, die von solchen Tieren beherrscht werden. Du mußt mich noch mal retten, Pierre. Der Gast reißt mein Leben an sich ...«

Wie jedes Dorf, so hatte auch dieses seinen Wundermann. Wie sollte sie ihn nennen: Hochsprecher, Werbefachmann, Kirchenvorstand oder schlicht: den Rühmenden?

Es ging eigentlich nur um einen Punkt, genauer: um eine Sekunde, oder? Natürlich war es das Oder, das Ingrid beschäftigte, und in ihrer Verzweiflung behauptete sie, daß die ganze Bibel aus solch einem Oder, daß es nämlich das Böse doch wirklich gibt, entstanden sei.

Ihr war aber zugetragen worden, daß Gregor sich gebrüstet habe, sein Tritt sei es gewesen, der Andy den Unterkiefer zertrümmerte. Wofür ihm Bonus-Punkte zugesichert worden seien. Bonus-Punkte: Bonus, das Gute. Bonus-Punkte, das war schon fragwürdig genug, gab es einmal für besondere Leistungen in Firmen oder für gute Taten bei Pfadfindern. Hier aber unter Jugendlichen für Gefängnisstrafen oder besonders scheußliche Taten. Damit wurde gelockt, die Ächtung der Gesellschaft auf sich zu nehmen, um in der Gruppe oben zu stehen.

Es war vor allem das Wort, das sie empörte: Bonus.

Es ging schon lange nicht mehr um den einen Punkt, daß jemand für einen Augenblick die Nerven verloren hatte und dem am Boden Liegenden, auf dessen Kopf schon ein anderer mit Stiefeln herumsprang, ins Gesicht getreten hatte, dorthin, wo noch Gesicht zu sehen war. Und Andy, der nach Monaten auf der Intensiv-Station und im Krankenhaus nun wieder da war, konnte immer noch nicht normal essen und kam nur zum Rauchen einer Zigarette bei Dunkelheit vors Haus. Ohne die Medikamente würde er pausenlos Kopfschmerzen haben. Und das Gesicht mochte er keinem Mädchen zeigen, aber natürlich auch nicht den Tätern, wenn sie womöglich von ihren Therapie-Stunden kamen und darauf schimpften, was alles der Staat bezahlte ... Wie lange Andy für das Dorf nicht mehr als das Aufglühn einer Zigarettenglut in der Dunkelheit sein würde, stand noch nicht fest, denn es sollte wohl noch eine oder zwei Operationen geben, so viele jedenfalls, bis so gut wie nichts mehr zu sehen sein würde und er wie ein normaler Mensch wieder essen können würde. Das hatte der Professor Andy in die Hand versprochen.

– Es geht nur um eine Sekunde, so glauben Sie mir doch! schreit Gregor und weint vor Wut, während sie am Frühstückstisch sitzen und versuchen, in ein Sonntagsgespräch zu kommen, bevor Ingrid in einer Stunde den Gottesdienst halten muß. Und den sie nur halten kann, wenn sie reinen Herzens ist. Mit ihm und sich im Reinen, das muß er doch verstehen, wozu ist er sonst bei ihr untergekrochen. Das Sonst streicht sie sofort wieder, bescheiden geworden; aber der Satz bleibt stehen.

– Wie oft soll ich denn noch sagen, daß ich nicht weiß, wie ich plötzlich zugetreten habe. Es war ein Schnitt …

– Ein Schnitt? Ich denke, es war ein Tritt!

– Ein Schnitt im Kopf, meine ich doch! Sie sind doch nicht zu blöde, das zu kapieren.

Das wieder in einem Ton, der ihr den Magen umdreht. Eben noch Tränen, jetzt dieser Ton, der sie hilflos macht, weil er sie neben Leute stellt, die so mit sich reden lassen und auch keine Chance haben, dagegen anzukommen.

Einmal war es ihr gelungen, mit einer ganz groben Fröhlichkeit; aber da hatte sie getrunken und die Küsterin verraten, weil sie sagte: Fast hast du schon den Ton von Frau Finkelmeier drauf, noch'n bißchen heiserer, dann klappt's! Aber zu solch einer Ruchlosigkeit, und sei es zum besten Zwecke, hat sie normalerweise nicht die Kraft, und das weiß Gregor. Wie ja überhaupt die Skins wissen, daß die Leute, die als Opfer in Frage kommen, nicht genug Kraft haben.

– Du solltest mal dein Gesicht sehen, sagt sie und starrt schaudernd auf die häßlich geschorene Vierecksform ihr gegenüber.

– Was ist mit meinem Gesicht, ist es nicht schön genug? fragt Gregor und grinst.

– Bitte laß das! Ich muß mich auf den Gottesdienst konzentrieren.

– Klaro, sagt er, wieder in einem anderen Ton. Wenn jemand Gregors Töne: seine Ton-Grimassen, zählten wollte, hätte der Schwierigkeiten. Als bestünde die heutige Jugend überhaupt nur aus solchen Ton-Grimassen. Aber das mag sie ihm nicht ins Gesicht sagen. Noch immer hofft sie, daß all das einfach wieder aufhört, wie es einmal angefangen hat.

Verliererstraßen werden nicht mehr geduldet. Verliererstraßen – was mag das wohl sein?… (Nun, sie weiß es.) Eine Nebenstraße beliebiger Nachordnung, alte Chaussee oder kopfsteingepflasterte Vorortstraße, vielleicht gar in Paris, auf der sich jemand ohne erkennbares Ziel bewegt und dabei raucht. Lange war das ein Held: der Mann und sogar auch die Frau, die im Abseits raucht, als spiele es gar keine Rolle, daß es ein Abseits ist, solange man sich dort nur frei bewegen und dabei rauchen kann, solange man nicht daran gehindert wird, sich in der Umgebung umzusehen wie in seinem Wohnzimmer und Menschen, die vorbeikommen, mit einem gelassenen Blick oder einem beiläufigen Wort anzusprechen. Wie selbstverständlich war die Bewegung zum Mund, das rauchgeschwängerte Ein- und Ausatmen. Es war etwas da in diesem leeren Abseits, das gleichwohl keinen Platz beanspruchte, jedenfalls nicht für länger. Man trug Trenchcoat, Lederjacke oder nur einen Rock, aber alles nicht recht fernsehtüchtig, höchstens für eine Nebenrolle in einer Vorabendserie alter Art oder in einem Fernsehspiel zu später Stunde, wenn die Siegertypen schon ins Bett gegangen sind. Da war Rauchen etwas Gutes, Schonendes.

Während die Anti-Raucher-Kampagnen (wie alle Kampagnen), obwohl sie doch von Opfern kommen sollen, diesen rohen Gestus der Sieger haben, die sich schon schlafen gelegt haben und nichts mehr wissen wollen. Die sich für Verliererstraßen, auf denen jemand rauchend seinen Schritt findet, nicht interessieren, sondern nur gesund sein wollen. Kampagnen sind nicht nur in China, sondern überall auf der Welt machtvolle Koalitionen, die schließlich mit bedingungslosen Kapitulationen enden. Damit soll nicht gesagt sein, daß in Lehrerzimmern geraucht werden muß. Vielleicht rauchen da ja die Sieger, die sich zu ihren Siegen auch noch die romantischen Posen aus den Verliererstraßen holen. Und die Verlierer haben inzwischen nicht einmal mehr die Kraft, rauchend auf der Verliererstraße zu wandeln.

Das Wandeln ist hierbei das Schöne. Wer wandelt, tut das aus dem Vollbesitz seiner Souveränität. Sie könnte es auch lassen. Sie aber wandelt, hierhin und dahin, rauchend oder doch nicht rauchend, ihres, wenn auch bescheidenen, Weges. Die Kampagnen, das ist klar, nehmen den Menschen nicht nur die Verliererstraßen weg, sondern eben auch das Wandeln. Mag sein, daß sich eines Tages im Rücken der Kampagnen dafür wieder Raum ergeben mag.

Aber jetzt, hier, in ihrer Gesellschaft und sogar in ihrem Dorf ist das verpönt und auf unbelehrbare Kreise und Rentner beschränkt, die von allein und ohne Umstände verschwinden werden, wenn man sie links liegen läßt. Es sei denn, notabene, es gehörte zur Inszenierung eines Thrilling, einer Abenteuerfreizeit, eines Zerstörungsspiels oder insgesamt der Jugend.

Thrilling-Inszenierungen aber sind Exposés für Sieger. Da will sich jemand lässig strahlend bewähren; nicht mit dem Rücken zur Wand stehen und doch weggehen. Thrilling will beachtet werden; Verliererstraßen sind nur Stätten der Selbstachtung. Sie findet sich ein und zündet sich eine Zigarette an, um zu verweilen. Mit der Zeit findet sie den Blick für das Ringsum, aber sie muß nicht, und manche schaffen es nie. Es ist kein Widerspruch, daß dies Ringsum aus Bäumen und grün überwucherten Orten des Vergessenen besteht. Den Rauch einer Zigarette kann ein Baum gut ab. Und die Zigaretten von hundert Rauchern kratzen ihn nicht so wie das vorbeifahrende Auto eines mit einem Katalysator bewaffneten Nichtrauchers, der auf die Tube drückt, um seine individuelle Emissionsmarge auszuschöpfen. Natürlich, auch Raucher fahren Auto und rasen. Aber trotzdem ist es gut, die Relationen im Auge zu behalten. (Und sie redet noch nicht von den Flugzeugen, die den Schadstoffausstoß von 40.000 Autos haben.) Das wäre ein Schritt zum Erhalt der Verliererstraßen. Womit keine Bettelschrift zur Unterschrift ausgelegt werden soll.

Es ist jedenfalls nicht mehr unklar, was Verliererstraßen sind – und daß es ganz schön ist, wenn sie auf ihnen wandeln kann, sobald sich die Sieger ihr Leben schnappen wollen. Und daß es also schwierig wird für die Verlierer, wenn Verliererstraßen nicht mehr geduldet werden und von überall das Sieger-Geschrei tönt:

– Weg hier! Wir wollen euch hier nicht haben! Verschwindet in eure Höhlen und Warenkörbe! Verdünnisiert euch!

Obwohl es gut sein kann, daß dies Geschrei eine Konserve ist und aus den ehemaligen Verursachern des Siegergeschreis ein Rudel Verlierer geworden ist. (Freilich, solange sie im Rudel sind, werden sie sich als Sieger gebärden.) Sie lebt aber ja nicht nur in der Gegenwart der Menschen, sondern auch in der Gegenwart der intelligenten (und auch der dummen) Maschinen, die wiederum mit der Vergangenheit von Siegern gefüttert und dabei stark geworden sind.

DER TAUBENBLAUE MANTEL

Der taubenblaue Mantel. Pierre hatte ihn 1987 in einem Second-Hand-Laden in Paris gekauft. Ein taillierter, eleganter Cashmere-Mantel, eigentlich gar nicht sein Stil. Doch sah er ihn im Vorbeigehen durch das Schaufenster und war so fasziniert (er nannte es im Meditationszentrum: aufgerufen!), daß er hineinging und den Mantel anfaßte. Und wie der sich anfaßte! Er schmiegte sich an die Hand, leicht und irgendwie kühl, aber nicht zum Frösteln kühl, eher vornehm kühl: wie ein diskretes Angebot, als wollte er sagen: Wenn du mich wählst, werden Frieren und Unbehaglichkeit im Freien für dich kein Thema mehr sein! Das war natürlich Unsinn. Und doch, Pierre konnte sich von dem Mantel nicht lösen, nicht von seinem lockenden, friedfertigen Leuchten, nicht von seiner distanzierten Schmiegsamkeit. Eben vornehm. Hätte man früher ohne jedes Zögern gesagt – und sagte es heute vielleicht wieder in bestimmten Kreisen. Zu diesen Kreisen wollte Pierre eigentlich nicht gehören. Zu den eleganten, teuer lebenden, Kunst und Welt genießenden Menschen, die nichts nötig hatten. Seine Herkunft waren mehr die herkunftslosen Siebziger mit ihrem Ideal der Einfachheit und Small-is-Beautiful und Handmade Houses. Schlichtes, aber gutes Material, durchaus ein bißchen auf Vorrat (für schlimmere Zeiten) und in Übergröße (wie die Latzhosen bewiesen). Damals, als man an Naturholztischen saß und aus alten Bleikristallgläsern Rotwein trank, die Zigaretten selbst drehte und wußte, wie man den Käse herstellte, den man aß. Als Erd- und Naturfarben den Ton angaben.

Diese grundsolide Lebenshülle hatte Pierre, nicht nur in Form von selbstgestrickten Jacken und Westen, von kragenlosen Leinenhemden und Jesuslatschen, sondern auch in den Ansprüchen seiner Bedürfniswelt, ja noch in den Träumen seiner Utopien, mit in das Meditiationszentrum genommen. Die sparsam, aber mit Naturmaterialien und mit wenigen guten Büchern (*den* Büchern) ausgestattete, lichte Mönchszelle war gerade der Inbegriff solchen Lebensstils. Jeder hatte seine genügsame Zelle und versuchte, sich vor Gott ins Reine zu bringen. Und dann kamen alle heraus und setzten sich gemeinsam an den großen Tisch und waren zusammen, gewiß auch voll Sorgen um die Welt und die Mit-Kreaturen, aber vor allem durchdrungen von der eigenen Anspruchslosigkeit.

Leicht war ihr Gepäck, klar der Blick, rein das Herz und gut ihre Gemeinschaft ...

Paßte dahinein ein taubenblauer Cashmere-Mantel, tailliert? Und doch fuhr Pierre an diesem Frühlingsnachmittag 1987 eine halbe Stunde mit der Metro, um sich von einem Besucher des Meditationszentrums, der zum Freund geworden war und in Paris wohnte, ein paar hundert Francs zu leihen, damit er diesen Mantel, den er hatte zurücklegen lassen, kaufen konnte. So sehr war er von ihm beeindruckt worden, nicht nur von seiner Schönheit und seinem diskreten Wärmeversprechen, sondern durchaus auch von der Rolle, die dieser Mantel seinem Träger zuweisen würde. Von nun an würde er der Mann mit dem taubenblauen Cashmere-Mantel sein, ein überall sofort kenntlicher und zwar als Fragwürdiger, sich Darbietender, ja als Verrückter kenntlicher Mann; und schon gar in einem Meditationszentrum. Zwar paßte der Mantel, sein wunderbares Material zu den Naturmaterialien der Ausstaffierung seiner Welt, zum Eichentisch und zum Bleikristallglas und zur Tuchserviette, aber nur als einzelnes Echtes zum andern Echten, nicht zum Ensemble. Darin war der taubenblaue, taillierte Cashmere-Mantel wie ein königlicher Anspruch. Als würde Pierre von nun an, wie die Gestalten Raffaels, einen Fußbreit über dem Boden gehen, vielmehr zwischen den andern und all dem ihrer Welt: schweben. Neben weißen Damastdecken und üppig verstreuten Rosensträußen, vor Samtportieren und unter Messingleuchtern wäre der Mantel wohl unauffälliger gewesen, auch in den kühlen Ambientes technischer Eleganz aus Metall und Glas, ja noch über Jeans und dünnsohligen Slippern. Aber Pierre wollte das Stück, wollte in Beziehung treten zu einer Création, die ihn mit einer Geschichte umfing und damit ein wenig aus seiner Geschichte herausnahm. Ein wenig fremder wurde er dadurch für die Bekannten, ein wenig mehr Objekt ihres Verhaltens, weniger selbstverständlich nur Mitglied. Und in dem Taubenblau des wunderbaren Stoffes sprach soviel Sanftmut mit, kam soviel mehr von seinem Wesen, dem Maler der suggestiven Blättchen, nach außen. Er bekannte sich, so paradox es schien, in dem schönen Fremden zu seinem Kern. Ich habe mich dem Mantel sofort nah gefühlt, sagte er, wenn ihn Vater Constant und die andern vorsichtig (denn sie wollten ihn nicht kränken, aber auch nicht zu dem Bedenklichen schweigen) auf das Thema brachten. Sah er doch in diesem Mantel aus wie der vornehmste Besucher des Zentrums oder wie der heimliche und eigentliche Gönner der gläubigen Einkehr und christlichen Rückbesinnung in Europa. Gewiß, er hatte gezögert, als er sich aufmachte, um Ingrid zu besuchen, ob er diesen Mantel oder nicht doch lieber seinen alten Duffle-Coat anziehen sollte, den sie noch kannte. Er hatte es als eine sanfte, aber bestimmte Bereitschaft zu Klarheit, ja Reinheit empfunden, als er sich für den taubenblauen Cashmere-Mantel entschied.

Trotz des eigenartigen, ungewohnten Mantels hatte Ingrid ihn sofort und, aufgrund eines glücklichen Zufalls (daß sie gerade am Fenster stand, um Oma K. etwas zuzurufen), schon von weitem erkannt. Das Taubenblaue war ihr wohl in der sonnigen Hauptstraße aufgefallen, sie hatte näher hingeguckt – und dann auch schon Mann und Mantel zu einem verschmolzen, so daß für sie in diesen Augenblicken Pierre, der in seinem taubenblauen Mantel (daß er aus Cashmere-Wolle war, erfuhr sie erst später) heran und näher kam, als etwas so Wunderbares erschien, daß ihr die Tränen kamen, während sie heftig zu winken anfing.

Schon immer waren es Dinge gewesen. Wie nun der taubenblaue Cashmere-Mantel, so gehörten zu den Zeiten, von denen Pierre gern erzählte, bestimmte Dinge. Dinge, die näher lockten, faszinierten und das, was er war oder sein wollte, ansprachen. Da war der in Packpapier gebundene Karl-May-Band gewesen (gleichsam getarnt, denn Karl May war in der frühen DDR ein unerwünschter Autor). Pierre brachte ihn wie einen Schatz zu seinen Freunden und erzählte ihn auf ihren Pirschgängen nach. Die Mädchen durften nicht näher heran; aber auch sie sahen Tag für Tag den in der Brottasche wie zum Beleg mitgebrachten Band, wie er geheimnisvoll aus der groben braunen Packpapierhülle hervorgeholt und gezeigt wurde. Nicht ein Band, wechselnde Bände! Immer jeweils der, den Pierre nacherzählte – und in diesem Buch nun stand alles drin!

Dazu gehörte später im goldenen Westen das »Besteck«, bestehend aus Linolschneider und Rasierklinge, ebenfalls in Packpapier gewickelt und in einem handlichen kleinen gelbblaukarierten Leinenbeutel verstaut. Damit schnitt Pierre seine Haschischportionen vom Klumpen. Auch hieran durfte Ingrid als Zuhörerin und Zuschauerin teilnehmen: wie Pierre das »Besteck« auspackte, vom besten Shit schnitt und kiffte! Nachträglicher Zaungast sein bei simulierten Zeremonien mit Utensilien. Pierre liebt die Mystifikationen, hieß es selbst im Meditationszentrum; aber für Ingrid offenbarte sich in dem Umgang mit bestimmten aparten Dingen seine empfindsame und wagemutige Liebe. Wie schön war es, Dinge als Lebensbegleiter zu haben, die nicht nur für einen selbst, sondern auch für die Vertrauten liebevolle Wärme wagten, die durch den behutsamen, weihevollen Umgang mit ihnen in sie investiert worden waren. Da lag der Karl May im Packpapier und leuchtete in der Sonne, oder das goldgelbe, etwas staubstumpfe Haschisch aus Amsterdam und daneben der zierliche, blankgefaßte, an seinem Griff auch in einem warmen Braun erstrahlende Linolschneider mit der Rasierklinge, oder der kleine schwarze Aquarellkasten, in die Tasche zu stecken wie die dazugehörige kleine Wasserflasche, die wie ein Flachmann aussah (aber nur das Tuschwasser enthielt): legte Pierre sie vorm Schlafengehen (und oft genug hatte die flinkere Ingrid schon nackt auf den Zögerlichen gewartet und ihm bei seinen rituellen Hantierungen zugesehen) auf den nächsten Tisch zum Bett, erschien dort die Welt seines Malens, als entstünden schon gleich die kleinen Leuchtblättchen, auf die alle Menschen zugehen, nach denen sie sofort greifen mußten.

Zu diesen auratischen Dingen Pierres gehörte eine goldene Taschenuhr mit Glockenspiel, womit er die Zeit maß. Und es gehörten dazu ein schönes schwarzes Taschenmesser (neben dem leuchtenden Braun und Gelb und dem Taubenblau war Schwarz für seine schönen Dinge eine Lieblingsfarbe, und eine Zeitlang trug Pierre einen schwarzen Stein als Talisman in der Tasche), ein Skizzenbuch mit Seideneinband, italienische Bleistifte, ein französischer Füller, ja eine schöne leuchtende Hornbrille mit runden Gläsern, obwohl Pierres Augen noch intakt waren. Nahm man es genau, so waren nun alle Dinge, die Pierre am Leibe trug oder mit sich führte, von dieser Qualität, freilich jeweils in unterschiedlichen Graden aktuell: deutlich bevorzugt oder nur eben en passant gewürdigt. Sie stifteten eine Welt des Aufmerkens, ein Universum der Zuwendung, eine eigene sanfte Aura, die ständig in einen rettenden Frieden einzuladen schien. Als Ingrid dieser Einladung gefolgt war, hatte sie sich himmlisch gebettet gefühlt, befreit von jenem steilen Aufpasserbewußtsein, das das eigene Leben nach allen Seiten hin abzusichern hatte.

Es war einfach nicht zu leugnen, daß diese Aura in mancher Hinsicht an Jesus, an die Sanftheit und Gewaltlosigkeit seiner Botschaft erinnerte. Gern hätte Ingrid das für sich und ihren Beruf ein wenig gelernt (und sie hatte es wohl auch im Rahmen ihrer Möglichkeiten). Einmal hatte es eine Zeit gegeben, da bedauerte sie, nicht schon ihr ganzes Leben lang durch Pierres vorsichtige Distanzierungen herausgefordert zu werden; daß sie seine Karl-May-Nacherzählungen nicht hatte mithören, nicht von seinem Haschisch hatte schneiden und kosten, ihn nicht aus der Gemeinde heraus in der weihnachtlichen Kirche seine Trompete spielen hören können. Wenigstens hatte sie ihn im Zentrum beim Meditieren und Malen beobachtet, ihn in Situationen erlebt, die ihre Sehnsucht weckten und mit der Anziehungskraft vom Allerheiligsten leicht zu verwechseln waren. Und waren nicht letztlich seine geliebten Dinge Lockrufe in ein Heiligtum, Versprechen der Erlösung von den rohen und gleichgültigen Abnutzungen des Alltags? So war es kein Wunder, daß Ingrid, sobald sie aus dem Fenster den taubenblauen Mantel entdeckte, wußte: das ist Pierre! Er ist gekommen, mich zu retten.

Noch eins muß gesagt werden anläßlich von Pierres heiligen Dingen. Ein unwiderstehlicher Sog ergriff Ingrid noch jedesmal, näherzukommen, zu berühren und teilzunehmen. Wie an einem Totem (so rühmte ihre Generation auch: Sog und Totem). Und das, obwohl sie durch diese Annäherungen an etwas, das es zu feiern galt, in jene unselige sexuelle Rolle gedrängt worden war, der sich Pierre, als Mann, so gern als Objekt ausliefern wollte. Sie sollte die Initiative übernehmen, nach den Dingen den Menschen berühren. Er wollte für sie ein Halt sein. (So sagte er.) Sie hatte Pierre in den Händen gehalten wie eine Ikone, und daß sie sich so leicht in diese Tabuzone hatte locken lassen (und dabei als Täterin gar noch, vor sich, verantwortlich schien), nahm sie auch heute noch, Jahre nach dem Bruch und der Abreise aus dem Zentrum, ein bißchen übel – gerade wenn sie ihn wieder so verführerisch in seinem taubenblauen Mantel daherkommen sah, als habe er mit der Wahl dieses taubenblauen Mantels bereits alles für die Liebe geleistet, und nun waren andere dran mit den Köstlichkeiten, die sich ein empfindsamer Mann ersehnt. So sprach, auf eine alte Weise auch beunruhigend, der näherkommende Mantel zu ihr.

Und doch, so sehr sich die Person in dem ankündigenden Signal des taubenblauen Mantels verdichtet zu haben schien – als Pierre dann vor ihr stand und die ersten Worte fielen, kitzelte sie der Wunsch nach einem großen, mächtigen, allmächtigen Lachen, so komisch wirkte es auf sie, daß Pierre immer mehr Pierre sein wollte. Als hätte er das eine große Lebensziel, sich von Peter, dem Stotterer, zu entfernen, aus einem hektischen Bettnässer ein ruhender Pol zu werden, noch immer zu erreichen. Nicht als Körper; dem stand sein leptosomer, fast schon an Barlachsche Figuren erinnernde Körperbau entgegen. Aber im Ausdruck; in Gesten und Meinungen.

– Wozu soll ich ein Auto haben, wenn ich nicht fahren kann? Ich bin einer der wenigen ...

– Ich weiß, vielleicht bald der einzige Rufer in der Wüste, sagte sie und konnte sich nicht beherrschen, ihn liebevoll in die Wange zu kneifen, denn sie sah sich, wie sie Pierre mit dem Auto zu seinen Zielen fuhr.

– So dunkel? fragte Pierre und trat ins Pfarrhaus, das nun ihr Pfarrhaus war, wie sie mit einem Glücksgefühl und gerade neben diesem Mann im taubenblauen Mantel, der nach alter Welt roch, plötzlich gewahr wurde. Sie hatte nach all dem Hin und Her der frühen Zeit, nach dem Absturz und der langen Krise doch immerhin die Kurve gekriegt und führte ein geregeltes, bezahltes, wenn auch nun bedrohtes Leben. Pierre dagegen, sie stellte es mit einem Seitenblick fest, während sie neben ihm zur Wohnung hochstieg, war immer noch dieser leichtgewichtige Gast auf Erden. Außer einer Ledertasche und einer zweiten aus wasserundurchlässigem Kunststoff, in der sich wohl sein Schlafsack befand, hatte er nur den taubenblauen Mantel und seine anderen kleinen Dinge dabei, die ihn schützen sollten.

Sie war betäubt von dem zwar erhofften, aber unangekündigten und nun doch unvermittelten Erscheinen. Und übrigens hatte sie noch keinen Augenblick an Gregor, ob der überhaupt im Gästezimmer oder sonstwo im Hause war, gedacht. Erst jetzt, als sie im oberen Flur standen und Pierre mit der Gebärde die Taschen hob: Wohin?, als sie auch innerlich mit der Erinnerung an das Gebet und wie es nun erhört worden war: bei Gregor angelangt war, fiel ihr der Junge wieder ein und daß er ja das Gästezimmer blockierte. Sie zögerte, ob sie Pierre gleich alles sagen sollte, was es zu sagen gab, bog dann aber ab, zum Wohnzimmer hin.

– Komm erst mal, Pierre, du kannst deine Taschen hier an der Garderobe abstellen. Wir wollen erst einmal etwas Warmes trinken. Kakao, wenn du magst.

Sie wußte, daß er erfreut aufhorchen würde, sprach aber betont beiläufig, um seine Freude noch zu steigern.

– Kakao, kam es prompt und noch einmal in kindlicher Verballhornungslust: Ka-ka-O? Da richten sich alle Geschmacksnerven auf und harren erwartungsvoll des warmen Naß, das da kommen soll ... Wunderbar, Ingrid! (Und nun erst umarmte er sie.)

Das Ka-ka-O war natürlich auch eine Demonstration, gegen das frühere K-K-K-Kak-k-kao gesetzt. Und, fiel ihr plötzlich ein, vielleicht war seine Vorliebe für das Getränk (und also auch die ihre, von ihm übernommene) nichts anderes als ein Teil seiner Selbstüberwindung (und sie verdankte ihre Begeisterung für das Getränk einem fremden Stottern!). Sie dachte, während sie ihn nach langer Zeit einmal wieder mit jedem Atemzug roch (noch immer diese Mischung aus Rasierwasser und Hautduft, die sie an Salbei erinnerte), an den Sud, an die träge fließende Flüssigkeit, wie sehr sie festhielt und am Ort beglückte (und gerade auch die übereilige Zunge), wie wenig sie etwas zum Kippen und schnellen Verschwinden war. Eben Kakao.

– Wollen wir ins Wohnzimmer – oder in die Küche gehen? fragte sie, nachdem sie sich voneinander gelöst hatten und sie, gleichsam als Ersatz, die Klinke zum Wohnzimmer ergriff, während Pierre seinen, noch im Flurlicht leuchtenden, Mantel auszog und über einen Garderobenbügel hängte.

– Erst die Küche und den Kakao am Holztisch; dann das Wohnzimmer mit den Büchern und Bildern, sagte Pierre: Ich will dein Reich peu à peu kennenlernen, wie einen guten Wein.

Merkwürdig, daß er von Wein sprach! Es paßte wohl zum taubenblauen Mantel, der nun an ihrer Garderobe die Herrschaft übernommen hatte ... Sie mußte es doch sagen:

– Dein Mantel hängt dort wie das Gewand eines hohen Besuchs! Man stutzt und bekommt sofort Respekt. Oder wie der Mantel eines exilierten Königs, fügte sie hinzu, da Pierre sie so sanft, bereit, jede Bemerkung zu ertragen, ansah.

– Er ist aus Cashmere, sagte er: Aus ihm leuchten die Hochlandseen, die Schneelandschaften am Horizont.

– Verstehe, sagte sie und lockte ihn mit einem ironisch gekrümmten Hexenfinger in die Küche zum Kakao am großen Holztisch.

Gregor war in der Tür.

– Wer ist das? fragte er.

– Pierre, sagte Ingrid.

Gregor sah Pierre an wie einen Politiker. Wie der jetzt den Kakaobecher hob, den er selbst noch vor kurzem gehoben hatte, und den Kakao langsam trank, um hinter dieser Tätigkeit Gregors Blick zu erwidern.

– Ah, der ..., sagte Gregor: Der Kakao-Mensch.

– Ich hab es ihm erzählt, sagte Ingrid: Das ist Gregor.

– Tag, Gregor, sagte Pierre.

Ingrid hatte Pierre von Gregor noch nichts erzählt und wollte ein bißchen erklären:

– Du bist schon vor deiner Ankunft bekannt gewesen.

Zwei Männer sahen sie schweigend an.

– Möchtest du einen Becher mittrinken? fragte sie Gregor.

– Nee! sagte der und verzog das Gesicht, als wollte er ein für allemal den Eindruck löschen, er könnte zu den Kakaotrinkern gehören.

– Willst du dich so zu uns setzen? fragte Ingrid betont freundlich und mit wiedergewonnener Stimme. Wie froh war sie, kultiviert sein zu können! (Und plötzlich wußte sie, welche Strategie sie verfolgen würde.)

– Glaube nicht, beschied Gregor sie und wollte sich zurückziehen, blieb dann aber plötzlich stehen, streckte die Zunge weit heraus und fuhr patschig mit der Hand drüber. Eine ekelhafte, den Appetit verderbende Gebärde, als wollte er aus seinem Zungenbelag das Horoskop lesen.

– Glaube nicht, wiederholte er.

– Ach, Gregor, sagte Ingrid, in jenem Ton, der sich nicht mehr beirren lassen wird: Du müßtest das Gästezimmer räumen, denn ich brauche es für Pierre ...

Pierre, der automatisch protestieren wollte, mit jener Gebärde: Aber in meinem Schlafsack kann ich doch überall schlafen, und außerdem ... Pierre wurde unterm Tisch getreten; und hielt still.

(Wie lange war er nicht von Ingrid getreten worden!)

– Hä? fragte Gregor verdutzt; und sein Gesicht wurde von dem unverhofften Rausschmiß wie von einer Kugel getroffen und klaffte nun entstellt.

– Räumen?

Er bohrte sich mit den Zeigefingern in den Ohren und kratzte Ohrenschmalz raus.

– Ich hör wohl nicht richtig!

– Pierre, erklärte Ingrid sanft: Pierre wird eine Weile mein Gast sein. Er ist ein alter Freund.

Gregor sah sich in der Küche um.

– Kann er nicht hier irgendwo schlafen, vielleicht im Herd oder in der Kakaodose?

Sein Blick erinnerte Ingrid an den Blick von Fernsehmoderatoren, die hinter der Kamera einen Text abzulesen trachten und denen, wie sie eben erschrocken festgestellt haben, eine Zeile weiter ein Halbsatz fehlen wird. Er war wohl davon ausgegangen, daß dies hier nun sein Revier bleiben würde. Er hatte sich eingelebt und durchaus schon die Gelenke gelockert; und jetzt warf ihn die Pastorin einfach raus.

– Haben Sie nicht gesagt, ich kann hierblieben? fragte Gregor schließlich doch.

– Erst mal, habe ich gesagt! Aber das kann kein Dauerzustand sein, Gregor.

Ingrid sprach in jenem hochvernünftigen Ton, der früher oder später alle Zöglinge und Schutzbefohlenen verscheucht.

– Und du hast ja doch ein Zimmer bei deinen Eltern.

Noch immer hatte Gregor dies Gesicht, in das eine Kugel eingeschlagen war (und insgeheim freute es Ingrid, daß auch dieser Mensch einmal eine Verwundung erlitt). Er konnte es einfach nicht fassen, daß die Pastorin es wagte, ihn abzuservieren. Natürlich, allein hätte sie es auch nicht gewagt; aber nun, mit einem Mann am Tisch …

– Wie lange will der Pariser denn bleiben? fragte er.

– Ich bin kein Pariser, korrigierte Pierre.

– Ist doch egal, wies ihn Gregor zurecht, froh, den Einstieg in einen andern Ton gefunden zu haben: Hauptsache Pariser!

– Ts, ts. (Als wollte er Tse-tse-Fliege sagen, komme aber nicht so weit; es klang auch wohl etwas verächtlich.)

– Bitte, Gregor, du durftest hierblieben. Aber jetzt möchte ich, daß Pierre das Zimmer kriegt. Wenn du willst, kannst du deine Eltern von hier aus anrufen.

– Ich ruf an, wen ich will, verdammt noch mal! schrie Gregor plötzlich, verschwand mit einem Ruck aus der Küche und warf die Tür hinter sich in die Fassung.

– Viele Attacken hält das Haus wohl nicht mehr aus, sagte Pierre und musterte die Risse über der Tür und in der Decke.

– Puh, sagte Ingrid und blies die Luft aus.

Es hatte geklappt, und Pierre hatte sich nicht einmal vom Stuhl erheben müssen. Es reichte, daß er da war …

– Gregor ist ein einfallsreicher junger Mann, du hast ja gesehen, zu welchen spontanen Grimassen er fähig ist. Aber er steckt in einem unseligen Zwiespalt seines Elternhauses. Der Vater, einst Choleriker, jetzt nach einem Herzinfarkt nur noch ein Guter, der überall Nistkästen für die Vögel in den Wald hängt und sie numeriert. Und die Mutter, die um ihre Schönheit kämpft wie um das Paradies und noch nicht den starken Platz räumen will. Zu viel, zu wenig, zu spät, zu früh – Gregor paßt nicht in die Bio-Zeit seiner Eltern, er läuft leer und heiß, und er hat nicht die Selbstdisziplin und die Freunde, um das Niveau zu erreichen, das ihn befriedigen würde.

– Ein Gutachten, sagte Pierre: Aber ein Gutachten, in dem sich ein Mensch verfängt wie in einem Netz. Laß ihn doch ...

– Ich hab ihn doch gelassen! brauste Ingrid auf.

– Das heißt: Besser nicht ihn lassen! Aber immerhin, ich habe ihn gelassen. Er hat gewohnt und gepennt. Und er hat meine Farben versaut und sich ne schwarze Maske aufgemalt, um mir angst zu machen ... Und der Superintendent bietet mir eine Supervision an! ... Er kreuzte hier eines Abends mit seiner Tasche auf – und dann konnte ich sehen, wie ich damit fertig wurde. Als ich die Eltern anrief, kam da nichts. Die sind einfach auf Tauchstation gegangen. Die Polizei, ehemalige Lehrer, der Kirchenvorstand – Fehlanzeige. Jaha, wenn ich ihn rausschmeißen würde! Oder anzeigen! Dann – Wenn sozusagen etwas passieren würde ... Es soll immer erst etwas passieren ... Oder es soll jemand erst ein Schwein sein, bevor die Leute ihre Pflicht tun!

– Und jetzt, sagte Pierre: bist du das Schwein; vielmehr: jetzt sind wir das Schwein gewesen – und eigentlich ich ...

– Jetzt bin ich das Schwein gewesen! Ich will nicht mit ihm leben, verdammt! Er ist ein Glied der Gemeinde, aber nur ein Glied!

Ingrid schrie es fast heraus, weil sie den Vorwurf hörte (und in Pierres Augen las), nicht genug Kraft und Geduld aufgebracht zu haben, zum Beispiel wie er damals, als Ingrid völlig erschöpft ins Zentrum kam und nicht weiter wußte und auf ihn traf.

– Pierre, sagte sie bittend: Glaub mir, es ist nicht dasselbe … Du weißt nicht, wie es ist, wenn es jemand darauf ankommen läßt, wenn er mit dem Bösen spielen will; nicht weil er, wie die Leute, die du aus dem Zentrum kennst, schließlich das Gute finden will und jetzt sucht, ein Suchender ist, sondern weil er spielen will und weil das Spiel mit dem Bösen spannender ist und einen höheren Einsatz verlangt.

– Woher du weißt, kam Pierre mit einer dieser Floskeln aus einer alten Albernheit, die klein und harmlos machten, was in der Welt schon endgültig schief ging.

– Ich habe ihm in die Augen gesehen, als von seinem Gesicht nicht mehr als die schwarze Maske und die Augen zu sehen war. Ich habe eine teuflische Lust in seinen Augen gesehen, eine nicht mehr durch Appelle zu erreichende und nur noch mit existentiellem Einsatz und mit List in Schach zu haltende Lust daran, böser Täter zu sein und das mal locker durchzuziehn …

Pierre lächelte, weil nun sie in eine alte Floskel gerutscht war.

Und so verstummte sie.

Sie mußte nicht reden. Sie konnten hier auch so lange in der Küche sitzen, bis sich Pierre selbst davon überzeugt hatte, in welchem Leben er lächeln wollte. Er konnte währenddessen meditieren oder seinen taubenblauen Mantel tragen, Kakao trinken oder zu den Menschen spazierengehen – er würde schon diesen Schock noch erfahren, daß der Freiraum für seine Welt radikal abgeschafft worden war und daß auch er um den banalen Kampf in dieser Welt nicht herumkommen würde. Es ging nicht mehr um den eigenen Entwurf, und dann wurden die Eigenheiten und Eigenwilligkeiten liebenswürdig oder eben nur unter Selbstdisziplin toleriert; sondern es ging darum, tüchtig und tapfer an einem häßlichen Ort zur Stelle zu sein. Immer auf dem Sprung – und schließlich irgendwo daneben. Vielleicht: daß später einmal wieder eine Generation aufstehen würde, die Pierre und seinen taubenblauen Mantel liebhaben konnte. Jetzt sah es nicht danach aus.

– Komm, sagte Pierre: Laß uns zu Gregor gehen und mit ihm sprechen. Ich kann doch ..., sagte er vorsichtig, bei dir schlafen.

– Nein, sagte Ingrid: das kannst du nicht ... Aber natürlich können wir zu Gregor gehen und mit ihm sprechen, jederzeit, immer, ich hab ja bisher nichts anderes getan und seh gar nicht ein, warum ich plötzlich als übler Hirte dastehen soll.

– Nein, nicht: übler Hirte, sagte Pierre und überlegte. Es fiel ihm aber wohl keine trostreiche Umschreibung ein, und so stand er auf.

– Bitte, laß es uns versuchen.

– Gut, sagte Ingrid und verdrängte die Verzweiflung aus ihrer Stimme: Gut.

So gingen sie hinüber und wollten es, als gute Hirten, doch noch einmal versuchen. Doch hatte Gregor, wie sie durch die offenstehende Tür des Gästezimmers leicht sehen konnten, inzwischen das ungastliche Haus verlassen.

Pierre war erst den zweiten Tag da, aber er war schon recht vertraut mit Ingrids Sätzen.

– Sieh, wenn es uns nur so geben würde, so hätten wir eine Geschichte, sagte Ingrid und zog den Vorhang vom Wohnzimmerfenster zurück, um zur Nacht zu lüften, wie sie es gestern getan hatte, als sie mit Pierre noch aufs dunkle Dorf sehen wollte (und wie sie es am liebsten jede Nacht tun würde; aber allein fehlte ihr dazu oft die Kraft). So lange hatten sie geredet, daß tatsächlich auch die letzten Mattscheiben im Dorf erloschen waren. Heute waren sie schon vernünftiger geworden; es war erst Mitternacht, und sie konnten noch verschiedentlich warmes Lampenlicht und das andere, fahle, in Fenstern sehen.

– Die Vergegenwärtigungsmaschinen laufen auf solchen Touren, daß die Geschichten ganz armselig geworden und eigentlich schon so verblaßt und verlassen sind, daß sich niemand mehr freiwillig um sie kümmert, führte Ingrid aus: Es sei denn, sie werden in den Mediennachrichten geadelt ...

– Du bist Kulturkritikerin geworden, stellte Pierre fest.

– Ich spüre manchmal die Kraftlosigkeit unserer Kultur, sagte Ingrid: Bis in die Fingerspitzen! Als wanderte eine Müde in meinem Körper und steckte jede Faser mit ihrem Gähnen an. Alles in mir gähnt und lahmt ...

– Du bist einfach müde, sagte Pierre.

– Wie gern möchte ich den Anfang einer Geschichte fassen und sie in aller Ruhe bis an ihr Ende verfolgen. Aber gleichzeitig spüre ich diesen neuen Geiz in mir, der sich um keinen Preis an nur eine Geschichte verschleudern will. Das könnte euch so passen, sagt er ...

– Dieser Geiz ...

– ... daß ich für eure süßlichen Gefühle sterbe und auf alle anderen Möglichkeiten verzichte.

– Erinnerst du dich, was du gesagt hast, wenn ich früher so gesprochen habe? fragte Ingrid und verschlang ihre Arme mit den seinen.

– So? frage er: So hast du nicht gesprochen.

Erst hatte sie ihm den Arm um die Schulter legen wollen; dann aber die Silhouette gefürchtet, die sie zusammen vor dem Dorf abgeben würden und die vielleicht jemand entdecken konnte. Also lieber was Unauffälliges.

– Oder hast du so gesprochen?

– O ja, als ich ins Zentrum kam: fast nur! Ich sprach damals fast nur von Deutschland und seinen Häßlichen.

– Und was habe ich gesagt? fragte Pierre.

– Weißt du es wirklich nicht mehr?

– Ich bin kein Elefant.

– Man muß kein Elefant sein, um sich zu erinnern.

– Also hilf mir doch!

– ... Jetzt hab ichs auch vergessen ... In diesem Moment! Ich habs vergessen, als ich es sagen wollte. Nicht zu fassen!

– Du scherzt.

– Ich geh auf die Fünfzig zu ... Nein, eben lag es mir auf der Zunge ... Ich hörte deine Stimme, ich sah, wie ich erleichtert den Kopf senkte ...

– Den Kopf senkte?

– Ja, wer politisiert, tut das immer geradeaus ... Wir noch dazu stiernackig ...

– ... Am besten, wir gehen jetzt ins Bett!

– Ich wollte es dir so gern sagen. Wiedersagen.

– So eine Art Blutdoping, was?

Pierre schob liebevoll ihren linken Ärmel hoch, so weit es ging, als wollte er die Stelle für die Spritze suchen, mit der er sie anzapfen würde.

– Ich hab dich doch als Retter gerufen, sagte Ingrid schmiegsam.

– Du denkst, es geht nur mir so, und es geht darum, einen Defekt zu beheben. Aber du irrst dich. Allen gehen die Geschichten aus, sagte Ingrid, als müsse sie diesen Satz solange wiederholen, bis er ihn ganz begreifen konnte.

– Wie die Lebenslichter früher? hauchte Pierre betont, um nicht in diesen Gesang vom Ende der Geschichten und also der Welt einstimmen zu müssen. Ihm reichte wohl schon das schlechte Gedächtnis.

Es gab wenige im Dorf, die an Oma K. vorbeikamen, ohne sich von ihr erzählen lassen zu müssen. Selbst in dieser Zeit, da so viele Haushalte überfüllt sind mit modernen Erfindungen (man denke allein an die Palette der Kleber, Roller, Stifte, Tuben; an lösliche und unlösliche Ingredienzien!) und da so viele mit jeder neugekauften Erfindung immer selbständiger und erwachsener werden, konnte sich kaum jemand dem Reiz (oder auch nur der Autorität) solcher altertümlicher Erzählungen entziehen. Wie Oma K. vom Gewitter auf dem Feld überrascht wurde und, als sie neben dem (inzwischen ja verrohrten) reißenden Bach nach Hause lief, neben ihr der Blitz einschlug. Sie dachte: es hat dich getroffen! Meine Güte! Aber es war nur eine Buche, die vom Blitz mitten entzwei und in viele Stücke gespalten worden war. Gleich am nächsten Tag holte sie sich die langen Späne, die fortgesplittert waren und überall staken (und also auch sie hätten aufspießen können). Mit denen konnte sie den ganzen Winter über das Herdfeuer anzünden. Das wurden ihre Fidibusse im Jahre 42. Fidibus – fast kannte man das Wort nicht, wenn nicht von irgendwoher aus der Kindheit Wilhelm Busch nachhallte. Mit Fidibussen steckten sich die Sonderlinge bei Wilhelm Busch die Pfeifen an. Aber natürlich waren sie zuerst für das Feuer da.

Oder die Geschichte von der dicksten Kartoffel seit Menschengedenken, die Bauer Voß gerade eben vorm ersten Frost erntete. Es war nach dem Krieg, als der Feldweg am Bach noch mit den zerschlagenen Grabplatten vom jüdischen Friedhof befestigt war und natürlich der eine oder andere Steinbrocken auch ins Feld ragte. Bauer Voß kam des Weges, rein zufällig, denn zu den Herbstweiden, von denen er vor ein paar Tagen das Vieh in den Stall getrieben hatte und wo er jetzt die Zäune reparieren wollte, war es eigentlich ein Umweg. Er sah im Feld eine Ausbuchtung und vermutete solch einen Steinbrocken. Da er Zeit hatte, wollte er ihn gleich aus dem Weg räumen, damit er sich im Frühjahr nicht daran Egge und Pflug verbiegen konnte. Doch als er sich bückte, ragte dort schon zum Teil eine kinderkopfgroße Kartoffel aus dem Acker. Gut vier Pfund schwer. Einen Winter lang mußte er sich mit seiner Frau Lina streiten, ob man davon nun einen großen Eintopf machen sollte oder ob sie in die Vitrine gehörte. Kurz vor der neuen Ernte, nachdem alle aus dem Dorf und noch ein paar mehr, denn es war was Besonderes, das Riesending gesehen hatten, setzte sich dann die Frau durch und speiste einen Tag damit die Hungrigen des Hofes (von denen es damals zur Zeit der Flüchtlinge, Vertriebenen und Evakuierten auf dem Land genug gab). Bevor sie anfing zu stinken, diese kinderkopfgroße Kartoffel. Bauer Voß hätte sie wohl gern als Trophäe aufbewahrt; zumal man ihn schon bald zu ärgern begann, indem man, wenn auch mit einem Augenzwinkern zunächst, die Wunderkartoffel in der Erinnerung schrumpfen ließ. Oma K. zeigte mit den Händen, wie aus einem Kinderkopf eine mittelgroße Tomate wurde. Und in ihrem Gesicht spukten dabei der Ärger vom Bauer Voß und die Schadenfreude der Spielverderber.

Pierre stand ganz gern bei ihr und hörte ihr zu, um dann, nicht ohne ein gewisses Triumphgefühl, die Geschichten ins Pfarrhaus zu Ingrid (die sie längst kannte) zu bringen. Instinktiv wußte er, daß es solche Geschichten waren, die Ingrid zum Dorf hinzogen; denn auch er fühlte sich beim Hören und Erzählen dieser Geschichten irgendwie erleichtert. Wenn der Blitz für Fidibusse sorgt und Bauer Voß rein zufällig (und womöglich auf einem Feld, das sonst kein Kartoffelfeld war) kinderkopfgroße Kartoffeln findet, ist man im Dorf nicht ganz fehl am Platz.

Fehl am Platz kamen ihm aber die Belehrungen vor, die Ingrid an die wiedererzählten Geschichten von Oma K. anschloß. Er sah nicht ein, daß wichtiger als die Geschichte der größten Kartoffel im Dorf die Erwähnung der zerschlagenen jüdischen Grabsteine sein sollte. Das waren Grabsteine aus dem letzten Jahrhundert gewesen, und übereinstimmend wurde von alten Dorfbewohnern versichert, daß es schon vor dem Nazi-Reich im Dorf keine Juden mehr gegeben habe. Der Friedhof also verwaist war.

– Aber, belehrte ihn Ingrid: Bei uns kauft man eine Grabstätte für 20 oder 30 oder 40 Jahre …

– Oder eine Erbgrabstätte.

– … und verlängert die Pacht bei Bedarf. Aber die Gräber der Juden beanspruchen Ewigkeit.

– Ja, Ewigkeit, sagte Pierre sinnend.

– Die Juden glauben, daß die Seelen der Toten nur Frieden finden und behalten können, wenn ihre Gräber ewig bestehen. Sie nennen deshalb ihre Gräber Häuser der Ewigkeit.

Das sagte Ingrid mit einem Gesicht, als wisse Pierre gar nichts. Lern das ein für alle Mal. Und dieses Gesicht mochte Pierre gar nicht.

Gleichwohl gingen sie an einem der folgenden Nachmittage hinunter zum Bach und sahen sich den restaurierten Judenfriedhof an. Der Zaun darum war schon wieder ein wenig windbrüchig, und es standen nur noch sieben Grabsteine da; drei lagen platt. Wohl die einzigen, die damals im Nazi-Reich (als Pflaster- oder Brunnenstein) einigermaßen ganz geblieben waren. Einige junge Birken, die nach dem Krieg als Teil der Sühneaktion gepflanzt worden waren, zitterten im Wind. Wuchernder, schütterer Rasen, alte Blätter, Stöckchen, rangewehtes Papier, verlassenes Plastik, das alles interessierte Pierre mehr als die Grabsteine, um die sich Ingrid so betont bemühte. Sie versuchte, die Inschriften zu entziffern, zunächst die hebräischen Versionen mit Hilfe ihres Universitätshebräisch, danach auf den Rückseiten die deutschen Inschriften. Sie beugte sich zu den Buchstaben und kniete sogar, wenn es nötig wurde. Sorgfalt, Behutsamkeit, Zeit nehmen: das signalisierte ihr Gebaren.

– Ich glaube nicht, daß in diesem und auch im vorigen Jahr jemand länger hier war als wir, sagte Pierre: Langsam frier ich, im Schatten, bei diesem Wind.

– Das bißchen Frieren wirst du überleben, sagte Ingrid scharf.

– Trotzdem frier ich, sagte Pierre, und er fühlte sich im Recht. Als Ingrid ihn zornig ansah, mit jenem Ausdruck, der leichte

Verachtung einschloß, weil er sich in diesem historischen Sühneaugenblick nicht zusammennehmen konnte oder wollte, sagte er:

– Dann müssen wir aber jetzt auch noch zu der alten, vom Blitz zersplitterten Buche pilgern, oder? Jedenfalls zu ihrem ehemaligen Ort, denn von der Buche wird wohl nichts mehr übrig sein ...

Ingrid wandte sich ab und ging vor einem Grabstein in die Hocke, um die fast ausgewachsene Inschrift zu buchstabieren.

– Philipp Rosenzweig. Was für ein schöner Name!

– Es gab eine Zeit, da wollte ich ihn heiraten. Und es gab eine Zeit, da wollte ich ihn auf keinen Fall heiraten. Und in der großen Zeit ringsum, im Meer des Alltags, gab es überhaupt keine Möglichkeit dazu, zu wollen oder nicht zu wollen.

– Meer des Alltags ... Man merkt, daß ER da ist und dich ansteckt, der Guru.

– Du hast den Maler vergessen, sagte Ingrid ruhig.

Moni neigte wie viele, die aus der Therapie kamen, dazu, anderen etwas zuzusprechen: und das war's dann: so mild und tolerant sie sich auch gab. Sie hatte einfach gelernt, wie man jemandem etwas zuspricht. Eine Rolle, eine Geschichte, eine Meinung. Und nun war es für sie spannend, den so behängten Menschen zu treffen und wiederzutreffen. Die Freude zu haben, dem eigenen Urteil wiederzubegegnen.

– Was willst du denn nun machen? fragte Moni, die den Tadel hörte und sofort eine Schritt zurückging.

– Was soll ich machen wollen?

Ingrid stand auf und legte ein Harfenkonzert auf, damit dies Gespräch nicht pur blieb. Sie wollte auch sicherstellen, daß Pierre, falls er in den Flur kam, nicht zufällig etwas von dem Gespräch hörte.

– Schön, sagte Moni. Mozart?

– Gregor ist jetzt wieder zu seinen Eltern gezogen ... Aber wie!

– Hat er dich bedroht?

– Er hat wenig gesagt ... Gerade das macht mir ja Sorgen. Während er hier war, haben sich seine Eltern nicht gerührt. Nicht ein bißchen. Und jetzt ist er wieder hingegangen. Seine kackbraune Tasche in der Hand.

– Vielleicht haben sie miteinander telefoniert, und du hast es nur nicht mitgekriegt.

– Glaub ich nicht. Als Pierre kam und ich sagte: Ich brauch jetzt das Gästezimmer für meinen alten Freund; kannst du nicht zurück zu deinen Eltern gehen?: Da starrte er mich nur an.

– Also gut, dann habt ihr das Bett im Gästezimmer frisch bezogen und neues Leben einziehen lassen. Und nun siedelt dein Mönch da, und du gelangst wieder in die Reichweite des Wollens und des Nichtwollens. Oder bist du immer noch auf dem Meer des Alltags und schaust nach einer Insel aus?

– Du bist ein Ekelpaket, Moni, sagte Ingrid; aber nicht böse, sondern sogar ein bißchen aufgescheucht zu besserer Laune.

– Ja, sagte sie versonnen: Er kam wunderschön heran auf unserer Hauptstraße. Das war schon immer seine Stärke. Ich hätte mein Glück zum Fenster rausschreien können. Aber dann wär Oma K. vor Schreck umgefallen. Sie hat so schon komisch genug geguckt!

– Während Pierre dieses schier unglaubliche Glück bei seiner Ankunft wohl für selbstverständlich hielt! Er scheint eine Mischung aus Rattenfänger und Hölderlin zu sein.

– Gar nicht übel, sagte Ingrid, ein wenig belustigt (freilich fast mehr über die Phantasie ihrer Freundin): nur seine Sommersprossen stören das Bild, und nicht nur im Winter.

– Und das Stottern.

– Er stottert nicht mehr. Wie kommst du überhaupt darauf?

– Hattest du es nicht erzählt?

– Er hat als Kind gestottert. Da war er der stotternde Peter aus Chemnitz. Jetzt merkt man ihm nichts mehr davon an, im Gegenteil: er spricht gut wie ein Opernsänger. Überhaupt gehört er zum Typ dünner, spilleriger Knabe, der dann als Mann, wenn er etwas ansetzt, erst etwas wird.

– Frauentyp, meinst du.

– Ich weiß nicht, ob unbedingt Frauentyp. Es ist ganz schlicht gemeint … Aber wenn Pierre erst mal weg ist aus der Wohnung, steh ich doch mit dem Rücken zur Wand. Von dem Jungen droht etwas Unbestimmtes, Furchtbares herüber, daß ich kaum schlafen kann.

– Er wird dir nichts tun.

– Woher weißt du das?

– Nicht solange du einen Blitzableiter im Hause hast.

– Und so saßen sie denn beim Kakao, unsere Freunde. Sie war eine kratzbürstige Pastorentochter – wie sie im Buche steht … Damals hatten sie mit dem Rad einen Ausflug entlang dem Mittellandkanal gemacht, so dicht am Wasser wie es nur ging, es fuhren viele Schiffe und Kähne, und vor allem die Schleppzüge mit den aneinandergeketteten Lastkähnen hatten es ihnen angetan, dem Flüchtling aus Chemnitz und seiner Gastgeberin. Warum nur? Sie waren nichts Besonderes und eher häßlich. Aber oft, wenn ein Schleppzug kam, legten sie ihre Fahrräder an die Böschung und setzten sich dazu. Es war Juni und warm, die Luft voller Vögel und Rufe, und vor ihren Gesichtern tuckerte der Schlepper vorbei; dann glitten mit einem sanften Rauschen, das im Verhältnis zum sich entfernenden Tuckern des Schleppers immer lauter und deutlicher wurde, die Lastkähne voller Kohle und anderer, zugedeckter Ladung vorbei. Manchmal spritzte ein Schiffsjunge das Deck ab, oder eine Kapitänsfrau hängte Wäsche auf. Solange man Wäsche in der Nähe von Kohlebergen aufhing, gab es noch das Deutschland der Großeltern und kleinen Leute. Nie wurde die Wäsche weiß; immer gab es eine schmutzige Hand, die man zum Gruß nicht anfassen mochte. Essensgerüche drangen herüber, von Kohl (die Nummer eins der alten armen deutschen Küche), von Erbsensuppe mit Speck, von Spiegeleiern, von Puffern und Mehlschwitze. Und eingehüllt vom Kohlgeruch, vom Rauschen der vorbeigleitenden Kähne, von Vogelstimmen und Rufen …

… hatte Pierre gern dieses Lächeln gezeigt, das so jungenhaft war und den Spender jeder Sympathie anheimgab. Es war ein Lächeln, das gut zu der ein wenig rauhen Haut der Mädchenknie paßte, zu den wehmütig stimmenden Augenblicken, wenn alles nah und zugehörig erschien und doch nicht festzuhalten war, denn es gab ja dies Rauschen und Nachschwappen des Kanalwassers zwischen den großen Böschungssteinen …

– Geschichtenerzähler, sagte Ingrid langsam.

– Und – freust du dich darüber?

– Willst du mich elegisch machen?

– Also unzufrieden mit mir, sagte Pierre.

Er sah dort am Tisch, ohne den taubenblauen Cashmere-Mantel, ohne eines seiner schönen Dinge vor sich, ganz normal und wie ein Zivilist aus. Jedenfalls fast; denn er trug eines dieser schönen alten kragenlosen Hemden, die Hals und Kopf emporragen lassen wie eine Büste und die eine Feierabend- und Brotzeit-Stimmung verbreiten, zu der man sofort ausatmen möchte. Es war ihm nicht mehr möglich, gänzlich untherapeutisch zu sein. Irgendwann, wenn man ihn ansah, fühlte man jenen ermunternden Stoß, der dazu einlud, selber auch einmal ein wenig offener und zuversichtlicher und mutiger zu sein. Mehr als solch ein Opfer mit freigelegtem Hals zu sein, wagte ja ohnehin keiner.

– Wenn ich so mit dir am Tisch sitze, sagte Ingrid: versinke ich.

– Versinkst du, sprach Pierre ihr nach.

Er nahm einen großen Schluck von dem Kakao und hielt ihn im Mund.

– Er ist von Oma K., wenn es dich interessiert, sagte Ingrid. Pierre starrte sie mit leicht hervorquellenden Augen an (angestrengt von dem Kinderversuch, den großen Schluck nun auch mit einem Mal hinunterzubringen), daß auch allen Schwerbegreifenden klar gewesen wäre, daß er stumm fragte – und was er stumm fragte.

– Der Kakao, sagte Ingrid deshalb erklärend und schnipste kurz gegen ihren Becher: Ich hab ihn neulich von Oma K. pumpen müssen, als Gregor und ich welchen trinken wollten und keiner im Haus war. Jetzt hab ich genug Vorräte ...

– Manchmal kommt es mir vor, als sei ich schon ein Leben lang hier, sagte Ingrid, da Pierre offenbar nichts sagen wollte und sich nichts anderes anbot.

– Und nun komme ich aus diesem berühmten anderen Leben, stellte Pierre fest, ohne sich nach irgendeinem Argument oder Trost umzusehen, denn es sollte ja nicht um Banalitäten gehen.

– Manchmal, sagte Ingrid: Wenn ich in mein Notizbuch allerlei für eine Predigt exzerpiert habe: gute Sätze, Gedanken, aber eben viel zu viel, und wenn ich dann zurückblättere zu meinem Eigenen, dann kommt mir dies Eigene so fern vor, obwohl es nur ein, zwei, drei Tage her sein mag, daß ich es notiert habe: daß ich gar keinen Impuls mehr spüre, anzuschließen mit irgendwas und es einfach sein lasse. Es sind zu viele Seiten dazwischen. Es ist geradezu albern, aber ich kann mich nicht dagegen wehren ...

– Also, man muß wohl aufpassen mit den Zitaten und dem fremden Leben.

– Aber wie, sagte Ingrid, willst du dich gegen das fremde Leben feien, wenn du ständig über die Medien damit bombardiert wirst, wenn du daran teilnehmen, es verstehen und sogar beherrschen können sollst? Und was ist dann schließlich das fremde Leben? Welches von den verschiedenen und mehreren?

Pierre stand auf, wie er immer aufgestanden war, wenn sie sich in ihr Reden verloren hatte. Er sah sich aufmerksam in der Küche um, bereit wertzuschätzen und jeden Fluchtweg sofort auszumachen. Ein Retter sah so nicht aus.

FEUER UND WASSER

Um Mitternacht stand Pierre am offenen Fenster und sah aufs dunkle Dorf. Hinter manchen Fenstern war freilich noch Licht und nicht nur das fahle. Er war nicht allein mit dem Dorf, wie es ein Gefühl wollte. Doch es waren nur wenige, die Zeugen waren, und wohl kaum einer spähte so in die Nacht.

Es tat ihm gut, einsam in der kühlen Nachtluft zu lehnen und keinen Gedanken als den an die Nacht vor ihm zu fassen und den an Ingrid.

Gestern war sie in der Kirche eines Nachbardorfs zu einem Gespräch über die Gewaltbereitschaft von Jugendlichen gewesen. Sie hätte ihn gern mitgenommen (um die Leute einmal mit einem anderen Standpunkt bekanntzumachen, hatte sie gesagt), aber er hatte abgelehnt. Tatsächlich bestätigte dann ihr Bericht seine Erwartungen. Die Lieben und Verständnisvollen, die Neugierigen, die Aufgeregten und die Schwätzer waren gekommen, um sich zu ermuntern, den vom Wege abgekommenen Jugendlichen mit Verständnis und Liebe, mit Aufmerksamkeit und Gesprächsbereitschaft zu begegnen.

Einzelne Stimmen wurden überhört.

Eine Schülerin hatte berichtet, daß sich gerade diejenigen nicht den gewünschten Rollenspielen öffneten, die man damit erreichen wollte.

– Du bist wohl vorn Arsch, hatte einer gesagt, als man ihn bat, Sätze seiner Mutter vorzuspielen.

Und der Pastor aus der Kreisstadt, der seit dreißig Jahren Jugendliche betreute, hatte resigniert gesagt, diesen Jugendlichen, die es auf die Gewalt anlegten, könne er nicht beikommen. Trotzdem mache er weiter.

Natürlich sparten die Lieben und Verständnisvollen, die Neugierigen, die Aufgeregten und die Schwätzer nicht mit guten Ratschlägen. Aber was waren Ratschläge gegen Schläge …

– Es geht wie immer darum, hatte einer gesagt: Die Starken zu spalten. Diejenigen, die sich aus der Meinung der Mehrheit etwas machen, die vor der Mehrheit gut sein wollen, von denen, die nur die Starken und deren starke Meinung gelten lassen und für sich Platz schaffen wollen, die vor der Mehrheit der anderen, der Nicht-Starken, durchaus als böse gelten wollen.

Das hatte Ingrid erzählt, und Pierre hatte ihr den Arm um die Schultern gelegt und sie und sich, auf die Gefahr hin, diese Nacht-Silhouette bekanntzumachen, dem Schweigen des dunklen Dorfs anvertraut. (Offenbar war er auf so etwas Pathetisches aus.) Und von all seinen Zärtlichkeiten seit seiner Ankunft war es denn auch diese gewesen, die am weitesten vorgedrungen war.

Heute war Ingrid zu einer Schwerkranken gerufen worden; und er war wieder und länger allein.

– Ausgerechnet wenn du da bist, hatte Ingrid mit einem Blick gesagt, der ihn einlud, doch mitzukommen.

– Ich bin hier nur der Besuch, hatte er gesagt. Das hieß: Ich weiß, du hast geschrieben; aber solange du mir nicht genau sagst, wovor, woraus ich dich retten soll … mache ich Ferien!

Ingrid hatte sich mit gesenktem Blick aufgemacht und an der Tür, anders als gestern, gesagt:

– Du brauchst nicht auf mich zu warten, es ist ein schwerer Fall.

Eine Frau lag nach der vierten Darmkrebsoperation zuhause, vielleicht für die letzten Tage. Selten war sie in der Kirche gewesen; und so würde es wieder auf die christliche Alphabetisierung oder Re-Alphabetisierung in allerletzter Minute hinauslaufen. Die großen Fragen würden wohl gestellt werden, und die Tröstende würde alle Kraft brauchen, um noch einmal ein Winken aus der Kindheit zu wiederholen …

– Es scheint ja in allem mehr oder weniger um dieses Winken aus der Kindheit zu gehen, murmelte er: Abreisende winken so, Ankommende, ja sogar Dableibende vor dem Bettchen des Babys und der Oma, als wolle man abreisen und ankommen ... Wir sind untereinander, miteinander, füreinander ein ewiges Winken!

Aber natürlich war der Bahnsteig, zumal ein Bahnsteig, auf dem sich eine stampfende Dampflokomotive in Bewegung setzt, so hör- und sichtbar Kraft aufnahm für die Bewegung in die Ferne, der mythische Ort des Winkens. Doch auch hier am Fenster war das Winken nicht fehl am Platz.

Er versuchte es aus einer Laune heraus und winkte, in dem Bewußtsein, daß in ihm eine große Albernheit am Werk war. Wenn ihn hier am offenen Fenster des Pfarrhauses jemand beim inzwischen übermütigen, heftigen Winken beobachten würde, wäre er wohl dran für die grüne deutsche Minna, wenn es sie noch gab, und würde in die Klapsmühle, wenn es sie noch gab, gefahren werden ...

Pierre hielt inne und strengte seine Augen an, ob er draußen in der Dunkelheit, auf der Straße, in den Fenstern der Nachbarhäuser irgendjemand ausmachen konnte. Und da, in diesem Augenblick, entdeckte er das Feuer bei Oma K.! Das war doch Oma K.s Haus, das ein wenig kleiner als die andern war und von dem Ingrid so lustig als von einem Hexenhaus und so traurig als von Andys letztem Fluchtort erzählt hatte? Und das war ein Feuer! Kein Lampenschein – oder auch nur die Glut aus einem geöffneten Ofen ... Wie denn, im Frühling, wenn auch mit bitterkalten Tagen! Es bleckte und zuckte hinter dem Fenster ...

Und jetzt sah er auch den Qualm, der sich auf irgendwelchen Wegen aus dem Haus wälzte, hochquoll, sich unter die Dachtraufe rollte und dann schräg nach oben mit dem leichten Nachtwind wegstieg.

Ruhig, aber zügig, mit der in seinem Meditationsleben gelernten sanften Entschlossenheit ging Pierre hinüber zum Telefon, las die Nummer der Feuerwehr ab und wählte.

– Hier brennt es! meldete er sich, wohlweislich zuerst eine Formel der Panik ausstoßend, um den deutschen Ordnungsruf zu provozieren …

Dann warf er sich im Flur den Mantel über und lief, lief über die Straße, lief die fünfzig Meter bis zu Oma K.s Haus.

Nichts hatte sich in der Nacht geändert, nur sein Laufschritt war zu hören, der quellende Qualm zu sehen im Schein der Laternen, die in diesem deutschen Dorf nicht mehr, wie zur Zeit der guten alten Bundesrepublik, um Viertel nach Eins, sondern aus Spargründen für Deutschland, um Viertel nach 12 ausgeschaltet wurden, so daß man immerhin noch das ängstliche: Wer da?, das er in etlichen Städten der Dritten Welt nachts bewahrt hatte, hier verlernen konnte. Die existentielle Wachsamkeit vor dem andern in der Nacht. Die vor allem andern zu vermeiden, war schon immer Angst und Lust der Deutschen.

Pierre hatte gerade das Haus erreicht, als Oma K. schreiend aus der Tür stürzte.

– Es brennt! Mein Gott, das Haus! Es brennt! heulte sie, einen alten weinroten Herren-Bademantel, der offenbar lange seine Kordel verloren hatte, wild verzweifelt um sich schlingend und dabei laufend. Aber was hieß bei ihr: Laufen! Es war noch einmal ein schlingerndes Vorwärtslaufen, dem Beine und Füße nicht nachkommen wollten, so daß sie mit jedem übermäßigen Schritt zu stolpern und hinzustürzen drohte, nicht zuletzt deshalb, weil ihre mit verrutschten Wollstrümpfen bekleideten Füße in altersschwachen Haus-Latschen steckten, die nun einmal keine Beschleunigung erlaubten.

Als würde sie die Sinnlosigkeit aller Bewegung plötzlich einsehen, blieb sie stehen, mitten auf der Straße, gerade vor Pierre, mit einer theatralischen Macht, die Pierre selbst bei dieser notorischen Geschichtenerzählerin nicht vermutet hatte. Das in einem altmodischen, schon an mehreren Stellen gerissenen Haarnetz zusammengehaltene Haar mit beiden Händen bedeckend, riß sie den Mund auf zu einem großen Trauergesang. Ja, sie machte Anstalten, auf die Knie zu sinken – da entdeckte sie Pierre und wankte auf ihn zu.

– Herr Pierre! rief sie: Herr Pierre! (Es klang wie ein Zitat aus einem alten Heimatfilm.) Gott sei Dank, daß Sie da sind! Ich bitte Sie: Helfen Sie doch! Mir brennt ja alles ab!

– Haben Sie die Feuerwehr angerufen? fragte Pierre, eher aus Verlegenheit und um der Frontalität des Hilfsbegehrens zu entgehen; denn er selbst hatte dies ja getan.

– Die Feuerwehr? Meinen Sie? fragte Oma K. und sah zurück, dorthin, wo jetzt aus der Haustür dunkle Schwaden quollen und mit diesen Schwaden der torkelnde Andy auftauchte, nur mit einer Schlafanzughose und einem großkarierten Hemd bekleidet, gelbe, ausgerechnet gelbe Schuhe an den Füßen und seine Gitarre in der Hand.

– Gott, der Andy! An den hab ich gar nicht gedacht! Der Andy hat ja oben sein Zimmer! Andy! rief Oma K.

– Ich hab die Feuerwehr schon angerufen, versicherte Pierre und wandte sich mit Oma K. zu dem jungen Mann, der sie nicht zu bemerken schien und nur das Weite suchen wollte, dabei aber nicht weiter als bis zum gegenüberliegenden Haus kam, wo er auf die Hausstufen sank und keuchte.

– Die werden alles ruinieren, sagte Oma K., als auch schon die Sirene auf dem Gemeindehaus ertönte und mit ihrem Heulen die Schlafenden aufscheuchte.

Jetzt war es amtlich. Es brannte; der Einsatzplan galt. Nun würde hier bei Oma K. bald der Kampf der Elemente ausgefochten werden, bis wieder einmal das Wasser über das Feuer gesiegt haben würde. In den Nachbarhäusern, wo man wohl auch ihre Stimmen gehört hatte und jetzt des Rätsels Lösung kannte, wurde es mit einem Schlag lebendig. Lichter gingen an, Fenster flogen auf, Rufe schollen durch die Nacht, Körper begannen zu rennen. So schnell, als sei ein Publikum mit einem Ruck aufgewacht und sofort zu allen Turbulenzen dabei und habe sich nun vorgenommen, den Rest der Veranstaltung hellwach zu begleiten.

Schon sah man Kirchners, die Nachbarn zur Linken, mit Dekken und Eimern herbeilaufen. Frau Kirchner trug die Decken, Herr Kirchner zwei Eimer voll Wasser, und beide hatten ihre Mäntel über die Schlafanzüge geworfen.

– Der muß ja einen Strahl haben, sagte Oma K. mit völlig veränderter, nüchterner Stimme: Oder er hat die Eimer immer schon stehen, wie unsereiner nur unterm Weihnachtsbaum! (Und der Vorbehalt gegenüber dem Menschen, der ihr helfen wollte, schien unüberwindlich groß.)

– Nur gut, murmelte Pierre beschwichtigend und auch ein wenig neidisch auf diese imponierende Reibungslosigkeit, mit der man sofort zur Stelle war, wenn man gebraucht wurde. Die Decken, die Frau Kirchner über dem linken Arm trug, waren säuberlich gefaltet und sahen aus wie Armeedecken, olivgrün oder graubraun, das war bei diesen Lichtverhältnissen nicht zu entscheiden. Jedenfalls schienen sie zu keinem anderen Zweck aufbewahrt zu werden, als bei solcher Feuergelegenheit als große nasse Tücher über die Flammen geworfen zu werden. Das sah man schon vor sich, während Kirchners noch liefen (übrigens ohne sich groß und mehr als aus der Ferne um Oma K. zu kümmern), da hatte Oma K. schon recht.

– In welchem Zimmer? Wo? rief Kirchner.

– Oben, im Wäschezimmer, neben dem Schlafzimmer, ich hab wohl das Bügeleisen angelassen, immer dieses Bügeleisen! schimpfte Oma K., während Nachbar Kirchner bereits nach den ersten Worten zurücktrat, sich vergewisserte, daß tatsächlich oben links der Brandherd sein mußte, und sich schon seine Frau mit einem kurzen:

– Komm! hinter sich herkommandierend, ins Rauchgewölle warf.

Auch Pierre, und Oma K. mit ihm, folgten nun (gegen den Rat des Feuerwehrmannes am Telefon!) dem Entschlossenen, der bei ihrem Eintreffen schon dabei war, die erste Decke in einem der Wassereimer zu wässern, ihnen dabei, als er sie entdeckte, zurufend:

– Wie kann man auch die Tür zum Feuer aufmachen!

Ja, das war natürlich dumm von Oma K. gewesen (oder war es Andys Schuld?); das hatte das Feuer angefacht und Feuer und Qualm auf den Flur und durchs Treppenhaus geradezu gelockt. Und nun standen sie vor dem Qualm bei trüber Flur- und Treppenhausbeleuchtung wie vor einer Wand, husteten, rieben sich die brennenden Augen und lauschten nach oben, wie sehr dort schon das Feuer wüten mochte.

Mit einem regelrechten Anlauf versuchte Kirchner, die Treppe in einem Atemzug hochzulaufen und mit der nassen Decke an den Brandherd zu kommen. Doch gelegentlich hörte man ihn verzweifelt husten, und, wie von einer Hand zurückgestoßen, torkelte er, die nasse Decke vor sein Gesicht pressend, die Treppen wieder herunter.

– Nichts wie raus! schrie er: Es ist zu spät!

Und sobald er den Flur erreicht hatte, drängte er mit der gleichen schnellen Resolutheit, mit der er eben noch als Retter vorgedrungen war, nun seine Frau, die noch immer die übrigen Decken über dem linken Arm trug und eine zweite gerade wässerte, zur Haustür, so daß Pierre und Oma K., die hinter Frau Kirchner, auch hustend, verharrt hatten, mit hinausgedrängt wurden. Nicht einmal die Wassereimer vergaß er, aufzunehmen und ins Freie zu tragen.

Niemand, der als Laie zu einem Feuer läuft, kann damit rechnen, erhobenen und klaren Kopfes das seine zu tun. Binnen kurzem ist das Feuer übermächtig, und es sind, sofern man überhaupt Luft kriegt, nur noch mechanische Operationen oder Flucht und leeres Dabeistehen möglich. Pierre und Oma K. hatten gegen dieses Feuer keine Chance. Einmal draußen und gleich noch von der Gier nach Luft ein paar Meter weiter getrieben, standen sie wie andere, inzwischen eingetroffene Nachbarn am Rande und mußten zusehen, wie die obere Etage nun gänzlich entflammte und das Feuer, was es fand, wegzufressen begann.

– Wie brutal, flüsterte Andy neben Pierre. Er war zu ihnen getreten, ohne daß sie etwas davon gemerkt hatten, so sehr standen sie im Bann des Feuers.

Oma K. war zu geschockt, um überhaupt etwas zu sagen. Sie deutete mit gekrümmten Fingern wie ein uralter Indianer auf das Feuer und stand im übrigen nur da. Es wurde so warm von vorn, daß sie nicht zu bemerken schien, wie der alte weinrote Herren-Bademantel vor ihrem Nachthemd auseinanderklaffte und den Blick auf den rosa Spitzenbesatz über der Brust freigab – oder waren es weiße Spitzen, die im Feuerschein rosa leuchteten, neben dem weinroten Bademantel? Ein ehrfürchtiges Schweigen begleitete die aufgerissenen Blicke, die sich dem Registrieren der Katastrophe widmeten.

– Nichts hab ich, sagte Oma K. schließlich so leise, daß Pierre es eher erraten als hören konnte. Sie faßte nach dem Haarnetz und sah hinab auf die Latschen. Ja, die waren noch da. Aber sonst nichts.

Endlich kam, in Wahrheit ja innerhalb von Minuten – doch was für Minuten – die Feuerwehr und mit ihr die selbstgewisse Geschäftigkeit. Türen flogen auf; rasch wurden Schläuche abgewickelt und die Hydranten freigeschraubt. Gestalten, Kirchners wieder darunter, aber auch etliche, die man persönlich kannte oder die von Abbildungen aus der Zeitung bekannt waren, nahmen routiniert ihre Tätigkeiten auf, deren Zusammenhang man noch gewahr werden würde. Ein Scheinwerfer entflammte, scheinbar überflüssig angesichts der Beleuchtung ringsum und von Pierre lächelnd aufs deutsche Konto gebucht, die Leiter wurde ausgefahren und bestiegen, Kommandos erhoben sich mühelos zur nötigen Lautstärke: und dann drang auch schon der erste und gleich mächtige Strahl gegen Haus und Feuer, nahm den Kampf mit dem Feuer auf, untergrub es, begann es zu umzingeln, versuchte, es zuzudecken, so daß es zu einem kleinen, bald nur noch leuchtenden und züngelnden Etwas werden würde, das schließlich erblaßte und erlosch und nichts zurücklassen durfte als qualmende und triefende Reste und den erbärmlichen Geruch einer verlassenen Feuerstelle. Während ein zweiter Zug mit einem anderen Schlauch durch die Haustür vordrang und dort mit dem starken Strahl aus modernem, dem alten Fachwerk gänzlich überlegenen Material, das Feuer aus dem Treppenhaus und wieder nach oben, zurück zum Brandherd trieb. Bis die altgewohnte, altgediente Innenbeleuchtung plötzlich mit einem Knall erlosch und nun allerdings der Scheinwerfer berechtigt und sinnvoll erschien.

– Wo soll ich denn nun hin? fragte Oma K. mit einem schüchternen Jammern.

Obwohl die Nachbarn verschiedentlich herangetreten waren und tröstende Worte zu ihr gesprochen hatten, fragte sie doch Pierre, vielleicht weil er ihr am nächsten stand oder weil er der erste Zeuge gewesen war.

– Wahrscheinlich ist die untere Etage noch intakt, sagte er.

– Da kennen Sie aber unsere Feuerwehr schlecht! mischte sich jemand mit einem Auflachen ein, der nur auf solch eine naive Bemerkung gewartet zu haben schien: Da läuft wie im Fernsehen Alles oder Nichts!

– Sag doch das nicht, Heiner! schluchzte Oma K. mit einer kleinen Verzögerung plötzlich auf; und nun flossen unaufhaltsam ihre Tränen.

Im Parterre waren die Küche und das Wohnzimmer noch einigermaßen ganz. Von der Decke hatten sich Lehmfladen gelöst und hingen in bizarren Formen herab oder waren bereits herabgeklatscht und zu Haufen auf dem Teppich und auf dem Linoleum geworden. Ein kleiner Brocken war direkt in den Ausguß gefallen. Und davor stand Oma K. und seufzte.

Sie hielt Pierre bei der Hand, um ihn durch das triefende Chaos zu ziehen und sich an ihm festzuhalten, wenn sie in ihren Puschen auf dem glitschigen Boden rutschte. Als könne sie nicht genug davon kriegen, so zog sie ihn vom Stuhl zur Kommode, vom Schrank zum Tisch, um das Ruinierte Stück für Stück wahrzunehmen.

Zuerst kreuzten noch Mitglieder der Feuerwehr ihren Weg, Vornamen, die bedauerten und vor dem Bleiben im Haus warnten, ja dies verbieten mußten. Nachbarn und Neugierige warfen Blicke und Sätze herein ... Aber das ebbte ab und schien Oma K. nicht zu interessieren. Sie hatte sich für Pierre, für diesen einen Menschen entschieden, der sich von ihr zu den Einzelheiten ihres Unglücks führen ließ und zunächst einmal nichts sagte. Vielleicht war er ihr sympathisch, weil er zur Pastorin gehörte, die ihr sympathisch war, vielleicht schmeichelte ihr das Zusammensein mit einem gutaussehenden Mann, der sie früher mit Schwärmerei erfüllt hätte. Jedenfalls war Pierre ihr Brücke und Halt. Was Pierre erfuhr, das blieb nicht hier im engen Umkreis ihrer Heimat stekken, das ging hinaus in die Welt.

– Das wird Ihnen keiner glauben, sagte sie und zog einen Kuli heraus, der sich in die Platte des Wohnzimmertisches gebohrt hatte und daraus emporragte wie ein Pfeil.

– Das ist der Kuli, den ich neulich im Schlafzimmer verloren habe und nicht finden konnte ... Er muß durch die Decke gefallen sein; und nun steckt er hier!

Oma K. sah zur Decke hoch. In der Tat hatte sich dort ein größerer Lehmbrocken gelöst; und ein Loch wurde sichtbar, durch das man den Nachthimmel zu sehen meinte, eine fingerbreite Ritze.

– Unter den Dielen ist alles weggespült.

– Die haben wohl von unten die Decke bespritzt, damit die Flammen nicht durchbrechen, sagte Pierre.

– Aber es ist doch komisch, daß der Kuli so runtergefallen ist und sich hier in die Tischplatte gebohrt hat. Ist denn die Tischplatte so weich?

Pierre nutzte diese Gelegenheit, um seine Hand zu entziehen und die nasse Tischplatte zu betasten. Kirsche wohl; ein Wunder, daß man es bei diesem Licht sehen konnte. Denn was an Strom noch übrig sein mochte, hatte die Feuerwehr abgeschaltet. Es brannten Oma K.s Kerzen, lange gesammelt, selten einmal benutzt in den letzten Jahren. Doch nun waren sie, sofern sie unten zu finden gewesen waren, von Herrn Kirchner abgetrocknet und entzündet worden. Pierre und Oma K. hatten es beim Eintreten wohl gesehen, aber nicht gleich entdeckt. Sie sahen die Bescherung, und erst nach einer Weile sahen sie, bei welchem Licht sie sahen.

– Und draußen leuchten die Sterne, sagte Oma K., die Erzählerin, mit einem Seufzer, um dann doch die Stimme zu erheben.

– Da gab es einen Wolkenbruch, als Wilhelm Kallert und ich geheiratet haben ... Damals war der Bach noch nicht verrohrt, und durch den Wolkenbruch schwoll er so schnell an, daß nach einer halben Stunde das Wasser bis zur Haustür stand und der Keller schon vollgelaufen war. Und das Wasser stieg immer höher und immer höher und wurde zu einem reißenden Strom. Dann splitterten die Scheiben in der Stube, und die Schweine von Bauer Huchthausen wurden hereingeschleudert. Das Splittern hörten wir oben im Schlafzimmer! Und das folgende Getöse. Mein Gott, wir dachten, das Haus stürzt ein und unser letztes Stündlein wäre da! Wir stürzten ins Treppenhaus, und von der halben Treppe aus sahen wir die Schweine, wie sie im Wohnzimmer umhergewirbelt wurden, so mächtig drängte das herbeiflutende Wasser herein! Sie schrien in höchster Todesnot, wie ich das bis dahin nur gehört hatte, wenn geschlachtet wurde. Und natürlich versuchten sie, zu uns in den Flur aufs Trockene zu kommen. Das Wasser im Zimmer stieg so schnell, daß sie auch gar nicht wieder ins Freie konnten. Fünf Schweine waren es insgesamt, die in unserm Wohnzimmer schrien und rammelten. Ein furchtbares Konzert ... Aber nach dem ersten Schrecken stürzte sich Wilhelm ins Wasser und versuchte, die aufgeregten, außer sich geratenen Schweine wieder zum Fenster hinaus zu treiben ...

– Aber das Haus steht in einer kleinen Senke, sagte Oma K. nach einem Schlucken und einer Pause: Von da, zu den Fenstern herein kam ja das Wasser in immer neuen Schwällen, als würde draußen einer pumpen, der es nicht gut mit uns meinte. Es waren schon bald Wogen wie im Meer (obwohl ich noch nie am Meer war; aber man hat es ja im Fernsehen oft genug gesehn ... Sturmfluten).

– Bis fast zur Hälfte des Fensters reichte es schon. Kaum konnte Wilhelm noch stehen und den Kopf über Wasser halten. Denn er war ja nicht sehr groß! Nicht so groß wie Sie!

– Und Wilhelm, sagte Oma K.: konnte genausowenig schwimmen wie ich. Soll ich denn in meinem eigenen Haus ertrinken! schrie er. Das höre ich noch heute. Soll ich denn in meinem eigenen Haus ertrinken! ...

Da wagte sich auch Oma K. aus Liebe in die Fluten. Und tatsächlich gelang es ihnen, je ein Schwein zu schnappen und es zur Wohnzimmertür hinaus auf den Flur und zur Treppe zu lenken. Sie konnten die beiden Schweine sogar noch die Treppenstufen hinauf und in die kleine Kammer treiben. Dort ist dann das eine vor Anstrengung und Aufregung eingegangen. Aber das andere hat überlebt und wurde seitdem Nixe genannt.

Als nach einer guten Stunde der Wolkenbruch mit einem Schlag aufhörte und das Wasser bald wieder sank, sahen sie, daß zwei tote Schweine in ihrer Stube schwappten, ein grauenhafter Anblick. Das fünfte Schwein mußte irgendwie wieder nach draußen geschwemmt worden sein, lebendig oder tot. Jedenfalls war Nixe, das von ihnen gerettete Schwein, in der kleinen Kammer;

und Wilhelm und sie waren sehr stolz gewesen, daß sie als Nichtschwimmer es gerettet hatten, als einziges von den Huchthausenschen Schweinen, das diesen Wolkenbruch überlebt hatte.

Übrigens war es das Schwein, das zuerst durch die Scheibe gespült worden sein mußte, denn es hatte an der Schnauze, neben den Augen und hinter einem Ohr Schnittwunden. Wilhelm sagte, daß dieser Aderlaß seine Rettung gewesen war. Denn Schweine können ziemlich cholerisch sein und unter Bluthochdruck leiden. Und in der Nacht damals, nach dem Unwetter, war auch solch ein klarer Himmel wie heute nach dem Feuer. Man konnte sehr viele Sterne sehen. Aber sie hatten natürlich was anderes zu tun als Sterne zu zählen.

– Punkt Eins hab ich schon einmal auf die Uhr gesehn, und Punkt Zwei konnte ich gehn, reimte Ingrid: Aber von dem Brand habe ich überhaupt nichts mitgekriegt! Spricht für die Macht der Metaphysik.

Ingrid war eben von ihrer Schwerkranken gekommen und hatte Pierre nicht in seinem Bett gefunden. Also hatte sie ihre Halogentaschenlampe genommen (fast froh über einen Anlaß, sie einmal in Gebrauch zu nehmen; denn wozu hatte sie das teure Stück gekauft!) und hatte sich auf die Suche gemacht. Sie mußte nicht lange suchen. Obwohl im Dorf um Viertel nach Zwölf die Laternen gelöscht wurden, entdeckte sie schon vom Pfarrhaus aus Oma K.s Haus und seinen merkwürdigen Zustand (verblüfft, daß sie ihn nicht schon bei ihrer Heimkehr aus dem Auto bemerkt hatte). Auch blinkte es im Strahl der Halogenlampe aus einigen Ecken des Hauses verdächtig naß, und es hing ein merkwürdiger Geruch in der Luft, den sie erst nach ein paar Schritten als Brandgeruch oder Schwelgeruch ausmachte. Da war etwas im Busche. Und noch bevor sie Oma K.s Haus erreicht hatte, wußte sie (Kombiniere, kombiniere hatte Nick Knatterton immer gesagt, wenn sie als Kind ihren Vater zum Friseur begleitete und die »Quick« aufschlug …), daß es bei Oma K. gebrannt hatte und daß sie Pierre dort finden würde.

Nun war sie hier, hielt den Strahl ihrer Halogenlampe auf die Landschaft aus gewelltem Linoleum, Lehmhäufchen, Fußspuren, und versuchte aus den Gesichtern von Oma K. und Pierre herauszulesen, was in den vergangenen Stunden tatsächlich geschehen war.

– Gregor? fragte sie schließlich bang.

Oma K. sah sie regungslos an; sie schien die Frage nicht zu verstehen; und Pierre erklärte für sie, wenn auch nicht ohne Zweifel in der Stimme:

– Ein Bügeleisen.

– Sie zittern ja, Oma K.! sagte Ingrid, als habe sie bei dem

Stichwort Bügeleisen genauer hinsehen müssen: Wie lange sind Sie denn schon in diesem Aufzug?

Der tadelnde Seitenblick zu Pierre war ungerecht, denn gerade vor ihrem Kommen hatten Pierre und Oma K. in den Wäscheschränken und sogar in zwei alten Wäschetruhen nach etwas Trockenem gesucht. Es war aber alles naß, und die Mäntel vorn neben der Haustür trieften vom Löschwasser.

– Eben wollte ich ein paar Decken holen, sagte Pierre.

– Holen? fragte Ingrid in einem Ton, der da manches nicht akzeptieren konnte: Holen? Soll das heißen, daß du Oma K. hierlassen wolltest? ... Wo, fragte sie plötzlich entsetzt: ist überhaupt Andy?

– Der saß zuletzt gegenüber auf der Treppe, sagte Pierre, in die Richtung nickend.

– Nach dem Brand?

– Während des Brands.

– Das heißt: Er ist gerettet und unversehrt?

– So ungefähr, gab Pierre Auskunft, denn er hatte genug mit Oma K. zu tun gehabt.

Ingrid ließ den Strahl ihrer Taschenlampe erneut durch die Küche wandern, als erwarte sie, dort irgendwo Andy zu entdecken.

Unwillkürlich folgten die Blicke dem Leuchtkegel und nahmen Verheerendes wahr.

– In diesem Haus kann Oma K. nicht bleiben, stellte Ingrid fest: Sie kommt zu uns und kann im Gästezimmer schlafen.

Freilich, im Gästezimmer hatte Pierre sein Lager aufgeschlagen, und so würde man für ihn einen neuen Platz finden müssen, mitten in der Nacht und angesichts ihrer alten Liebesgeschichte eine etwas delikate Angelegenheit, die Ingrid an Monis Venedig-Erlebnis erinnerte. Aber Nächstenliebe ging vor moralischen Skrupel und das Hätscheln der persönlichen Scham- und Stolzgeschichte.

– Wie lange seid ihr denn hier schon allein? fragte sie: Daß ihr überhaupt wieder in das Haus durftet ...

Natürlich lag es nahe, daß Nachbarn Oma K. angeboten hätten, erst einmal bei ihnen zu übernachten. Doch da war Pierre, der Hilfreiche und Ungeschickte, irgendwie dazwischengekommen, so daß die Nachbarschafts- oder gar Freundschaftshilfe sich nicht gefordert sah und also nicht zum Zuge kam.

– Schon eine Weile, gab Pierre zu.

– Und was habt ihr in der Zeit gemacht?

– Wir haben uns die Schäden angesehen … Und Oma K. hat mir Geschichten über das Haus erzählt … Was das Haus alles schon mitgemacht hat.

– Ja, sagte Oma K. und gewann auch vor Ingrid ihre Stimme wieder: Was hat dies Haus nicht alles mitgemacht!

Man verstand sie schlecht, weil das Zittern sich jetzt in ein regelrechtes Schlottern und Zähneklappern steigerte, so daß es höchste Zeit war, die alte Frau ins Warme zu bringen, wenn nicht eine Lungenentzündung daraus werden sollte.

– Kommen Sie! Sie kommen jetzt zu mir ins Pfarrhaus. Dort machen wir Ihnen ein heißes Bad, damit sie sich nicht erkälten, und dann packen wir Sie in ein schönes warmes Bett! sagte Ingrid energisch und faßte Oma K. unter.

– Das kann ich nicht annehmen … Das kann ich nicht wieder gut machen … Ich habe doch hier mein Haus … Es ist naß, aber es sind ja nur oben die Zimmer abgebrannt … Es will ja auch noch einer von der Feuerwehr vorbeikommen …

– Sie können hier heute nacht nicht bleiben! Schlafen Sie sich erst einmal aus! Und morgen sieht alles schon anders aus.

Ingrid nahm noch einmal den Arm der alten Frau und brachte die Widerstrebende dazu, mit ihr das feuchte, stickige und dabei so kalte Haus zu verlassen.

– Und Pierre pustet die Kerzen aus … Was Sie zittern! Ich habe noch einen Eukalyptuszweig, Oma K.! Den tun wir Ihnen ins Badewasser, dann kann nichts mehr passieren!

– Eukalyptuszweig, bibberte die alte Frau, die nun langsam doch überfordert war.

– Ja, etwas Besseres gibt es nicht gegen Erkältung. Passen Sie auf, wie wohl Ihnen das tun wird! Sie werden ein neuer Mensch sein!

– Ich weiß nicht, ob ich jetzt baden kann, wehrte sich Oma K. bibbrig und zittrig, während sie sich von Ingrid die Treppe hinunter auf die Straße geleiten ließ, dort vorbei, wo sie vor gar nicht langer Zeit mit Pierre gestanden und ihr brennendes Haus gesehen hatte – und wo es so warm gewesen war.

– Was für eine Kälte! stieß sie zwischen klappernden Zähnen hervor.

– Wir sind gleich da, tröstete sie Ingrid, die mit einem kurzen Blick zurück überprüfte, daß Pierre tatsächlich die Kerzen löschte; so daß das Haus binnen kurzem dunkel und verlassen war.

Oma K. badete zusammen mit einem griechischen Eukalyptuszweig in einer modernen Badewanne, umgeben von einem Badezimmer, wie sie es noch nie benutzt hatte. In einem großen, wandbreiten Spiegel konnte sie sich ganz sehen, sobald sie nur stand; und wenn sie zum Bewundern ihrer alten Person keine Lust mehr hatte, konnte sie die kleinen hellblauen Glaskacheln bewundern, mit denen das Bad bis zu ihrer Schulterhöhe ausgekleidet war.

Hellblau, Weiß und ein deutliches Spiegelbild wie noch nie!

Und auf einem Stuhl lag der alte Bademantel der Pastorin, der aber schöner war als alle Bademäntel, die Oma K. bisher getragen hatte! In Oma K. formte sich die Erzählung einer Nacht, wie man sie nur einmal im Leben erlebt.

Ingrid und Pierre räumten währenddessen das Gästezimmer für Oma K. frei und bezogen das Bett neu. Pierre stand mit seinem Bettzeug unentschlossen in der Tür.

– Wohin damit? fragte er, betont obenhin; denn er war froh gewesen, als er am Abend seiner Ankunft das Gästezimmer erobert hatte.

– Wohin du willst! antwortete Ingrid.

– Wohin du willst!

Nach einem Zögern trug Pierre sein Bettzeug ins Wohnzimmer und fing an, sein Lager auf der Couch herzurichten. Rasch breitete er das Laken aus, bezog das größte Kissen mit dem Kopfkissenbezug und die Decke mit dem Bettbezug. In fünf Minuten war das Lager zubereitet, und es war gut so.

Aber als er sich aufrichtete, stand Ingrid mit untergeschlagenen Armen in der Tür. Und nachdem sie eine Weile versucht hatte, ihn mit ihrem Schweigen einzuschüchtern, fragte sie:

– Hab ich die Krätze?

– Nein, natürlich nicht, sagte er.

– Du solltest deinen gequälten Blick sehen! Glaubst du, daß ich dich vergewaltige?

– Wenn du es in Erwägung ziehst, Ingrid.

– Ich weiß, Pierre, sagte sie, die Betonung des Namens nachahmend. (So überdeutlich sprach man den Namen eines unartigen Kindes, eines Ungezogenen, Unbelehrbaren, Törichten.)

– Jetzt habe ich das Bett hier gemacht, sagte Pierre: und heute nacht will vielleicht jeder von uns in Ruhe schlafen.

Ingrid lächelte jetzt so wie auf dem Foto, das sie ihm vor langer Zeit geschickt hatte und das Woche für Woche über der Kolumne in der Wochenendbeilage ihrer Zeitung abgedruckt war. Diese Kolumne war so eine Art Wort zum Sonntag, ein Zwitter aus Predigt und politischem Wochenkommentar. An welche Vorkommnisse der Woche ein Christenmensch gleichsam seinen Glauben anschließen konnte. Eigentlich waren es erst diese Kolumne und das Lächeln auf dem recht attraktiven Bild von ihr gewesen, die ihr den Respekt der Gemeinde gesichert hatten, so merkwürdig das klang, wenn man es aussprach. Nicht daß sie bis dahin direkt angefeindet oder mißachtet worden wäre; aber es war für viele Gemeindemitglieder nicht leicht gewesen, sie anzusprechen und auf ihre Rolle als alleinstehende Pastorin zu reagieren ohne eine gewisse Herablassung oder jedenfalls eine Art Zugeständnis im Blick. Aber nun, als Verfasserin einer wöchentlichen Kolumne mit dazugehörigem Lächeln, das so viele Menschen kannten, war sie eine Institution geworden, die, gerade weil sie über die Gemeinde hinausragte, hier nun zuhause war (und nicht darauf angewiesen zu sein schien). Diese allseits bekannte, offizielle Pastorin, das war sie, das konnte jeder wissen, und gerade der, der nicht in die Kirche ging; und also, so bedenklich das auch sein mochte, war sie tatsächlich wer und wurde als diese nun unbefangen in Anspruch genommen. Viele waren inzwischen mit ihren Meinungen und ihrem Lächeln vertraut; und sie wußten, daß sie nicht von gestern war, sondern eine moderne Frau, die bereit war, zuversichtlich zu sein und ihren Teil zu leisten …

Auf Pierre aber schien der Zauber des erprobten Lächelns nicht zu wirken, so daß sie darauf verzichtete, bewußt ein Gesicht zu zeigen (und gelte es auch, die Liebe der ganzen Welt zu gewinnen!).

– Ich mach uns erst mal einen Kakao, damit wir auch von innen warm werden, sagte sie, sich schnell abwendend.

– Wunderbar, sagte Pierre.

Er erinnerte sich an jenen Abend in Paris, als sie spät angekommen waren und als erstes in einem Café aus großen, dickwandigen Tassen die schönste heiße Schokolade ihres Lebens getrunken hatten, aus jenen blauen bauchigen Tassen, die wie ein Himmel leuchteten und an denen man zwei ganze Hände wärmen konnte. Der Kakao spülte Staub und Anstrengung, Hitze und Kälte, das ganze mühsame Vorleben hinunter und machte wieder neu.

Sie saßen, jeder einen großen Becher heißen Kakao vor sich, am Wohnzimmertisch. Oma K. in Ingrids altem Morgenmantel, nach Eukalyptus duftend, die frisch gewaschenen grauen Haare zurückgekämmt und mit einem blauen Band gebunden wie ein junges Mädchen (das war die einzige Frisur, die Ingrid, außer ihrer eigenen, beherrschte; morgen sollte es zum Friseur gehen ...), darunter ein helles, freigelegtes, wie mit einem anderen Leben gefülltes Gesicht, das Ingrid und Pierre immer wieder und mit einer heimlichen Freude anschauen mußten, während sie den heißen Kakao tranken und wohlige Laute von sich gaben.

– Den haben wir verdient, sagte Ingrid; und das wurde seufzend akzeptiert.

Ein wenig hatte sie damit gerechnet, daß Oma K. eine Geschichte aus ihrem Fundus erzählen und sie so hinwegbringen würde über den noch nicht ganz ausgestandenen Streit darüber, wo Pierre schlafen sollte. Aber Oma K. schien zugleich friedlich erschöpft und von dem Bewußtsein erfaßt zu sein, daß sie nun eine Obdachlose war. Und sie schien, folgte man ihren Blicken, entdeckt zu haben, wie schön man heutzutage wohnen konnte: welch schönes Obdach sie also fürs erste gefunden hatte. Da wären auch andere Erzähler verstummt. Zumal der Kakao und der aus ihm herausduftende Schuß Rum das Gemüt schwer und den Körper träge machte. Das hatte die Pastorin gesagt, und das stimmte so sehr, daß man dem nachhing.

– Kann es sein, daß unsere Oma K. müde ist? fragte Ingrid mit einer kinderlieben Stimme. Ein wenig Ironie schwang mit, aber auch fürsorgliche Güte. Der alte Mensch mußte ruhn, der alte Mensch mußte aus seinem Unglück herausschlafen und folglich ins Bett, solange die natürliche Gliedermüdigkeit noch dies Unglück übertönte und ihn hinabzog.

Oma K. blickte auf, hatte aber nichts mitgekriegt. Sie sah nun von Ingrid zu Pierre, von Pierre zu Ingrid, als entdeckte sie erst jetzt, daß sie mit einem merkwürdigen Paar unter einem Dache sein würde. Dann sah sie das gemachte Bett auf der Couch.

– Hab ich Sie aus dem Zimmer verjagt? fragte sie.
– Das macht nichts, sagte Pierre.

Als Ingrid wieder hereinkam, entdeckte sie Pierre am kleinen Seitentischchen unter der Stehlampe. Er hatte ihren Platz gefunden und hielt das Buch aufgeschlagen auf dem Schoß, das sie vor seiner Ankunft an einigen Abenden gelesen und in einem Stapel anderer Bücher halb versteckt hatte. Nun hatte er den Stapel durchgesehen und war prompt auf das Buch gestoßen. Es war der Dissertationsdruck mit orangefarbenem Kartoneinband »Der unauffindbare Einsiedler«. Der Autor hatte aus dem Korpus von über 48.000 Gedichten der Tang-Zeit 45 untersucht, die zu dem Topos »Ich suche den Einsiedler und finde ihn nicht« gedichtet wurden. Beamte, die ihren Posten nicht mehr halten konnten oder wollten, hatten sich in die Abgeschiedenheit, manchmal in die Unwegsamkeit der Bergwildnis zurückgezogen und ihrer Religion, ihrer Dichtung, ihrer Gelehrsamkeit gelebt, und zwar schlicht, aber den Bedürfnissen des Körpers und auch einem gewissen Weindurst genügend. Manche waren asketische daoistische Mönche gewesen, an der Grenze zu armseligen Tiermenschen, die in der Wildnis »hausten«. Und nun kamen andere, Freunde, die ebenfalls von ihrem Amt Abschied genommen hatten oder die befreiende Abgeschiedenheit und Stille für ein selbstbestimmtes, selbstkultivierendes Leben suchten, oder aber neugierige, pietätvolle Besucher, die Kontakt mit dem bereits niedergelassenen Einsiedler aufnehmen wollten. Sie fanden seine Hütte leer, entweder für eine vorübergehende Tätigkeit, wie das Sammeln von Nahrung oder Holz, für die Meditation in der Natur, oder für immer verlassen. Als gebe es den, oftmals berühmten, Einsiedler gar nicht, als sei sein Leben nur eine Schimäre. Und nun dichtete der Besucher. Ließ Vögel und Pflanzen vom Vereinigungswerk der Natur sprechen und die darin erhaltenen Spuren des Einsiedlers Poesie werden …

Obwohl das Buch eine Dissertation und somit recht umständlich und beschwerlich zu lesen war, hatte es Ingrid an den Abenden immer wieder gefangen genommen, und noch tagsüber, wenn sie irgendwo in der Wohnung, und sei es auf der Hut vor

Gregor, wenn sie unterwegs in der Gemeinde, im Gespräch mit dem alten Klaus oder in der Kirche war, ja noch und vor allem wenn sie mittwochs früh beim Konvent die Kollegen des Kreises traf, waren ihre Gedanken oft zu dem Buch und zu der in ihm untersuchten Verswelt gewandert, wobei sie sich wohl und erleichtert gefühlt hatte.

Eine eigentümlich sehnsüchtige Grundstimmung hatte sie erfaßt – wie schon einmal in ihrem Leben. Und tatsächlich war sie wohl durch dieses Buch auf die Idee gekommen, Pierre zu schreiben. Er war in ihrem Leben der Einsiedler gewesen, und sie hatte ihn sogar für eine Weile gefunden.

Etwas irritierend war, daß sie das Buch in einer gewöhnlichen Buchhandlung hatte kaufen können. Deshalb wäre es ihr unpassend vorgekommen, es regelrecht vor Pierre zu verstecken, obwohl ein Impuls sie dazu gedrängt hatte, Pierre nicht durch dieses Buch allzuviel von ihrem Zustand zu verraten. So hatte sie die Dissertation nur unter einige unauffälligere Bücher geschoben, die sie immer und als eine Art Tarnung für Neugierige auf dem Tischchen liegen hatte: ein Gartenbuch, Uromas Gesundheitsrezepte, Kirchen in norddeutscher Backsteingotik, eine Karl Valentin-Dokumentation, eine musikalische Hausapotheke, kurz, Bücher, die auf den ersten Blick interessant erscheinen, an deren Zusammensein aber schon bald die Neugierde abgleitet, da sie dahinter kein System oder wenigstens Bekenntnis der Besitzerin wahrnehmen kann. Man legt nicht den Lieblingspsalm offen auf den Tisch, wenn man sein Leben zusammenhalten möchte.

Aber natürlich hatte Pierre es entdeckt und sofort durchschaut, wie sehr sie es gebraucht und geliebt hatte. Nun hatte er sich dabei niedergelassen, im Lichtkreis der Stehlampe, aus dem Kakaobecher schlürfend, während er in der anderen Hand, mit Zeigefinger und kleinem Finger lässig die Seiten herunterdrückend, das aufgeschlagene Buch hielt. Ingrid fiel zu dem Bild ein, daß er früher Pfeifenraucher gewesen war. Denn irgendwie saß er dort, wie sie ihn im Zentrum kennengelernt hatte, ein beruhigend anwesender männlicher Körper mit ausgeprägter Eigenart, dessen Seele um ihn schwebte und einen Bezirk der Ruhe und Sammlung anbot. Wie sehr hatte sie sich damals gesehnt, dorthin zu gelangen und dazuzugehören; und wie sehr sehnte sie sich auch jetzt wieder danach.

Da hob Pierre den Kopf, als habe er sie erst jetzt bemerkt – oder vielleicht hatte er sie tatsächlich erst jetzt bemerkt, nicht darauf geachtet, daß sie in der Tür innegehalten und ihn eine Weile belauscht hatte.

– Entschuldige, ich hab hier gerade dein Buch gefunden, sagte er.

– Und? fragte sie und kam näher wie ein unschlüssiges Kind, das noch nicht entschieden hat, welchem seiner Wünsche es folgen will.

– Es ist sehr schön verschroben. Man möchte sofort mitgehen. Zu der Föhre.

– Föhre? fragte Ingrid.

– Ich denke an Brechts Gedicht, sagte Pierre sanft und stellte den Kakaobecher fort, um beide Hände für das Buch zu haben.

– Man hört den Gesang der schwarzköpfigen Zikade, obwohl man sie nicht kennt. Man spürt das Wasser der kalten Quelle an den Lippen und an den Händen.

Ingrid setzte sich mit einer gewissen betonten Vehemenz in den Sessel auf der anderen Seite des kleinen Tischchens. Wie man früher sagte: Jemand pflanzt sich hin.

– Du findest es albern, daß ich noch immer solche Bücher lese.

– Überhaupt nicht, sagte Pierre: Hör nur:

In der Menschheit gibt es nur diesen Weg,
Auf dem das grüne Moos wächst.
Ans Tor gelangend, sehe ich keine Fußspuren von ihm.
Gewiß ist er auf der Wanderung und noch nicht zurückgekehrt.
Von dem endlosen Treiben meines ganzen Lebens
erfahre ich erst seit der Ankunft hier, daß es nicht richtig ist.
Einsam lehne ich mich eine Weile an das Kieferntor.
Regenwolken trüben den Cui Wei-Berg.

– Ich hab schon gleich ein bißchen in die Interlinear-Übersetzung hineingebessert, wie du bemerkt haben wirst. Eigentlich ist das ja das Schöne: in eine Übersetzung zu verschwinden und dort die Wörter zu rücken, oder?

– Ja, ich verstehe, was du meinst, Pierre, sagte Ingrid; aber sie betonte den Namen eine Spur zu sehr. Gerade eben, als Pierre das Gedicht so zögerlich und bessernd vorgelesen hatte, war ihr noch einmal das Bild vor Augen gestiegen, wie er mit Oma K. in der triefenden Küche des abgebrannten Hauses gestanden hatte. Und nun saß er hier, ohne daß etwas an diese Situation erinnerte, und die war noch keine zwei Stunden her. Er wird von mir wegfahren und mich sofort vergessen haben, dachte sie. Und zugleich wußte sie, wie ungerecht das gegenüber Pierre – und auch gegenüber ihr selbst war, denn gerade so hatte sie vor einigen Tagen dort in dem Sessel gesessen. Vielleicht gehörte es zu dem Buch, zu solcher Dichtung, daß immer nur einer das empfinden und sich dem anheimgeben konnte.

Anheimgeben: das Wort brachte sie zurück, und so sprach sie es aus.

– Man möchte sich dem anheimgeben, nicht wahr?

– Anheimgeben, ja, sagte Pierre, der sie die ganze Zeit mit seinem ruhigen Blick, über seine Hände und das aufgeschlagene, ein wenig hochgeschobene und in den Lichtkreis gehaltene Buch hinweg angesehen hatte.

– Könnte es sein, daß du es mir deshalb zeigen wolltest?

– Wie kommst du darauf, daß ich dir das Buch zeigen wollte?

Pierre ging auf diese, sich dummstellende, Frage nicht ein, sondern blätterte weiter, ohne jede Hast und ohne durch ihre Gegenwart irritiert oder höflich gemacht zu werden. Er blätterte und las. Sie saß dabei und wußte nicht, worauf das hinaussollte. Sein blätterndes Lesen und ihr untätiges Dabeisitzen, mitten in der Nacht. Eigentlich war es sogar schön, daß sie es nicht wußte.

EINE ALTE GESCHICHTE

Seit es einen John F. Kennedy gegeben hatte, hieß sie Oma K. Aber noch viel länger waren ihre Geschichten die besten. Im Sommer, während ihr Mann in den Bäumen saß und die Kirschen pflückte, erzählte sie wie niemand sonst auf der Welt. Nicht unter den Bäumen, weil ihr Mann sie wegjagte – aus Angst, vor Lachen und Staunen aus dem Baum und auf sie zu fallen. Denn sie erzählte, daß sich die Äste bogen: das war für Männer in Bäumen gefährlich ... Ihm passierte aber nichts; wie den Menschen in Oma K.s Geschichten letztlich nichts passierte (selbst wenn sie zu Tode kamen), das war das Wunderbare an ihren Geschichten. Zum Beispiel wurden Oma K. und ihr Mann, als sie auf dem Feld unterm Lauchberg arbeiteten, vom Gewitter überrascht. Erst wollten sie sich im Wald unterstellen, aber das ängstigte sie doch angesichts der gewaltigen Schläge und der Redensarten von Donner und Blitz, es schüttete auch so stark, daß sie befürchteten, unterzugehen. Außerdem lief zuhause der Keller voll, und sie wurden so schnell wie möglich gebraucht. So wagten sie es, durch das Unwetter zum Dorf und nach Hause zu laufen, gut einen Kilometer, obwohl Blitz und Donner und auch noch diese Sintflut gleichzeitig und immer unaufhörlicher geradewegs auf sie kamen und sie vom lieben Gott durchaus gemeint sein konnten. So groß waren die Wassermassen, daß es ihnen unten im Dorf bis unter die Achseln stand, nein, nicht stand, sondern brodelte und strömte. Die letzten Meter zum Haus mußten sie mit den Armen rudern, um nicht umgerissen zu werden, und wären beinahe ertrunken, als Nichtschwimmer. Sie konnten nur durch ein Flurfenster ins Haus und nicht mehr durch die Tür.

Das erzählte Oma K., während ihr Mann zwanzig Eimer Kirschen pflückte. Demgemäß wurde jede Minute des gefährlichen Gewitterlaufs erfaßt und geschmückt weitergegeben. Daß sie die Augenbrauen ihren Mannes nie so steil aufgerichtet gesehen hatte wie damals, während der letzten rettenden Ruderstöße, nicht einmal später bei der Ortsratssitzung, als aus dem Gelände am alten Badeteich, wo er sie, Oma K., zuerst wahrgenommen und schon bald darauf mit einem abscheulichen Grinsen gekniffen hatte, eine Mülldeponie wurde, und er sich nun niemals mehr an diesen Ort erinnern konnte, ohne sich zu ärgern – statt zu schwelgen und stolz zu sein (alle kannten ja den Helden der Kirschbäume, der er bis ins hohe Alter war). Er war nicht ganz sicher, ob die Leute (und erst recht, als immer mehr neu Zugezogene darunter waren ...) zu Oma K. kamen, um die Kirschen zu kaufen oder um die Geschichten zu hören. Obwohl es so viele Geschichten eigentlich gar nicht waren. Vielleicht ein oder zwei Dutzend, oder drei Dutzend. Und doch schien Oma K.s Repertoire unerschöpflich, und die Geschichten klangen jedesmal, wenn Oma K. anhob, ganz neu. Natürlich waren sie es nicht. Es kamen Details vor, zumal im Zusammenhang mit Tieren (die Tiere hatten Oma K. immer besonders imponiert), denen gegenüber sie sich absolut treu verhielt. Aber sobald sie mit ihrem geliebten Mann wieder einmal den Lauchberg hinunterlief, um sich ins Haus und dann das Haus zu retten, wieder einmal vor Wasserfluten – dann gingen ihr die Augen auf, und sie entdeckte vieles, auf das sie in den vergangenen Jahrzehnten beim Erzählen nicht gekommen war, das sie auch tatsächlich nicht gesehen hatte (jedenfalls nicht in dieser Geschichte). Es war Schicksal, daß Oma K.s Haus von allen Häusern bei der Kirche am tiefsten stand, gerade da, wo der Bach umbog (früher als Bach, heute im Rohr unter der Erde), um wieder aus dem Dorf zu fließen. Wahrscheinlich hätte man an der Stelle überhaupt kein Haus bauen dürfen und schon gar nicht eines mit Keller, denn bei jedem Wolkenbruch hatten sie die Bescherung. Und nicht immer konnten sie den Keller schnell genug ausräumen. Allerdings trocknete der Keller aus irgendeinem Grund auch schnell wieder (es hieß, die Steine seien besonders locker gesetzt, aber das schimpfte Oma K.s Wilhelm: Blödsinn!), und das Holz zum Heizen bewahrten sie im Schuppen am Hang hinter dem Haus auf, und bis dahin stieg das Wasser nur alle hundert Jahre.

So waren es eigentlich immer Wasser-Geschichten, die Oma K. erzählen mußte, denn dieses Element ließ ihnen keine Ruhe. In den ersten Jahren ihrer Ehe hatte sie ihrem Mann öfter gesagt: Laß uns doch aus diesem Wasser-Haus wegziehn ... Aber es war das Haus seiner Kindheit und im übrigen kein unglückliches Haus. Es wurden ihm, dem Haus, nur ab und zu, wie ihr Mann das nannte, die Füße gewaschen. Ihr Mann hatte gegen Wasser überhaupt nichts (sie hatte ihn ja beim Baden kennengelernt). Er pflückte seine Kirschen auch bei starkem Regen (solang es nicht goß und stürmte), wenn andere Angst hatten, auf die glatten Bäume zu klettern. Er fiel zwar manchmal runter, aber abgesehen von ein paar Prellungen ging es immer gut ab. Das lag daran, daß er an sein Element glaubte, bis zu seinem Tod. Um so furchtbarer, daß nun ausgerechnet Löschwasser sein Haus zur Ruine gemacht hatte.

Oma K. kam nicht darüber hinweg und sah von Ingrids Wohnzimmerfenster aus hinüber zu dem traurigen Rest. Für einen Moment konnten dann ihre Erzähleraugen leuchten, weil sie ihr Haus so noch nicht gesehen hatte – und nun für manche Geschichte wohl frische Details parat haben würde.

– Jetzt seh ich die Nachbarn erst richtig, nämlich von oben wie der liebe Gott oder jedenfalls wie unsere Pastorin, schmeichelte sie.

Doch die Tragödie war, daß sie nun, da sie den Überblick gewonnen hatte, nicht mehr so richtig von ihrem Haus sprechen konnte. Zwar stand es noch da; zwar würde es in ihrer Erinnerung immer da sein und vielleicht nun so dastehen können, als wäre nichts geschehen; aber sie konnte sich nicht mehr daran freuen. Es war Schluß mit der Widerstandsfähigkeit des Hauses, das Feuer war sein Schicksal geworden, ein lächerliches Bügeleisen oder was auch immer (denn die Gerüchte, es habe sich um Brandstiftung gehandelt, wollten nicht verstummen), ein moderner Defekt, und aus war es mit dem lustigen Erzählen aus der Sicherheit des Hauses und eines Stück Bodens, von dem man sie nicht verjagen konnte. Sie war nun geduldeter Gast der Pastorin, nahm anderen das Bett und das Zimmer weg und sollte sich auch noch erholen. Aber für den Wiederaufbau des Hauses, für die Renovierung, ja nur für die notdürftigste Wohnbarmachung der unteren Zimmer fehlte ihr das Geld, nachdem die Versicherung aus Kulanz nur eine winzige Summe zahlen und für die Löschschäden schon überhaupt nicht aufkommen wollte. Andy wohnte zwar nun in ihrem Wohnzimmer und hatte es sich dort wohnlich gemacht.

– Nun wohnt eine Ruine in einer Ruine, sagte er.

Aber das konnte keine Dauerregelung sein. Wenn man so alt war wie sie, verschuldete man sich nicht mehr.

– Oder gerade, sagte Ingrid zu Oma K.s Erstaunen.

Sie würde verkaufen und in ein Alters- und Pflegeheim ziehen, wie es ihr Mann vor seinem Tod gesagt hatte.

– Es gibt genug Leute, denen du alles von Anfang an noch einmal erzählen kannst, hatte er gesagt: Es werden ja nicht alle schwerhörig sein …

Sie würde verkaufen, und schon nach kurzer Zeit würde das Haus nicht mehr ihr Haus sein, nicht mehr das Haus, dem man mit den Geschichten beispringen mußte oder beikommen konnte, wenn man über die Wassermassen verzweifelt war und die Schweine durchs Zimmer schwammen. Erst jetzt wußte sie, was für ein Glück die Wasser-Katastrophen für sie gewesen waren. Jahraus, jahrein war ihr so mit den Geschichten das Leben zugeflossen, die Verzweiflung ebenso wie das gute Ende, und unterm Strich blieb das Wunderbare. Die Tiere, die vorübergehend in ihrem Haus schwammen. Aber auch die Stunden bei den Kirschbäumen, wenn sie schon die Schürze voller Kirschen hatte und sich doch nicht losreißen konnte von ihrer Geschichte und den Nachbarn. Übrigens war es ihr durchaus lieb, daß ihr die Zuhörer beim Erzählen nicht so auf den Leib rückten (das hatte sie nie gern gehabt; und schon gleich das erste Kneifen ihres Mannes nicht), weil sie vor dem Geruch des Bärlauchs Respekt hatten. Denn sobald es Bärlauch gab und noch eine Weile darüber hinaus, ging sie zum Lauchberg hoch und holte sich davon, um die gesunden und schmackhaften Lauchsalate zuzubereiten, eine einmalige Delikatesse, die es nirgends so gab wie hier am Fuße des Lauchbergs.

– Logisch, sagte Pierre.

Und natürlich strömte die Haut den Lauchgeruch wieder aus. In manchen Jahren reichte der Lauch bis in die Kirschenzeit (die Nachbarn behaupteten sogar: immer ...). Dann war die Freude am Zuhören wohl nicht für alle ungetrübt. (Denn den Duft der Kirschen mag jeder; er ist auch so fein, daß man fast danach wittern muß. Während den Lauchgeruch nur die Kenner mögen. Die Gesundheitsapostel.) So eindringlich wußte Oma K. das Herandringen des Lauchgeruchs zu schildern, daß dieser Geruch noch in Ingrids Küche zu schweben schien und Pierre seine Nase krausziehen konnte.

Gregor war gegangen und weggeblieben, das war eine Erleichterung. Andererseits war Gregor wieder Mitglied der Gerüchtewelt geworden. Man sprach über ihn und seinesgleichen. Manche nannten sie Skins und wollten lieber sie in ein Arbeitslager stecken als selbst eines Tages von ihnen ins Arbeitslager gesteckt werden. Sie waren Teil einer epochalen rechten Gefahr, die Vorläufer einer Woge, die ihre friedliche Gesellschaft unter sich begraben würde. Andere sprachen von dummen Jungen, denen der Hintern versohlt gehörte. Fern waren sie in jedem Fall, außerhalb des polizeilichen Handlungsbedarfs, abwesend in jener Gerüchtewelt, die zwar im Nachbarhaus oder gar im Nebenzimmer scheußlich ausgelebt wird, aber wie hinter großem Milchglas. Das mußte man verstehen. War doch die Welt der angedrohten und geübten Gewalt wie ein durch Krankheit infizierter Bereich, in dem man sich nicht anstecken lassen mochte. Was willst du tun, wenn neben dem Kriegerdenkmal einer sitzt und plötzlich Spaziergänger anfällt und zusammenschlägt. In der Dämmerung, so daß es nicht ganz sicher ist, daß er es war. Wenn du Glück hast und stark bist, geistesgegenwärtig und unerschrocken, kannst du ihn vielleicht besiegen – oder ihm wenigstens entkommen. Du kannst den Ort still meiden. Oder du gehörst sowieso nicht zu den Spaziergängern. Du bildest schließlich mit anderen eine Gruppe und gehst mit ihr zur fraglichen Stunde hin und sorgst für Ordnung. Oder du schreibst einen Leserbrief in der Zeitung. Schön wäre es natürlich, wenn eine Anzeige genügte. Aber die Polizei berichtet, trotz der Gewalttaten in der letzten Zeit ist die Quote der Kriminalität zurückgegangen, denn es werden weniger Straftaten angezeigt. Nun ja, wenn Anzeigen nicht so viel bewirken, dann überlegt man sich seine Mittel. So gingen die Gerüchte und Gespräche.

Tatsächlich war es so. Pierre hatte es sich seit Oma K.s Anwesenheit in der Wohnung angewöhnt, zu ausgedehnten Spaziergängen in die umliegenden Wälder aufzubrechen und in ihnen als ein friedlicher Fremder zu gehen. Auf das nahe Unbekannte zuzugehen und erst nach vielen Stunden zurückzukehren. Am Ende des Tages, in der Dämmerung! …

Pierre kam von seinem Ausflug zurück und zufällig, noch blind für diese Welt, am Kriegerdenkmal vorbei. Und tatsächlich wurde er angegriffen; nach dem merkwürdigen Schlachtruf »Unser Dorf soll schöner werden«, so daß er verdutzt und für einen unglücklichen Moment innehielt, der vielleicht seine Rettung hätte sein können. Denn so traf ihn die ganze Wucht des springenden Mannes und warf ihn um. Schläge und Tritte hielten ihn am Boden, schienen dem Angreifer aber eher nebensächlich: denn gleichzeitig versuchte der Mann, ihm den Mantel vom Leibe zu reißen!

Auch das war eine Merkwürdigkeit, die ihn verwirrte und seine körperlichen Widerstandsreflexe nicht recht erwachen ließ, so daß der ganze Überfall hinter einem Vorhang aus Verwunderung und Zerstreuung stattzufinden schien; was ihn aber noch einigermaßen glücklich davonkommen ließ. Denn als die Bestie erst den Mantel erbeutet hatte, war es ihr einziges Ziel, diese Beute zu zerreißen und zu zerfetzen und gänzlich zu zertrampeln und zu zerstören und nichtig zu machen …

Als Ingrid Pierre im Klinikum besuchte, fand sie ihn zwar, wie es heißt, zugerichtet, aber weniger schlimm, als sie beim Anruf des Bürgermeisters und Polizisten (der sofort gewußt hatte, zu wem der unbekannte Mann neben dem verwüsteten taubenblauen Mantel gehörte) gefürchtet und sich während der Fahrt, in Erinnerung an Andys Zurichtung, ausgemalt hatte.

– Es ist nicht so leicht für einen einzelnen, einen anderen zu Brei zu machen, sagte Pierre, der ihre Überraschung richtig deutete.

– Also weißt du! murmelte Ingrid.

– Der menschliche Körper ist ein beträchtlicher Widerstand, sagte Pierre.

Sein linkes Auge war lädiert und unter einer dicken Bandage. Die linke Gesichtshälfte verschrammt, schwer geprellt und geschwollen. Drei Rippen waren gebrochen und der linke Knöchel. Der linke Knöchel war eigentlich zermalmt, so daß es zweifelhaft war, ob Pierre je wieder so würde gehen können, wie Ingrid ihn in seinem taubenblauen Mantel die Straße hatte herankommen sehen. Der taubenblaue Mantel aber war sowieso hingemacht worden – und hatte ihm immerhin dadurch das Leben und wohl auch den Rest Gesundheit gerettet …

– Die linke Seite ist ziemlich ramponiert, sagte Pierre: Auf dem Mantel ist mehr herumgetrampelt worden als auf mir, wenn man es genau nimmt. Ich hatte nur das Pech oder vielmehr das Glück, da drin zu stecken.

– Du weißt, wer es war? fragte Ingrid.

– Ich habe ihn gerochen.

– Hat er gestunken?

– Er hat nach dem Rasierwasser aus deinem Badezimmer gerochen.

– Gregor?

– Jeder ist nur ein Ich, unterwegs im zeit- und grenzenlosen Nichts …

– Bitte, Pierre, du mußt es mir sagen!

– Es ist Illusion … Niemand kann einem andern wirklich etwas geben, nicht einmal Liebe, oder nehmen, nicht einmal das Leben … Sagt ein berühmter Autor.

– Hast du das auch der Polizei gesagt?

– Der Polizei konnte ich nichts sagen.

– Ach, wie furchtbar! …

Ingrid konnte die Tränen nicht mehr halten und wandte sich zum Fenster. Sie hatte gebetet; sie hatte einen Brief geschrieben; sie hatte eine Karte geschrieben. Pierre hatte die Post erhalten und war gekommen. Er hatte Gregor aus ihrem Haus verdrängt und war nun plattgemacht worden.

– Du brauchst mich nicht zu bemitleiden, sagte Pierre: Es ist nur Schmerz …

– Nur! heulte Ingrid auf.

– Andererseits, sagte Pierre und nahm ein Kästchen vom Nachttisch, das er sich von einer Schwester mit Laubblättern hatte füllen lassen, öffnete es und hielt es vor das rechte Auge:

– Andererseits ist es natürlich ein schönes Gefühl, auf einem Friedhof unter einem Grab zu liegen, das du pflegen würdest, und vielleicht würde es ja auch eine Befriedigung für dich sein, mich bei dir zu haben ... Die Schönheit hängt immer von der Freiheit der Vorstellung ab. Mich in diesem kalten Land liegen zu wissen, im Bereich deiner Sorge für immer geborgen ...

– Das ist doch pervers, sagte Ingrid und bediente sich dabei eines fremden Brusttons: So die Zeit nach seinem nun doch nicht eingetretenen Tod durchzuspielen!

Und doch war es, wie der links lädierte Pierre dort an den Blättern schnupperte, schaurig eindrucksvoll ...

– Ahorn ist schön auf dem Friedhof. Linde. Eiche. Aber auch Pappeln. Ich bin kein Freund von sogenannten Lebensbäumen, sagte Pierre: Ich mag schöne Blattformen, besonders im Herbst. Schöne Baumsilhouetten. »Schon stund im Nebelkleid die Eiche, ein aufgetürmter Riese, da« ...

– Laß dich niemals einlullen, Ingrid! Es kommt der Tag, da werden sie dich erwischen!

Nun war es passiert, und hatte nicht ganz geklappt. Eine Zeitlang war er durch das gemütliche Kakaotrinken in Ingrids Küche abgelenkt gewesen und auf seinen Wanderungen unachtsam ...

– Ach, sagte Ingrid: Wenn es Gregor war, ist es ein Elend. Er müßte längst im Gefängnis sein, und für länger ... War es denn Gregor? fragte sie.

– Was hab ich von einer Strafe, sagte Pierre: Einer Strafe in Deutschland!

Er wollte zurück nach Frankreich und später, sollte Europa zu stark vereinigt werden, zur Not in Übersee einen Platz finden. Eine einsame Missionsstation im günstigsten Falle, ein aufreibendes Entwicklungshilfeprojekt im gewöhnlicheren Falle.

Menschen wie er, die bereit waren, überall jede Tätigkeit zu verrichten, wenn man ihnen nur ihre Meditation und ein bißchen wie sein Malen ließ, waren nirgendwo sonst unwillkommen.

Ingrid streift durch die Wohnung, auf der Suche nach etwas. Oma K. ist im Wege und versucht, die Pastorin in Gespräche zu ziehen, über den armen Herrn Pierre. Aber das soll es nicht sein, sondern das ganz andere, das dieser Herr einmal verhieß. Was wiederum Oma K. nicht zu vermitteln ist. Sie weiß nur, sie wird verrückt, wenn sie in den Pausen zwischen ihren Besuchen im Krankenhaus nichts findet, mit dem sie weg ist aus all dem. Früher gab es Übersetzungen, Dissertationen, Predigten und, natürlich, das Malen …

Das Malen. Ingrid stockt und macht sich, nachdem sie Oma K. zu einer Mahlzeit in die Küche gelockt hat, auf zu ihren Malutensilien. Wie erstaunt ist sie aber, als sie in der Schreibtischlade ihres alten Schreibtischs nicht nur die um das Schwarz gebrachten Farben und das Wasserfläschchen findet, sondern ein Päckchen Briefe; nicht von Pierre, auf den ersten Blick, nicht von Oma K. oder Gregor, ihren Gästen der letzten Wochen. Auch nicht an sie gerichtet, scheint es. Wildfremde Briefe, von denen sie sich nicht erklären kann, wie sie in die Schreibtischlade ihres Gästezimmers geraten sein könnten. Frauenbriefe übrigens. Sie will sie nicht lesen, nur überfliegen, um sie identifizieren zu können und entscheiden, was tun damit. Sie könnte warten und Pierre fragen; denn Oma K. traut sie die Nachbarschaft zu solch ausgeprägter Kultur der Schriftlichkeit nicht zu, auch Gregor nicht. Sie zögert aber nicht lange und schon gar nicht mehr, als ihre Neugier erwacht und sie auf ein Ungeheuerliches stürzen kann (denn das ist es ja, mit dem wir am sichersten abwesend sind).

»Lizzy, ich krieg Bauchweh, wenn ich daran denke, wieviele Briefe ich noch beantworten muß ... Und in dem Stapel der zu beantwortenden Briefe bist Du gleich dreimal! Treue Lizzy, Dein Polen-Bericht (nein, es ist mehr ein Bekenntnis, ein herzwärmendes Bekenntnis zur Mitmenschlichkeit), wie Du zusammen mit den beiden Alten vor der Tür sitzt, wie einstmals die Menschen, so in Ruhe und umweht von einem kleinen Wind, nicht weit von zwei ganz hohen Kirschbäumen, die so hoch sind wie bei uns nur noch die alten Kirschbäume, aus denen die Kirschen aus einer Höhe herabfunkeln, die kaum noch einer von uns Menschen erreichen kann (doch auch in Polen sind die Kirschbaumkletterer inzwischen rar geworden!) – dieser Brief-Bericht mit seinen vielen unvergeßlichen Details ist mir sehr nah gegangen, zumal ich durch das Schicksal unserer Oma, die uns jeden Sommer mit selbstgepflückten Kirschen, mit roten, gelben und schwarzen, versorgt hat, daran erinnert werde. (Oder vielmehr: das erinnert mich an unsere Oma ... Entschuldige, ich schreibe in Eile!) Wie gern möchte man mit dir dort sein, im Land der großen Kirschbäume.

Aber, wie Bulgakow (glaube ich) in einer Erzählung sagt: Ich liebe das Petroleumlämpchen, aber ich entscheide mich für das elektrische Licht! Es ist eben nicht mehr unsere Welt, und wir müssen uns damit abfinden. Lange konnte ich es nicht fassen und war ja deshalb über ein Jahr, fast zwei Jahre, bei Pierre in seinem Zentrum. Aber jetzt habe ich es begriffen, hoffe ich. Auch wenn ich manchmal, wie gerade wieder, noch Hilfe brauche (dazu im nächsten Brief, wenn ich mehr Ruhe habe). Wir leben in einer anderen Welt, und die Zeit der Gemächlichkeit mit ihren Wundern (als da sind das langandauernde, herzhafte Gähnen oder das von Herzen, also von weit her, kommende Lachen) ist vorbei. Daß sie einmal wiederkomme, wie manche versprechen – wer weiß das schon. Wir sind durch unsere Erziehung, durch den Geist des Elternhauses (und was er an Träumen ermöglicht!) dazu prädestiniert, daran zu glauben. Aber wir müssen solche

Prädestinationen abschaffen, wenn wir frei (frei auch für unsere Mitmenschen) sein wollen. Jetzt gilt es, andere Pflichten wahrzunehmen (und nicht nur morgens zur Zeitungslektüre zu schimpfen!).

Entschuldige, ich schreibe lauter Klammern. Bin wirklich in Eile (und muß doch schon in zehn Minuten ganz gelassen wirken und die Hand auflegen): Hab ich Dir gesagt, daß ich ein Angebot vom NDR habe, Morgenandachten zu halten. Ich hätte eine so ›süße‹ Stimme. Ein Kollege hat mir (ohne mein Wissen) den Landesbeauftragten der Kirche für den Rundfunk und eine Redakteurin in den Gottesdienst geschickt. Sie waren da und, nun kommt es, ›echt‹ gerührt (so die Redakteurin; natürlich zehn, fünfzehn Jahre jünger als wir). Dann das Angebot. Ich zögere. Was rätst Du? (Aber erzähle es bitte noch nicht Mutter; dann bin ich nicht mehr frei, Du weißt ja ...) Gut, ich sitze manchmal da und möchte tatsächlich nur meine Stimme sein (also doch im Funk?). Aber das ist wohl Gaukelei – so wie Dein Polenbesuch? Verzeih ... Sei umarmt, ich melde mich! Tina«

Getroffen von der Duplizität, setzt sich Ingrid erst einmal hin. Diese Tina, das könnte bis in die Einzelheiten hinein sie sein. Pastorin wie sie; aus großer (so signalisiert der Ton gegenüber der Schwester) Familie wie sie; mit Problemen wie sie. Und sogar der Besuch des Landesbeauftragten und der Redakteurin hat bei ihr stattgefunden, weil auch sie eine »süße« Stimme hat, von der man sich eine größere Resonanz bei den Rundfunkhörern erhofft. Und doch kennt sie keine Tina ... Pierre (es muß ihr Pierre sein! Ist doch vom Zentrum die Rede!) verkehrt wohl immer nur mit einem bestimmten Menschenschlag; und der braucht nun mal Hilfe. Freilich, jetzt liegt Pierre im Krankenhaus und braucht ihre Hilfe ... Weil er ihr zu Hilfe kam – und sie stöbert in fremden Briefen aus seinem Besitz!

»Liebe Lizzy – heute nur eins: Ruben, mein Problemlamm, Du erinnerst Dich, hat seinen Vater (der nach einem Herzinfarkt nicht mehr der starke Mann ist, der er mal war und der, das muß man sagen, seinen Sohn oft genug verprügelt hat) niedergeschlagen, weil der seinen ›Kicker‹ (eine Fußballzeitschrift) weggeschmissen hat. Fast weinte der Vater am Telefon. Beschwerte sich, als müsse er mich überzeugen, daß Ruben diese Zeitung immer im Bad (neben dem Klo) herumliegen ließ, worüber sich die Mutter, wie schon öfter, beim Vater beschwert hatte, damit er was unternehme (ins Feuer ginge, sagte er am Telefon). Und er hatte das Ding kurzerhand in den Müll geworfen, obwohl er genau wußte, wie wichtig Ruben sein ›Kicker‹, überhaupt und auf dem Klo, ist (und obwohl er selbst auf dem Klo auch darin gelesen hat! Wogegen seine Frau vor dem Infarkt nie etwas gesagt hat!). Es war ihm unvorstellbar gewesen, daß sein eigener Sohn ihn je schlagen könnte ... Aber ausgerechnet vor dem Flurspiegel, so behauptet der Vater, ist es geschehen, damit er nicht nur seine Unterlegenheit fühlen, sondern auch noch sehen sollte! (Die Mutter will dem Vater – den sie ja eigentlich aufgehetzt hatte – weismachen, es habe sich nur um eine ausgerutschte Hand, um eine Ohrfeige gehandelt ...) So isses, möchte ich sagen – und aus. Wir andern gehen besser spazieren. Ich sehe Dein empörtes Gesicht und bin auch gleich ruhig. Aber das ist mein Gefühl, ich kann nicht dagegen an. Und zugleich ist mir klar, daß die Ruben dieser Welt therapiert werden müssen, wenn der Frieden eine Chance haben soll. Die physische Erfahrung, daß er seinen Sohn gerochen hat, während er zu Boden ging (und ihn wohl nicht mehr wird riechen können – kein Kalauer!), macht das natürlich nicht wett. Höchstens verliere ich mein Gesicht im Umgang mit solchen Feinden der Humanität (Du erinnerst Dich an Brechts elegisches Gedicht). Es kommt mir so vor, als verschwinde man mit seinem Engagement in solchen Situationen der Gier. Die Täter brauchen es und genießen es, besprochen zu werden. Sie gestehen dies und jenes und daß sie Gewalt auch schrecklich finden. Aber letztlich geht die Gewalt-Geschichte weiter und wird nur zivilisatorisch abgefedert. Der Schock wird so lange besprochen, bis man sich an ihn gewöhnt hat und dem nächsten gefaßter entgegensehen kann. Nicht wenig, gewiß … aber was gegen die Frau, die am Ende ihres langen Alleinseins die Seebestattung wählt, um niemand mit ihrem Grab zur Last zu fallen! Die keine Sekunde lang geliebt und gehievt werden will. Solchen Menschen fliegt mein Herz zu (sage ich einmal ganz romantisch und im Bewußtsein, Dich auf die Palme zu bringen – ich denke an Palm Beach, Palm Springs …) Ich freue mich auf Deinen Brief, liebe Lizzy, der mich unserer Familie, der Weltgeschichte und unserer Bundes-Wirklichkeit wieder näherbringen wird. Aber immer noch sehe ich Deine Mutlangen-Bilder und rätsele …«

»Liebe Lizzy, Du hast recht, ich bin merkwürdig und unpraktisch (in letzter Zeit sehe ich öfter den jungen Pierre vor mir – und wie ich neben ihm unpraktisch bin; eine Frucht unseres Wiedersehens, aber ich sehe nicht den jetzigen Pierre, den erwachsenen französischen Mönch, sondern den jungen. Was bedeutet das wohl ... Aber Schluß mit den Klammern!). Um Dein Mißtrauen in meine Tüchtigkeit noch zu steigern, teile ich Dir hiermit eine meiner Lieblingsvorstellungen mit. Das Ganze setzt erst mit sechzig ein (also noch etwas hin!). Nach vielen Mißachtungen, Zurücksetzungen, Vereinzelungen kommt ein Anruf der Regierung oder des Landeskirchenamts (da bin ich noch unentschieden) mit einer ehrenvollen Anfrage, ob ich nicht dies oder jenes, am Ende gar das Amt einer Bischöfin, zu übernehmen bereit sei. Und ich lehne ab. Sie verschwenden nicht nur Ihre, sondern auch meine Zeit, sage ich am Telefon und lege auf, gleichermaßen froh über die Anfrage und über meine Absage! So, was sagst Du jetzt erst? Ich mache mir nichts aus den Ruben dieser Welt! Die andere brutal und roh behandeln und dann ankommen ... Oder von denen Leute sagen, sie wollten damit nichts anderes zum Ausdruck bringen, als daß sie Deine (also meine) Hilfe brauchen. Ich weiß, es ist meine Pflicht, ihnen zu helfen, und Du wirst mir glauben, daß ich es im Rahmen meiner Kräfte tue. Aber ich gehöre einfach nicht zu den Brüdern und Schwestern, die darin das Eigentliche ihres Christentums sehen und suchen. Ich mag andere Menschen lieber, die sich nicht als Opfer aufdrängen oder als Täter vordrängen. Meine Liebe ist nicht geeignet für das Drastische und die Drastiker. Wo vor Krach und Ach nichts klingen kann. Und ich glaube, letzten Endes war unser Vater genauso, auch wenn er es sich nicht so anmerken ließ. (Ich lasse es mir in der Gemeinde auch nicht anmerken – hoffe ich wenigstens.) Gleichwohl (siehst Du, für solche radikalen Beziehungen sage ich viel zu gerne: gleichwohl!), ich habe mich bemüht, diesen Ruben zu einem Gespräch zu gewinnen, telefonisch, durch Besuch zuhause, indem ich ihn auf der Straße inmitten seiner Gruppe angesprochen habe (kostete ganz schön Überwindung!). Aber es war vergebliche Liebesmüh. Plötzlich war sogar der Anruf des Vaters nicht so gemeint gewesen. Die Mutter behauptete, ihr Sohn, den ich fast in seinem Zimmer riechen konnte, sei nicht zuhause. Und aus der Gruppe kam immer nur ein: Hä?? Als sei schlicht unverständlich, was ich alte Tucke von den Jugendlichen wollte. Das einzige, was ich davon hatte, war, daß ich ihn mir genau ansehen konnte, auf Haut und Haar hin (er hat diese glatte Haut der Blonden, die am Körper kaum behaart sind und deren Haupthaar immer ›fein‹ heißt; eine Haut mit kleinen Poren, wie ein seidig flimmerndes Fell über Muskeln). Durchaus ein Mannsbild. Glaube, er macht Body-Building oder ähnliches im Kraftraum. Keine heimtükkische Ratte. (Das würde es zwar nicht leichter, aber klarer machen.) Eher als wäre die Gewalt bei ihm Ausfluß seiner Potenz, seines In-Form-Seins. Natürlich findet man immer einen der klassischen Gründe in der Nähe. Den autoritären Vater, den Freund mit schlechtem Einfluß, die Enttäuschung über seine Lebenschancen; auch die aufmüpfige Mutter, vor der er wer sein will, oder die überlegene Freundin ... Ich bin überzeugt: Jede derartige Spur, die ich verfolge, führt zum Ziel. Nur, was dann? Wird er dadurch, daß ich aufgrund meiner Erkenntnisse mit ihm rede oder meinetwegen nur umgehe – ein anderer, der seine Mitmenschen nicht bei nächster Gelegenheit wieder schlägt? Wir hoffen das ... Adieu für heute.«

»Das Gefühl, noch so viel Material vor mir zu haben, liebe Lizzy, macht mich krank. Material? Ich sehe Dein Gesicht, während Du diesem merkwürdigen Wort nachhorchst. Ja, Material. Ich sollte jetzt vielleicht definieren und alles auf einen Haufen werfen, was stimmt. Aber denkst Du nicht manchmal auch: Material und Zeugs, und das ist das Problem! Das durch die Lebensarbeit zu Bewältigende. Daß ich nicht raus in den Garten gehen und eine Tasse Kaffee trinken und mit einem Menschen ein paar Worte wechseln kann, und es ist genug. Den Rest macht das Wetter, der Wechsel der Tages- und Jahreszeiten. Wahrscheinlich ist das das Rätsel des Klosterlebens. Ein paar Rituale werden veranstaltet, was getan werden muß, wird getan. Während ich den Wust spüre, wie er sich heranwälzt und nur unter Aufbietung aller Kräfte verwandelt werden kann in gelebtes, Vater würde sagen: bestandenes Leben … Ich seh Dein Gesicht, wie es lacht über meine naive Erfindung des Klosterlebens als wäre ich nie dagewesen. Und dabei hab ich fast zwei Jahre bei Pierre gelebt, und sein Zentrum ist immerhin ein klösterliches Zentrum. Er steht früh auf, mit der Sonne in der hellen Jahreszeit, als Gefährte des Mondes in der dunklen Jahreszeit … so konzentriert kann der zerstreute Poet sprechen, wenn es um sein Dasein geht. Aber wir sollen nicht darüber lachen. Inzwischen beherrschen Frauen die lächerlichen Posen ohne Hemmungen, oder? Was wollte ich Dir schreiben? Ich weiß es nicht mehr. Eher einen Zettel als einen Brief. Einen Zwischenruf aus Niedersachsen ins Saarland. Denn noch immer, wenn mir etwas zuviel wird, muß ich an Dich denken, welches Pensum, um Vaters Lieblingswort zu benutzen (in letzter Zeit höre ich öfter einmal seine Stimme), Du ›ablieferst‹, so sagen hier die Jugendlichen – und wohl bei Dir auch und überall. Ich war immer schon fauler und weniger gern präsent, am liebsten nebenan. Und manchmal habe ich Angst zu verblöden. Ich stell mir das vor als ein Herabsinken der Augenlider und mit ihnen des Bewußtseins. Nein, nein, eine Therapie ist dagegen nicht das richtige, schon gar nicht so etwas wie Deine Gruppe. Ich brauche keine Ersatzfamilie, die pausenlos meine Fähig- und Fertigkeiten abruft und mich in die Gemeinschaft bringt. Ich mag nicht fit und auf dem Sprung sein, um andern die Federnde zu sein ... Doch Schluß und Vernunft des leichten Grußes! CIAO!«

An manchen Stellen der Briefe sind feine Bleistiftstriche am Rand. Vielleicht von Pierre, der damit etwas sagen oder für sich hervorheben will. Einen Moment glaubt Ingrid, daß Pierre ihr die Briefe absichtlich hingelegt und nicht bei seinem Umzug ins Wohnzimmer vergessen hat. Um sie durch die Duplizität ihrer Erfahrungen zur Distanz zu bringen. Du bist nicht allein. Sang Roy Black. Da ist er aber bei ihr an der falschen Adresse, denn das weiß sie ja – und daß es wenig hilft, wenn man die Ausdünstungen eines Gewaltmenschen neben sich erdulden muß. Blutraufer – hat sie einmal bei Kleist gelesen ... Nein, sie glaubt nicht, daß Pierre die Briefe für sie hingelegt hat. Das ist nicht sein Niveau.

Als sie ihm die Briefe nachmittags hinhält als Packen und ihn fragt, da schüttelt er, dem inzwischen das Liegen als Demolierter beschwerlicher zu werden scheint, den Kopf und bittet sie, die Briefe vor seinen Augen zu verbrennen, dort drüben in dem großen Aschenbecher, der neben der Blumenvase als zweckentfremdeter Behälter für Kleinmüll auf dem Tisch steht.

– Eine Filmszene? fragt Ingrid empört: Diese lächerliche Verschönerungsgebärde – Was sind denn das für Briefe, wenn ich fragen darf?

Pierres rechtes Auge sieht ernst herüber und dann weiter. Es fällt ihm nicht leicht zu sprechen.

– Sie sind von Tina. Ihre Schwester hat sie mir vergangenes Jahr nach Tinas Tod geschickt, als Erinnerung, wohl weil ich darin vorkomme ...

– Aha, sagt Ingrid leise und eifersüchtig: Und wer ist, vielmehr war diese Tina?

– Ich dachte, du wüßtest es.

– Keine Ahnung.

– Wir waren bei ihrer Familie nach unserer Flucht aus der Zone untergekommen.

– Aus der Zone.

– Ich sag das in letzter Zeit wieder ganz gern, nach dem Motto: Die Deutschen und ihre Zonen.

– Sie war wohl deine große Liebe?

Das rechte Auge blickt ruhig; gleichsam ohne Wimpernzucken.

Aus dieser Ruhe spricht so etwas wie das Versprechen, über dies Thema mit ihr nicht zu sprechen, und wohl auch Wut über ihre Indiskretion.

– Verbrenn sie bitte! Ich hatte sie mir nur mitgenommen, weil Dein Brief mich daran erinnerte ... Aber das wirst du wissen, denn du hast die Briefe sicher gelesen, oder?

– Hab ich, sagt Ingrid trotzig.

– Verbrenn sie bitte.

So geschäftsmäßig ist Pierres Ton, daß er Ingrid ärgert. Als sei sie zu nichts anderem da, als Briefe zu verbrennen. Letzte sentimentale Zeugnisse, die der Herr vor seinem Übertritt in die Existenz der überwundenen Schmerzen gelöscht wissen will. Nichts als die pure, geläuterte Erinnerung sei mein! Keine unkontrollierte Spur, kein bißchen schmutziges Leben! Es ist gerade diese geliehene, billige Gebärde des Briefeverbrennens, die Ingrid als besonders demütigend und als die Krone der Gewalt empfindet. Das verdankt sie Gregor. Und natürlich nicht nur sie, sondern vor allem Pierre, der um seine Normalität gebracht worden ist. Nun ist er nach allen Seiten offen; aber Ingrid wird nicht so schnell aufgeben.

DAS OHR

Ingrid erinnerte sich gern an ein Hegel-Seminar während ihres Studiums, eigentlich nur an eine kleine Schrift Hegels mit dem Titel »Wer denkt abstrakt?«, die damals zugrunde gelegt worden war und bei deren Lektüre Ingrid eine der seltenen Erleuchtungen, der wirklichen Erleuchtungen ihres Lebens erfahren hatte. Hegel erzählt die Geschichte von dem Mann, der auf einem Markt einen Apfel (oder ein Tuch, an dieses Detail erinnert sich Ingrid nicht genau) stiehlt und davonläuft, verfolgt von dem Schreien der Marktfrau: »Haltet den Dieb!« Und Hegel schließt daran die Überlegung an, daß die Marktfrau abstrakt denkt, indem sie den Menschen nur nach dieser einen Tat: Dieb nennt, während er doch ein Mensch mit vielen Taten ist, wovon nur eine dieser Diebstahl ist. Wir denken abstrakt, wenn wir von dem ganzen Menschen, von dem Ganzen abstrahieren. Und wir denken wahrhaft konkret, wenn wir die Verschiedenheiten eines Menschen oder einer Sache zusammendenken. Das Konkrete ist, entgegen der landläufigen Meinung, die das unmittelbar Vorliegende meint, das durch Reflexion Hergestellte, Zusammengebrachte ... Diesen Kronleuchter, wie sie es nennt, hat Ingrid immer wieder und allen ihren Freunden und nun auch Bruder Robert erzählt; er ist die Voraussetzung für alles, jedenfalls für ihr Christentum. Es ist falsch, jemanden nach einer Tat zu beurteilen oder gar zu verurteilen. Es gibt immer noch mehr, tendenziell unendlich viel. Und deshalb steht dem Menschen kein abschließendes Urteil über einen anderen Menschen zu.

– Dafür haben wir Gott, sagte sie, viel beiläufiger, als sie es meinte, weil sie jetzt gegen ihren Willen Bruder Robert ihre große Geschichte erzählt hatte. Als wollte ihr irgendwer beweisen, daß sie sich doch ganz gut mit ihrem Bruder unterhalten konnte. Sie würden über alles sprechen und ihre Lieblingsgeschichten noch mit einer ganz anderen Ruhe verfolgen können.

– Du nennst Gott das absolute Wissen, sinnierte Bruder Robert, so wie er wohl annahm, daß Pastoren sinnierten.

– Nein, natürlich nicht, das wär ja nur schon wieder eine dieser unseligen Abstraktionen! wies Ingrid ihn mit einer vor Ärger fast heiseren Stimme zurecht. (Immer wenn sie diese Stimme bekam, mußte sie an ihren Vater denken, der vor Ärger und Zorn so leicht eine belegte oder heisere Stimme bekam, dem alles auf die Stimmbänder schlug ...)

– Denk doch zum Beispiel an deinen Gregor, sagte Robert.

– Was hat denn Gregor mit Gott zu tun? fragte Ingrid spöttisch. (Sie stellte sich ein wenig dümmer als sie war, um Bruder Robert zu zeigen, daß er ihren guten Willen für sein Gespräch brauchte.)

– Mit dem Abstrakten, meine ich ... Nimm mal alles, was du über Gregor weißt: Er hat sich als gefährlicher Schläger betätigt und Menschen schwer verletzt, er ist Mitglied einer üblen Clique oder sogar von zwei Cliquen ...

– Nämlich ?

– Der rasenden Motorradfahrer und einer rechtsradikalen Gruppe.

– Woher du weißt?

– Das hab ich aus dem geschlossen, was du erzählt hast.

– Ich bin doch befangen ... Ich hatte Angst ... Als der übelbeleumdete, von seinen Eltern nicht mehr unter Kontrolle zu haltende Kerl hier aufkreuzte und sich wie ein Pascha mit rohen, grausamen Gelüsten benahm ... (Sie merkte selbst: es klang etwas hohl.)

– Hat er dir was angetan? fragte Robert mit kalten, allen zusätzlichen Katastrophen zugewendeten Augen.

– Ich versuche dir bloß zu erklären, daß es in aller Regel die Angst ist, die uns zu diesen üblen Abstraktionen bringt, die andern die Luft zum Atmen abschnürt!

– Na, das ist ja schön! spottete Robert, aber er fühlte sich ganz offensichtlich sehr wohl und generös bei seinem Spott. Irgendwie sah er sie dabei so an, wie man kleine Schwestern ansieht. Mit einem Zwinkern in den Augen, weil die Probleme dieser kleinen Schwester in Wahrheit doch alle sehr sehr klein waren im Verhältnis zu den wahren Problemen dieser Welt, zu denen seine eigenen gehörten ...

Er ging aber mit seinem Köfferchen zu Gregor, um sich den abstrakten Bösen zu kaufen und ihn daran zu erinnern, daß die Pastorin dieses Orts seine Schwester war! Natürlich fuhr er mit seinem mondsteingrauen Citroën zum Sander-Haus (das er sich vorher von der Frau in der Poststelle für den Satz Sondermarken, den er kaufte, genau hatte beschreiben lassen) und stieg vor dem gelbgeputzten und an der Ostwand mit weiß zugemörtelten Sprüngen bedrohlich versehenen Haus wie ein Vertreter aus. Sein graumeliertes Rothaar war sorgfältig gebürstet und gekämmt, er musterte Himmel und Umgebung mit flüchtig in den Nacken gelegtem Kopf und schlenkerte das Köfferchen mit dem Eschenstock recht lässig.

– Was wollen Sie? fragte Gregor, während er sein übermüdetes Gesicht zur Tür heraushielt. Das Gesicht paßte zu dem hinfälligen Vertriebenensitz.

– Durchgemacht? fragte Robert nur, mit einer Flüchtigkeit, die seine Anteilnahme gerade so weit zurücknahm, daß das Opfer nicht recht wissen konnte.

– Das geht Sie nichts an! sagte Gregor mürrisch.

– Ah, Rechtstourismus, Nachttourismus ... Bruder Robert gestattete sich ein überlegenes Lachen.

– Wovon Sie labern, murrte Gregor.

– Soho! Labern! machte Bruder Robert auf jene sarkastisch-melodiöse Weise, die wohl lange nicht in diesem Dorf gehört worden war – und entsprechend neugierig sah man ihn an.

– Sagen Sie, was Sie wollen! Und dann haun Sie ab! sagte Gregor.

– Ich möchte, daß Sie meine Schwester in Ruhe lassen!

– Ihre Schwester?

– Ingrid ... Die Pastorin.

– Sehn Sie mich da? fragte Gregor. Auch er war des Spottes mächtig.

– Sie sollen Sie erst gar nicht aufsuchen.

– Mache nichts.

– Merke ich doch ...

Bruder Robert, noch immer auf den Stufen zu diesem Vertriebenenpalast, nahm ein wenig das Stummeldeutsch an, um zu provozieren und zu warnen.

– Bin gar nicht da. (Es klang nicht sehr entgegenkommend.)

– So? Und was ist das? fragte Robert und stach dem Übernächtigten leicht den Zeigefinger in den Bademantel.

– Das ist meine alte Maschine, sagte Gregor, und es klang sehr schlagfertig in Bruder Roberts Ohren, so daß er nichts zu sagen wußte.

– Ich merke mich erst nach hundert Kilometern, dann aber sehr, sagte Gregor mit einer Stimme, die Bruder Robert ihm niemals zugetraut hätte. So ausgebufft ... (Sagte man mal!) So erwachsen.

– Und nun ziehn Sie Leine!

Es war nicht eigentlich eine Niederlage, aber auch nicht unbedingt ein Sieg. Immerhin wußte Gregor nun Bescheid.

Endlich raffte sich Ingrid auf und ging in die Höhle des Löwen. Es war keine Heldentat; eher Notwehr, sich Kraft und Möglichkeit zu bewahren, andere Menschen in ihrer Wohnung zu besuchen. Und nicht nur Alte und Sterbende, sondern Kräftige und sogar Feinde (für die sie etwas dabei haben mußte, wie heute ihr altes Falzmesser).

Es war ein warmer, heiterer Jahreszeitentag mit durchwanderndem Gewölk, in der Nähe eines Vollmonds, aufgerissen, schien es, bis ins Universum. Wundertag. Tag der Partnerstädte und allgemeiner Völkerverbundenheit. Man sprach ein Kind freundlich an; und warum nicht den Dieb eines Apfels? …

– Wir sind keine Zöllner oder Pharisäer, murmelte Ingrid und warf einen Blick auf die leuchtenden Fassaden in den Vorgärten an ihrem Weg. Die Vorgärten waren einer der wenigen Pluspunkte im heutigen Deutschland … Holla, das war schon viel zu wuchtig für diesen Tag, der zum Gehen in frischer Luft einlud.

Freilich, als sie das Sandersche Haus erreichte, dieses schmutzige Fassadengelb mit den wütend überstrichenen Rissen, so daß mäandernde Wülste sich widerlich über die Hauswand quälten, die viel zu klobige, wie aus einer größeren Ruine geraubte, aber mit selbstgewerkeltem Schnitzwerk angegriffene und mit viel zu viel Gelblack zum Schweigen gebrachte Haustür (die an die mildtätigen Nistkübel und ihre übergroßen Zahlen im Wald erinnerte), da sank ihr Mut und jede Lust an Mobilität, als wenn sie beim Schwarzfahren ertappt worden wäre und müsse nun die Strafgebühr bezahlen und obendrein mit einer Anzeige rechnen, die in allerletzter Konsequenz ihre berufliche Existenz als Beamtin gefährdete.

– Nun, nun, murmelte sie, aber nicht weit von dem Entschluß, vorbeizugehen und sich ein anderes Tagesziel zu suchen, als Gregor in seinem Gehäuse zu stellen, zumal Pierre weder Strafe noch Rache gefordert hatte …

Aber wie Pierre dagelegen hatte in seinem Krankenhausbett, das trieb sie doch dazu, die lose in den Angeln hängende Pforte mit dem Fuß aufzustoßen, näherzutreten und den höhnisch aus dem Putz ragenden goldenen, jedenfalls ehemals goldenen, Klingelknopf einzudrücken.

Der Klingelton schrillte durch das Haus, als wäre es wüst und leer oder als stünden wenigstens alle Türen offen und schließlich auch die Terrassen- oder Hoftür, so daß der Ton, nachdem er das unwirtliche Haus durchirrt hatte, noch hinausflüchten konnte auf den Rasen, wo zwischen hinausgeräumtem Mobiliar und über Wäscheleinen pendelnden Teppichen vielleicht auch Bewohner lagerten.

Tatsächlich verhallte der Ton, ohne daß sich im Haus etwas rührte. Keine schöngetrimmte Frau erschien; kein Volkmar Sander im Trainingsanzug, das Eis auf der Faust; nicht einmal Gregor in seinem männlichen Schweißfilm oder mit schwarzbemaltem Gesicht. Vielmehr antwortete eine abgründige Stille, die Ingrids Initiative auf die Probe stellte.

Sie konnte es bei diesem Alibi-Klingeln lassen und hinauswandern in den einmaligen Tag, zum Steinbruch in den Wald. Sie konnte sich hinstrecken und zum Gewölk sehen, später in der mitgenommenen Dissertation in Rohübersetzungen dichten und einen verehrten Meister suchen …

Stattdessen drückte sie den Klingelknopf zweimal anhaltend und energisch, so wie man einen Säumigen frech zur verabredeten Zeit herausklingelt: NUN KOMM! Bevor ich dreimal, viermal und immer weiter so läute. Damit der Kerl endlich aus dem Bett stürzt!

Und nun rührte sich etwas. Schritte stießen auf den Flur, recht dumpf, irgendwie nicht näherkommend, die Bohlentür wich zurück; und Gregor stand vor ihr, fahl und kahl, in jener Schädelfleischlichkeit, die ihr so leicht Übelkeit bereitete, weil sie sämtliche zivilisatorischen Vereinbarungen kündigte.

– Sie, sagte er nur, drehte sich und ging seines Weges zurück durch den Flur, die Tür hinter sich, für sie wohl, offenlassend.

– Sperrangelweit, murmelte sie.

Gregor schien sich von ihrem Besuch nicht gemeint zu fühlen, denn er verschwand in einem Zimmer und ließ sie mit dem geöffneten Haus allein, als wollte er sagen: Such, ob du jemanden findest, der mit dir spricht, wenn du es wagst, die Schwelle zu übertreten. Sie hatte noch in Erinnerung, wie wenig einladend sich damals Gregors Eltern zu ihr verhalten hatten. Da sie aber mit Gregor sprechen wollte (freilich: worüber?), nahm sie das Angebot an und rief pro forma:

– Hallo!

Ging hinein, langsam weiter auf der weichen Piste, mehr und mehr erstaunt, plötzlich von einer ganz anderen Welt umgeben zu sein als erwartet. Sie ging nicht auf Linol, Sisal oder Filzteppichboden, sondern auf einem jener dunkel aus den Ornamenten leuchtenden Teppiche, die von iranischen Kindern geknüpft wurden.

... Wenn sie nicht gar aus Kasachstan oder aus Afghanistan ...

– In jedem Falle zur Finanzierung eines Krieges! murmelte sie, gleichzeitig das Gehen auf dem leuchtenden Untergrund genießend ... Noch einmal, als sie umkehren mußte, da sie vergessen hatte, die Tür zu schließen und hinter ihr kein Gastgeber dieser Pflicht nachkam. Vom Teppich aus, das diskrete Leuchten unter sich, nahm sie ordentlich Abschied vom Tag und schob die Tür ins Schloß. Keine Zellentür, aber immerhin. Und genoß wieder, indem sie sich umdrehte, das überraschende Interieur, Bilder und Spiegel, Drucke und Scherenschnitte. Caspar David Friedrichs Mönch am Gestade des Meeres tauchte hinter einer Ecke auf, in einer offenen Tür, über einem schwarzen Ledersofa.

Leder, Messing, leuchtende Teppiche, romantische Szenerien: Das war ein Interieur, das zwar zur schönen Gegenwart paßte, wenn man darüber nachdachte und den heutigen Wohlstand, die Tchibo- und Eduscho-Kultur, kannte; und doch war es für sie in diesem Tageslicht eine Offenbarung, und sie fühlte sich instinktiv als Komplizin dieses Interieurs, zumal wenn sie sich die stiernackige Schädelfleischlichkeit vergegenwärtigte, mit der Gregor durch dies Ambiente gedrungen war.

– Frau Sander? rief Ingrid, bevor sie auch über diese Schwelle trat.

Doch keine Stimme antwortete.

Alter Rauch hing in der Luft. Auf dem Glastisch vor einer Sitzgruppe am Fenster standen Gläser, fünf Weingläser und ein Bierglas, zählte Ingrid automatisch, und ein überquellender Aschenbecher voll zusammengedrückter schmaler, höchstens zu zwei Dritteln gerauchter Kippen mit Lippenstiftspuren, als hätten hier nur Frauen geraucht und die Männer artig und attraktiv bereitgesessen ... Aber Menschen waren nicht auszumachen. Immerhin mußte Ingrid den Kopf recken und wenden, um das festzustellen, denn der Raum war riesig. Man hatte wohl die Innenwände des kümmerlichen Hauses weggebrochen (so daß es zu den Belastungen und Rissen der Außenwände kommen konnte), um solch ein Wohnzimmerreich zu ermöglichen, das nun durch die vergrößerten und zusätzlich in die Wände gebrochenen Fensteröffnungen ins schöne Steigerungslicht dieses Tages getunkt wurde. Sessel, Tische, Stühle, Lampen, Bilder, Sofas, Schränke – jedes schien die kostbare Kopie eines Kulturobjekts allererster Güte zu sein, das nur geschmackvolle Menschen für sich reklamieren. Ingrid war von der disziplinierten Anstrengung, solch ein Ensemble in ihrem Dorf zusammenzubringen, gerührt. Sie selbst mochte schlichte Einrichtungen und nicht so glänzend ferne; aber sie erkannte die Leistung an.

– Frau Sander? rief sie noch einmal, in jenem betont freundlichen Ton, der ein Gespräch unter Gefährtinnen eröffnen konnte. Aber auch jetzt erhielt sie keine Antwort. So war das Haus wohl leer, wie sie es gleich gespürt hatte. Bis auf Gregor. Nun, einerseits gut: so hatte sie freie Bahn; andererseits nicht gut: denn damit war sie mit diesem traurigen Restmenschen allein.

Unschlüssig wanderte sie auf dem Teppich hin und her. Das Betrachten des Teppichbildes, eine großflächige chinesische Pavillonszene in zart leuchtenden Blau- und Türkistönen, beruhigte und ermunterte sie, Gregor in seinem Reich aufzusuchen.

Sie hatte gesehen, hinter welcher Tür er nach dem Öffnen der Haustür verschwunden war; es war nicht schwer, ihn zu finden. Als sie ins Zimmer sah und Gregor entdeckte, wie er am Tisch hockte – eigentümlich gesammelt und rührend, als gäb es das alles gar nicht, sondern nur aufgrund einer fehlerhaften Übermittlung ihrer Netzhaut, als Wunschbild –, und tatsächlich hingebückt schien, um etwas zu schreiben: da hatte sie das unabweisbare Gefühl, diese Szene schon einmal erlebt zu haben.

– Du liest? fragte sie leise.

Gregor rührte sich nicht und schien sie nicht hören zu wollen (denn gerade jetzt war draußen ein absolutes Geräuschloch; vielleicht ein Unfall auf der Autobahn: und gleich würden die Geräusche der Retter einbrechen!). Er hockte dort in der Stille, gleichmütig und ausdauernd wie ein Panzertier.

– Was liest du? fragte Ingrid.

– Lagunenstadt mit sieben Buchstaben, sagte Gregor, ohne sich mehr als einen Zentimeter zu ihr umzuwenden.

– Immer noch ...? fragte Ingrid, fast ein wenig amüsiert, aber durch die unentschiedene Stille an jeder größeren Regung gehindert.

– Immer.

Wie er dies eine Wort sagte! Als müsse sie sich nun sofort unglücklich fühlen, sonst würde er dafür sorgen. Bruder Robert hätte jetzt sein Köfferchen fester gefaßt. Sie aber wollte es ja mit dem Loslassen versuchen und ein Engel auf Erden sein, höhnte eine Stimme in ihr, auf deren nähere Bekanntschaft sie keinen Wert legte, auch wenn sie sich wie eine Vertraute aufführte...

– Ich wünschte, ich könnte dir helfen, Gregor, sage Ingrid.

Da stand er auf und warf sich auf sein Bett, mit dem Kopf nach unten, so daß sie mit seinen Nackenwülsten konfrontiert war und vor lauter Nacken das Bett kaum wahrnahm! Gleich sank ihr Herz eine Etage tiefer, und sie wäre am liebsten sofort umgekehrt, wenigstens bis ins Wohnzimmer; aber da hatte ihre Stimme schon gesprochen.

– Gregor? Ich komm mal rein. Darf ich?

Und da sie darauf kein Antwort kriegte, stellte sie fest:

– Du bist zuhause.

Es war nur so eine Idee von ihr gewesen, ein Instinkt, daß er jetzt zuhause sein konnte, oder hatte sie davon gehört, daß er entlassen worden war?

– Ich muß mich mal ein bißchen setzen, wenn du gestattest.

Sein Zimmer war nicht besonders groß, nicht besonders hell, aber recht gut aufgeräumt. An einer Wand hing die preußische Kriegsflagge, im übrigen war es ein Jugendzimmer wie andere auch, mit Postern und Trödel, sie meinte, Phil Collins zu erkennen, aber auf den Postern fing sich das blendende Tageslicht von draußen und ließ ein Erkennen ohne Aufstehn, Näherkommen, Hinsehen nicht zu, selbst wenn sie die Vorbilder gekannt hätte.

Mit einem Seufzer, als müsse sie jedes Bißchen mit einem Signal begleiten, das seinen oder ihren Haß besänftigte, ließ sie sich in einen Sessel plumpsen. Nahm erst einmal zu dem Schweigen in diesem Zimmer (und zu dem leeren Haus) Stellung.

Da gab es nichts zu deuteln: ängstlich, schuldbewußt, hinterhältig war dies Schweigen nicht. Dies war nicht die Höhle eines reuevoll Schuldigen …

Sie hob die Hände gegen das hereinfallende Licht, weil sie plötzlich Lust hatte, sich an Schattenspielen zu versuchen, über Gregors Gestalt hinweg; aber das erreichte ihn auch nicht.

– Pierre geht es besser; aber es steht noch nicht fest, ob er je wieder gehen können wird wie ein normaler Mensch. Wie du und ich.

– Warum erzählen Sie mir das? kam schließlich, dumpf in die Matratze gesprochen, eine Antwort.

Sie sah bei diesen Tönen Andy vor sich, wie er, vielleicht ähnlich hingestreckt wie jetzt Gregor, in der Gosse lag und die Täter mit ihren Stiefeln auf ihm herumsprangen, um seinen Kopf zu knacken …

– Warum erzählen Sie mir das?! wiederholte Gregor, hochgestemmt und ärgerlich.

– Vielleicht weil du der Richtige bist.

– Der Richtige! wiederholte er verächtlich und ließ sich zurück aufs Bett fallen.

– Etwa nicht? fragte Ingrid. Aber ohne eine Antwort zu erhalten. Es überraschte sie nicht, daß sie mit ihm nicht länger sprechen konnte. Schon als sie sein Gesicht, das eigentlich kein Gesicht mehr sein wollte, in der Haustür gesehen hatte, war ihr das klar gewesen. Um aus dieser Masse wieder so etwas wie ein Gesicht werden zu lassen, war etwas Stärkeres nötig als ein Gespräch, ein kräftiger Seewind mindestens und am besten ein Sturm. Dieser Mensch da hatte sich noch weiter von ihr entfernt. »Ließ sich nun ganz gehen.« Aber unter fremder Flagge.

Sie hatten den Ort geteilt, Gregors Zimmer. Er hatte mit dem Gesicht nach unten auf dem Bett gelegen; sie hatte in einem der beiden Sessel gesessen; und sie hatten beide nichts weiter gesagt. Eine Pause gemacht. Nicht gerade geschwiegen wie Weise schweigen. Aber sie waren ruhig gewesen. Hatten das Atmen und die Bewegungen des andern gehört und nach den Geräuschen draußen gehorcht. Ein Kind wurde vorbeigeführt und auf einen Gartenzwerg und einen roten Ball aufmerksam gemacht. Man freute sich aufs Schützenfest. Ein Rasenmäher war so laut, daß die Stimmen übertönt wurden. Dann brach er ab; und nun waren die Stimmen zu laut, denen es um eine neue Daunenfüllung für ein Federbett ging, dann darum, daß Max das Polstern endgültig aufgegeben hatte, mit zweiundachtzig. Aber Hermann Voß hatte sein neues Hobby, das Stuhlflechten, erst mit 85 begonnen und war nun 93. Es war eine Abwechslung für ihn, die Hände zu bewegen. Max freilich war ein Leben lang Polsterer gewesen. Es gab zu viele Gänse auf der Welt. Allein in Polen viele Millionen. Wer aß heute noch so fett! Den Kindern konnte man nur einen einzigen Beruf guten Gewissens empfehlen: Angestellter bei der Bank! Alles andere gab es fast schon nicht mehr, es sei denn; man machte es umsonst! Jetzt könnten viele die CO OP-Geschäfte gut gebrauchen, aber jetzt war es zu spät. Die Geier waren gemästet. Der Fisch stank vom Kopf her, darauf lief es wieder mal hinaus. Sage mal einer, wozu so viele Aufsichtsräte nötig waren, wenn es doch hochkomplizierte Computer gab! Selbst die Zeitungen wurden nicht mehr gemacht, sondern nur noch abgerufen. Pauls Witwe hatte nach dem Brand nicht nur das Haus wiederaufbauen lassen, sondern gleich noch den Schuppen ausgebaut, ohne Baugenehmigung, und drei Wohnungen daraus gemacht, die sie jetzt an Jugoslawen vermietete. Bein steckte dahinter, hieß es, obwohl er öffentlich so getan hatte, als würde er es nur schweren Herzens gutheißen. Wer heute nicht beschiß, der wurde beschissen. Siehe Osten. Siehe Sozialhilfe. Siehe Banken. Nun war es die Säge, die alle Stimmen zu fernen Geräuschen machte. Und dann konnte man tatsächlich vor allem die Autobahn hören. Entweder der Wind hatte gedreht, oder es war Abend geworden. Die neue Daunenfüllung konnte Ingrid nicht vergessen; Gregor vielleicht auch nicht. Aber sie rührten sich nicht und ließen die Zeit verstreichen …

Bis ein merkwürdiges Geräusch näherkam, das die Geräuschkulissen aus Gesprächsfetzen, Autorauschen, Hundebellen, Rasenmähen und Kinderschreien durchschnitt. Ein schmatzendes, stampfendes, gemeinschaftliches Geräusch, das Gregor anzugehen schien, denn er stemmte sich hoch, überzeugte sich mit einem Seitenblick, daß Ingrid noch da war, und ließ sich wieder aufs Bett sacken. Es war nur ein Blick gewesen, und doch meinte Ingrid, für diesen Augenblick so etwas wie einen Gesichtsausdruck bei Gregor entdeckt zu haben; nur welchen? Wer konnte in solch einem Gesicht lesen? War es nicht überhaupt so, daß diese Skins (im Gegensatz zu den langhaarigen Hippies, die alles der Natur überlassen wollten) sich so nackt und babyfeist machten, um versorgt, aufgepäppelt, erzogen und für die Gemeinschaft zubereitet zu werden?

Da verhielt das Geräusch, und ein knappes, zusammengenommenes Klingeln folgte. Eine Art Meldung, der ein Jawoll als Antwort gebührte. Denn Gregor sprang auf die Füße und eilte, gleichsam ein neuer Mensch, hinaus, um zu öffnen … zu Ingrids Verblüffung, denn sie hatte Gregor für Gregor gehalten, trotz aller Anwandlung von Rest- und Tiermensch.

Noch bevor sie sich rappeln konnte, waren die Stiefeltritte, zwar sehr gemildert von dem teuren Teppich, nähergekommen, und ein halbes Dutzend abenteuerlich verstümmelter Jugendliche drängten zur Tür herein und blieben glotzend vor ihr stehen. Es erinnerte sie an einen Spaziergang vor einiger Zeit. Sie war an einer Wiese mit trächtigen Jungkühen vorbeigekommen. Die ungefügen Körper waren auf sie zugeschwankt und dann mit aufgerissenem Blick vor ihr stehengeblieben. Kreaturen, die herandrängten, weil ein Impuls sie hergelockt hatte, vielleicht ihr gelber Pullover. Es war ihr eingefallen, etwas zu pfeifen, einen alten Schlager von Adam Faith: »Poor me«, den sie als Ferienkind in einem deutsch-englischen Jugendlager gehört hatte. Dort, auf der Isle of Wight, gab es viele Kühe; keine Wanderung, ohne Kuhweiden überqueren zu müssen, immer neugierig bedrängt von allerdings eher braunen Tieren ... Und so war sie wohl auf den Schlager gekommen, pfiff ihn, fünf Minuten lang immer wieder und beobachtete das Spiel der Kuhohren, Augen und Zungen, wie sie die großen Köpfe hoben und zu ihr witterten, ohne doch ganz heranzukommen. Daran wiederum erinnerten sie die stieren Blicke der jugendlichen Besucher, die fast einen Halbkreis um sie bildeten, deren Blödigkeit sich noch steigerte, als sie nun aus einem unüberwindlichen Impuls heraus wieder jenen Schlager, das »Poor me« der sechziger Jahre, so leicht und verspielt, daß dieser deutsche Kompaktnachwuchs es zwischen Daumen und Zeigefinger zerdrücken konnte, zu pfeifen begann, erst nur wie einen lauten Atem, aber immer deutlicher und selbstverständlicher als ein richtiges Pfeifen ...

Da hatten sie ihre Pastorin, wußten aber nichts mit ihr anzufangen und wurden darum sehr ärgerlich.

– Sie wolln uns wohl aufn Arm nehmn, sagte einer, noch fast vornehm. (Übrigens waren es alles junge Männer. Neujünglinge.) Da sie auch jetzt sich ihr Pfeifen nicht nehmen ließ und keinesfalls den Blick senkte vor dem deutschen Anstarren, ja weiter die Swinging Sixties als Gegenmittel anstrengte, kam in den Pulk eine aufbäumende Bewegung, gleichsam ein Gruppenrülpser. Und nun mußte sie flink vom Sessel aufspringen, fintieren und aus dem Zimmer laufen, sonst war es um sie geschehen. Was auch gelang, weil eine schlanke Vierzigjährige den schwerfälligen Hamburger-Kids erst einmal eine Nase voraus ist. Aber dann im Flur stockte sie, weil Gregor dort lehnte. Der also nicht im Pulk gewesen war und nun hier am Rande des Pogroms überraschend einzeln auftauchte und sie mit einem Blick maß, den sie nicht deuten konnte, der sie aber zögern ließ ... So verhängnisvoll lange zögern ließ, daß die erste Faust des Pulks sie erreichen und aufs Ohr treffen konnte. Sie lag schon am Boden, auf diesem leuchtenden, wunderbar weichen Teppich der schönen Frau Sander, und spürte das Stampfen und Treten der Stiefel, nun ganz mit Pierre und Andy und allen Stiefel-Opfern dieser Welt vereint, da geschah erst einmal nichts, trat eine Pause ein, die sie an eine andere Pause erinnerte, und als sie aufsah, die Augen aufschlug zu dieser Pause, da sah sie, daß Gregor die herandrängenden Kumpane zurückhielt, übrigens stumm und mit fürsorglichen, besänftigenden Gebärden (die wohl seinen Kameraden galten und nicht ihr). So verdutzt war sie, daß sie auf dem Teppich liegenblieb und dies stumme Wegdrängen des Unheils beobachtete, bis sich Gregor umsah zu ihr und mit einem knappen Kopfzucken und wiederum einem Gesichtsausdruck, den sie nicht deuten konnte (nur dies lernte: er hatte also Gesichtsausdrücke!), sie anwies zu verschwinden.

Da rappelte sie sich, so schnell es ging, aber nicht wenig taumelnd, sie hörte auch auf dem Ohr, das geschlagen worden war, erst einmal nichts, und machte sich Richtung Tür davon. Erreichte sie auch und gelangte nach draußen. Aber sei es, daß Gregor dem Andrang des Pulks nicht länger standhalten konnte; sei es, daß er es nicht länger wollte; sei es, daß sie durch den furchtbaren Schlag aufs Ohr entsetzlich lahm und langsam geworden war – die Jugendbrocken tauchten hinter ihr auf und hätten sie vor oder hinter der losen Gartenpforte wohl erreicht und unter sich begraben, wenn nicht in diesem Moment Willi Landers auf seinem teuer blitzenden Rad als Held am Horizont aufgetaucht, herangeschnellt und herabgesprungen wäre (wobei das teure Rad beiseite flog).

Nicht einmal Gewalt brauchte er anzuwenden, um die hübsche Pastorin zu retten. Man achtete den beliebten alten Sportlehrer wohl, erinnerte sich des Tageslichts oder fürchtete einfach die Mühe mit zwei Opfern statt einem. Wie auch immer. Schon bald ging Ingrid neben dem netten Landers, der sein Rad galant auf der freien Seite führte und sie über Gruppendynamik und Strenge aufklärte.

– Die Jugendlichen fordern das Arbeitslager geradezu heraus, sagte er: Sonst müssen sie sich ja weiter pausenlos vergnügen; und wer von ihnen hat dazu schon das nötige Kleingeld …

– Und die Kultur, ergänzte Ingrid und bat ihn, die Seite zu wechseln, weil sie auf dem andern Ohr besser höre.

Erschrockener, mißtrauischer Blick, aber folgsames Tun. Der Retter war auch dazu bereit … Und erzählte nun Gregors traurige Geschichte, gerade die Teile, die vor dem Prozeß nicht in der Zeitung stehen würden, die aber Landers in seiner Funktion als Schöffe, und als informierter Dorfgenosse wußte: daß Gregors Mutter, die schöne Frau Sander, die Frau, die einmal mit ihm auf dem Schützenfest so unverschämt eng tanzen wollte und auch getanzt hatte, die Geliebte eines Dealers war (er wollte lieber keinen Namen nennen, aber es handelte sich um einen Bewohner des Dorfs). Gegen den verruchten Reichtum, der dadurch ins Sandersche Haus schwappte, war nicht leicht anzukommen …

– Beileibe nicht, murmelte Ingrid.

– Ein Wunder, daß er nur Andy plattgemacht hat, was, scherzte Landers und wollte sie zu einem Likör, Marke Kloster-Bräu, einladen. Aber Ingrid war zu sehr damit beschäftigt, ihr geschlagenes Ohr zu testen, ob es wieder hörte und wie weit und gut, ob es auch richtig horchen und ferne Melodien wieder würde hören können oder nicht … So daß sie sich diesen Schlag nicht einfach gefallen lassen durfte.

– Sie kennen ihn, es gibt ja nur einen Maserati im Dorf, sagte Landers vertraulich.

– Wen? schreckte Ingrid auf.

– Na, den Dealer … Es ist doch eigentlich alles klar und immer die gleiche alte Geschichte.

Ingrid versuchte durch Kopfschütteln, das Flackern aus dem geschlagenen Ohr zu entfernen, und konnte deshalb auf die Weltkriminaltheorien von Willi Landers nicht eingehen. Es reichte ja auch, daß er sie gerettet hatte, um ihm von nun an wohlgesonnen zu sein. Und so bat sie ihn um ein wenig Einsamkeit und sah darauf den Eingeschnappten durch ein eindrucksvolles Abendrot blitzend davonradeln.

War es das rechte Ohr oder doch das linke? Ingrid versuchte, sich nachträglich in der Sanderschen Wohnung zu orientieren, wie sie gelaufen und wo sie getroffen worden war. Denn inzwischen, fast einen ganzen Tag später, empfand sie beide Ohren als gleich taub, was natürlich ein Wahnsinn war (immerhin, das innere Ohr war intakt, sie konnte das österreichische Idiom hören!). Wo waren die Stunden nach ihrer Trennung von Willi Landers geblieben, wo die Nacht und der halbe Tag? Hatte sie irgendwelche Pflichten versäumt?

– Wohl nicht, murmelte sie – und dann flackerte das irre Geschrei in ihr auf: Pack sie weg, die dumme Kröte, sonst schlag ich sie tot! Ich kann dieses dumme Gequake, dies eitle Stolzieren der Beschränkung nicht mehr ertragen! …

Woher das kam? Diese Stimme, die gegen Schwiegermütter und Zwangsfreunde wettert, kannte sie; aber woher? (Auch die hörte das innere Ohr!) Aber wie erschrak sie, als ihr einfiel, sie könnte Oma K. meinen, die ihr eben auf dem Flur begegnet war und ihr gleichgültiges Schweigen mit einem tadelnden Blick und mit ihrer Stimme beantwortet hatte! (Sie konnte sich aber nicht darauf konzentrieren, was sie sagte … Eben das, wozu die Aufregung nur schreien kann. Oder sie war wirklich taub!)

Ingrid ging hinaus, wie sie war (kam es ihr vor), winkte Klaus, der im Begriff war, auf ihre Straßenseite zu wechseln, begütigend aus der Ferne. Passierte die Jugendlichen auf den Steinen, ohne auch nur einen Millimeter von ihrem Weg abzuweichen. Ein kurzer Schrecken stieß in ihr hoch, sie könnte unfähig sein, auch nur einen von ihnen (außer allenfalls Gregor, der aber nicht bei ihnen saß) zu identifizieren. Nehmen wir einmal an, ein strenger und gerechter Richter fragte …

Natürlich war es beschämend, dies erleichterte Ausatmen zu spüren, als sie den Kuchen und den Kaffee in den Händen hielt, bezahlt und den Genuß am Nachmittag gesichert hatte. Eine beglückende kleine Woge Normalität erreichte sie und gab ihr die Kraft, sich umzublicken und auf Grüße zu antworten. Wenn sie wollte, das spürte sie, konnte sie auch alles hören, was in ziviler Lautstärke zu ihr drang. Und während sie den Weg zurück einschlug, vorbei an den Jugendlichen, die sie stumm passieren ließen, vorbei auch an Klaus, der, verdutzt über ihre Kühle, mit einem Alterskollegen einen Schwatz hielt (was er nicht unbedingt liebte), vorbei am ganzen Dorf, beschloß sie, den Vorfall im Hause Sander auf sich beruhen zu lassen. Zu verzeihen (zumal sie den Schläger sowieso nicht kannte). Und erst einmal froh zu sein über den Funken Menschlichkeit, den sie bei Gregor entdeckt zu haben meinte. Daß da doch nicht nur Asche war, niedergebrannte Zivilisation. Unser Atem, formulierte sie fort für eine Predigt, muß der Blasebalg für die Funken der Liebe … (Nein, nein. Der Schwulst verriet den Holzweg. Sie strich das wieder.)

Sie hatte sich gerade den Kaffee gekocht und die Kraft gehabt, Oma K.s Blick unbeantwortet zu lassen, da klingelte es, und sie mußte Kaffee und Kuchen mit dem Bürgermeister und Polizisten Bein teilen. (Das Teilen schmerzte sie nicht; aber das Teilen jetzt, bevor sie sich wieder ganz gesammelt hatte: das ging ihr gegen den Strich! Und dann noch dieser Parka-Mann …)

Willi Landers hatte ihn angerufen und ihn über seine Heldentat nicht im Unklaren gelassen. Die Burschen (er sagte tatsächlich: die Burschen!) waren wieder einmal zu weit gegangen, wenn das stimmte, was Willi Landers, der allerdings als Übertreiber bekannt war, gesagt hatte. Er war gekommen, um mit ihr einmal alles durchzugehen, um vor den Kollegen nicht als Dummkopf dazustehen. Geschickt. Sehr geschickt dies Selbstopfer …

– Vor welchen Kollegen? fragte Ingrid spitz, beschwichtigte den verstörten Blick des Polizisten aber sofort: Ich weiß schon, ich weiß schon …

– Sie haben die Fäden an sich gezogen, sagte Bein und schlürfte ihren Kaffee.

– Ich habe … Was? fragte Ingrid, nun aber doch wach, denn dahinter mußte sie fast einen Vorwurf wittern.

– Gregor war doch eine Zeitlang bei Ihnen. Wenn er jemand vertraut …

– Aha, sagte Ingrid.

– Dann kam es zu dieser Brandstiftung bei Oma K.

– War das denn Brandstiftung? Oma K. meint …

– Machen wir uns doch nichts vor, sagte Bein schwer.

– Schon wieder das Doch.

– Welches Doch?

– Sie sagen immer: es sei doch etwas geschehen und insinuieren damit etwas, was erst noch erwiesen werden müßte.

– Insinuieren?

– Essen Sie erst mal von dem Kuchen! Und sagen Sie mir dann, was Sie überhaupt von mir wollen.

– Sie hatten mich doch angerufen …

– Wollen Sie mir jetzt anbieten, Gregor zu übernehmen? fragte Ingrid, nicht ohne Sarkasmus.

– Ich will damit sagen, daß wir nur zusammen mit diesem Fall fertig werden können.

– Aha.

– Hat denn Ihr Freund … Ihr Bekannter inzwischen Anzeige erstattet?

– Ich weiß es nicht …

– Es geht ja doch auch um die Krankenhauskosten.

– Bezahlt die nicht seine Krankenkasse? … Ich hoffe, er ist in einer, murmelte sie.

– Worum es mir geht, sagte Bein und schob sich endlich einen Bissen Kuchen in den Schlund: … Genau zu wissen, was man Gregor anlasten kann.

– Aber nicht unbedingt anlasten wird, wenn ich richtig verstehe.

– Das verstehen Sie falsch, sagte Bein ärgerlich. Er kaute und schluckte und sah dabei an ihr vorbei in die Ferne. Übrigens trug er heute keinen Parka. Stand ja auch nicht am Würstchenstand. Sah übrigens ganz passabel aus. Erinnerte sie irgendwie an einen Fernsehpolizisten, vom Gesichtsoutfit her … aus Hawaii.

– Ja, murmelte sie glücklich (weil sie ihr Gedächtnis nicht im Stich ließ): Tony Selleck!

– Tom Selleck, verbesserte Bein: Was ist mit Tom Selleck?

– Sie sehen ihm ähnlich.

– So? (Verdutzt und geschmeichelt.)

– Wissen Sie was, lieber Herr Bürgermeister? ... Ich kann Ihnen wirklich nichts sagen. Es ist eigentlich gar nichts passiert ... Gestern, meine ich. Ich wollte Gregor sprechen ...

– Warum?

Ja, warum? Das war eine gute Frage. Ingrid erschrak und stand auf, um Zeit zu gewinnen. Warum? Sie konnte schlecht sagen, daß es sie zu ihm hingetrieben hatte. Daß sie das Bild Pierres im Krankenhaus nicht mehr ertragen konnte, ohne das andere zu sehen, das von Gregor in seiner Höhle. Das hatte sie nun gesehen.

– Das hab ich nun gesehen, murmelte sie, während sie eine Wanderung durch das Wohnzimmer aufnahm.

– Das Ganze ist unerfreulich bis schrecklich, sagte sie, sah aber dabei nicht nach Bein. (Sonst hätte sie nicht so reden können.)

– Ich verstehe nicht, was Sie sagen wollen, sagte Bein.

Sie hörte, wie er beim Sprechen den Kuchen im Mund wälzte und nun mit ihrem Kaffee nachspülte. Mit ihrem Klärungs- und Aufheiterungskaffee ... Und war der Kaffee in seiner Geschichte nicht auch immer der Aufklärung verbunden gewesen, Ablöser des ständigen Alkoholgenusses, des dumpfen Einerleis?

– Ich will gar nichts, sagte sie: Vielmehr: Ich wollte einmal, daß man mir hülfe ... (Sie lauschte dem Ü nach, das offenbar auch Bein etwas irritierte.) Nun will ich gar nichts mehr. (Sie war stolz auf ihre Loyalität mit Pierre, gegen so heftige Impulse, wie sie sie vorher empfunden hatte!)

Sie lag lieber in einer südlichen Stadt mittags auf dem Bett. Die Läden waren geschlossen, um die Sonne draußen zu halten. Sie hatte noch das Oberlaken übers Gesicht gezogen und döste vor sich hin, das Dösen ihrer Mutter (die zum Schluß nur noch gedöst hatte, da hatte Bruder Robert wohl recht). Es gab Stimmen und

Geräusche, eine stehende Helle und Hitze, nicht weit von ihr. Aber sie war davon nicht wirklich zu erreichen, sondern abgeschlossen unter dem Laken, das normalerweise um die Decke geschlagen war.

Wie gern überließ sie sich dieser Situation, während sie im Wohnzimmer ging und Beins Verständnisfragen nicht unterstützte. Er mußte daraufhin irgendwann das Zimmer verlassen haben, denn sie sah ihn aus dem Fenster auf dem Bürgersteig gehen, den sein Vorgänger für das Dorf erstritten hatte.

– Er wird mir etwas zugute halten müssen, murmelte Ingrid und kicherte. Bis ihr der Gedanke kam, daß Pierre vielleicht nie mehr so selbstverständlich würde gehen und weggehen können. Da seufzte sie und wandte sich, mit einer Bewegung die orangefarbene Dissertation vom Beitischchen aufnehmend, verspätet ihrem Kaffeetrinken zu, um sich doch noch ein wenig zu sammeln. (Das war ihr Doch.)

In einem Nachbarort war ein sogenanntes Alten-Lehrpflegeheim eröffnet worden. Damit stand es so: Eine freie Schulträgerschaft, die in den neuen Bundesländern schon einige Schulen zur Ausbildung von Pflegepersonal eingerichtet hatte und den Betrieb von den Arbeitsämtern finanziert bekam, wollte ihr Angebot um eine praktische Lehrschule, wie sie es in der Vorlage nannte, erweitern. Hier sollten über den neuen Ausbildungsgang ausgebildete Pfleger und Pflegehelfer die Möglichkeit erhalten, unter professioneller Anleitung mit pflegebedürftigen Alten umzugehen.

Das hatte in der Zeitung gestanden, mit Bildern von der Heimleiterin und ihrem Team und von den Patienten, die sich sehr lobend über das neue Modell äußerten und dankbar zu ihren Betreuern nach oben lächelten oder mißtrauisch aus dem Bild herausschauten, als wollten sie sagen: So gut wie unsere Pfleger seid ihr Leute von der Presse nicht!

Einer von den Artikeln, zu denen Ingrid murmelte.

Aber Oma K., als die Reihe zu lesen an sie kam, war schon bald Feuer und Flamme (sie wagte sich schon wieder an gefährliche Formulierungen), denn in einem der Absätze hieß es, daß man in dem Pflegeheim auch einige andere Alte aufnehmen wollte (in Anlehnung an das erfolgreiche Integrationsmodell behinderter und nichtbehinderter Kinder), um so die Entfaltungsmöglichkeit der Insassen so vielfältig wie möglich zu halten. Option Gesundheit, hieß das Schlagwort, unter dem man dort pflegen und die Pflege lehren wollte.

Ein scheußliches Wort für Ingrid.

Für Oma K. aber, die begeisterte und erfahrene Erzählerin, etwas Verheißungsvolles, Entzündendes. Denn sofort entstand bei ihr der Wunsch, in dieses Heim überzusiedeln (in einer Zeit, da so viele übersiedeln, scherzte sie!) und dort ihren Lebensabend zu verbringen. Sie brauchte nur ein paar Zeilen von dem Artikel zu lesen, um sofort zu spüren, wie ihre Phantasie wieder Flügel bekam! Das Heim war in der Nähe einer Bekannten, die sie dort besuchen und mit neuen Geschichten aus dem richtigen

Leben versorgen konnte (oder, falls die nicht so ergiebig sein würden, eben wieder mit den alten). Und die Tatsache, daß es auch ein Pflegeheim war, gab ihr die Sicherheit, daß sie dort wirklich bis zu ihrem Lebensende bleiben konnte. Schließlich war ein Lehrpflegeheim so etwas wie ein Musterbetrieb, wo alles mit rechten Dingen zugehen mußte. Eine Welt aus sauberen Betten, freundlichen Gesichtern und lauschigen Erzählecken voller gemütlich beieinander hockender Alter stellte sich in Oma K.s Vorstellung ein, mit solcher Vehemenz und Unerschütterlichkeit, daß Ingrid (die gerade gelesen hatte, daß die Gartenzwerge eine neue Renaissance erlebten) schon bald ihre Kritik und ihre Formulierungen wie: Real-Karikatur und: saubere Wertschöpfung, die Oma K. sowieso nicht verstand, unterdrückte und nur empfahl, sich vorher das Heim anzusehen und die Insassen vertraulich nach ihren Erfahrungen zu fragen. Und selbst dazu erklärte sich Oma K. erst nach vielem Zureden und auf das Argument hin bereit, daß man auch sehen müsse, welche Sachen dort noch Platz haben würden in den Zimmern.

– Man sucht doch rüstige Dumme, die die Arbeit tun, murmelte Ingrid, während Oma K.s Gesicht sich belebte wie lange nicht mehr.

– Es ist manchmal gut, einen Schritt zur Seite zu treten, sagte Oma K.: Und mehr als einen Schritt trete ich ja nicht zur Seite. Ich werde Sie und die Kirche, alle Freunde und Bekannten im Dorf und das Dorf selbst besuchen, wenn ich zum Grab meines Mannes gehe. Und – sehen Sie! Man braucht kein eigenes Geld! So kann ich mir mit dem Verkauf des Hauses Zeit lassen, bis es etwas bringt. Und Andy hat eine Bleibe …

– So liegt zwischen Heim und Grab meines Mannes alles an meinem Wege, das mein Leben ausgemacht hat. Mehr kann man nicht erwarten! sagte Oma K.

Ingrid war gerührt und auch ein wenig erleichtert, vielleicht bald wieder allein in ihrer Wohnung leben zu können. So freundlich und kurzweilig Oma K. sein konnte, sie war doch mit ihren

Erzählungen ein Fremdkörper in der Geschichte der Pastorin. Kein Gespräch konnte über das Erzählen und Aufzählen der Ereignisse hinausgehen. Warum etwas geschehen war, ob es einen Sinn darin zu entdecken gab, was man erwarten konnte und mit welchen tröstenden oder ablenkenden Gedanken: Derlei Anspruchsvolles kam nicht von Oma K., nur das bunte, dramatische Treiben ihrer kleinen Welt, die Aufzählungen ihres Kopfes. Zwar nickte sie bedeutungsvoll, wenn Ingrid auf solche »Lebenskerne« zu sprechen kam (Lebenskerne war in dieser Zeit zu einem ihrer Lieblingswörter geworden und meinte: die Kraft, aus der eine überhaupt lebt ...). Aber mehr wie man nickt, wenn man Hühnern beim Picken zusieht. Dazu war Oma K. etwas bequem und schusselig. Sie setzte selten ihre Brille auf, wollte aber durchaus bei den schlichten häuslichen Tätigkeiten wie Wischen, Putzen, Staubsaugen, Kartoffelschälen, Geschirr abwaschen (obwohl es bei Ingrid eine Maschine gab, behauptete Oma K., mit der Hand gehe es schneller ...) und wegstellen: sich nützlich machen. Leider fiel dabei manches hin, ein Becher, erst der Deckel, dann die Teekanne selbst, eine Vase – und immer gerade solche Dinge, die Ingrid am Herzen lagen, weil sie eine Geschichte hatten, besonders schön waren oder an etwas erinnerten. Geschenke, Schnäppchen, Erbstücke. Kurz, es waren gerade die Lebensbegleiter, ihre Lebensbegleiter, die Oma K.s Wesen und Ungeschicklichkeit in ärgerlicher Folge zum Opfer fielen. Nein, die gute Erzählerin war keine Hüterin der Dinge. Gregor und später Pierre hatten sich nicht im entferntesten als so wirksame Gegner der verdinglichten Liebe erwiesen wie das großmütig aufgenommene Opfer des Brandes ... Und deshalb war Ingrid doch auch erleichtert, als sich das Ende dieser Epoche anbahnte.

Da Klaus nicht zu den Männern gehörte, die ihre Lebensbeichte loswerden wollen, konnte er gut zuhören. Aber auch er hatte manches zu sagen. Zum Beispiel sehnte er sich danach, Ingrid vom Deichbau zu erzählen (seitdem sich sein ältester Sohn dafür interessiert hatte, wußte er darüber allerlei). Oder von den Eulen, die in der verlassenen Ziegelei eines Freundes nisteten, der nur wegen dieser Eulen die Ziegelei seit Jahren ließ, wie er sie geerbt hatte, trotz verführerischer Kaufangebote. Und vor allem erzählte er von den Ferien, die ein Mensch erleben kann, und beschrieb begeistert sein portugiesisches Ferienhaus. Türen in vergessene innere Gemächer gingen auf, und es waren keine Patienten zu sehen, nicht einmal kläffende Hunde. Sie bogen um eine Ecke und trafen auf eine Rasenplattform, die nichts weiter war als eben eine Rasenplattform, eine merkwürdige Erhebung des Bodens, auf der man gern in einer Brise stand. Der Blick ging weiter und hinüber zum sich schlängelnden Bach und zum grün gesäumten Band der Autobahn. Dort blitzten die Schnellen in der Sonne auf; und wenn sie genau hinhorchten, vernahmen sie auch das nörgelnde Sausen, das verkündete, wie schön es ist, ungeduldig zu sein und schließlich doch leicht mit dieser Landschaft zurande zu kommen und sie hinter sich zu lassen.

Ingrid erzählte von der Auflösung der Wohnung ihres Vaters nach dessen Tod. Überall in den Schränken fand sie Süßigkeiten, Tafeln Schokolade, Pralinen, Bonbons, Weingummi. Fast jeder Ort, an den sie gelangte, um ihn freizuräumen, war auf diese Weise versorgt. Und es kam ihr so vor, ihr Vater habe diese Situation, wie sie seine Wohnung auflösen müßte und damit auch ihre Last haben würde, vorausgesehen und wie früher, in ihrer Kindheit, Lockmittel und Belohnungen für sie ausgelegt. Das hatte sie sehr gerührt. Doch während des Gesprächs mit Klaus, als wehte sie gerade eine andere Deutungsmöglichkeit an, erprobte sie diese Version: Der vereinsamte Vater hätte für sich, für seine letzten Lebensstrecken in der Wohnung, Depots angelegt, damit er, wenn er später an diesen Orten zu tun haben würde und endlich angelangt war (denn nach einem Schlaganfall fielen ihm die Bewegungen schwer), dort eine Lieblingsration finden konnte, die ihm ein Stück weiterhalf.

Und nun lag der Vater irgendwo auf einem Friedhof, vielmehr stand er in einer Urne dort, denn Ingrid hatte es über sich gebracht, seinen Wunsch nach Feuerbestattung (ein befremdlicher Wunsch für einen lutherischen Pastor) zu erfüllen. Immer hatte er schöne Körper geliebt, Ballette, die sauber gebadeten Kinder, die zum Küssen verführen. Er hatte sich stets den ganzen Körper rasiert in seinem Wunsch nach Makellosigkeit; und nichts war ihm so furchtbar gewesen wie die Vorstellung: zu vermodern.

– Ich selbst bin nicht mehr jung … Diesen Satz hatte sich Klaus, der sich auch scherzhaft: der alte Doktor nannte, angewöhnt, wenn er mit Ingrid sprach, wobei das »selbst« merkwürdig klang und Ingrid amüsierte.

– Seien Sie froh, daß Sies selbst sind! sagte sie.

– Ich selbst, wiederholte Klaus mit einem rührenden Ernst (oder war das die raffinierteste Form der Selbstironie?): bin nicht mehr jung, aber ich kann die Jungen ganz gut verstehen … Oder doch: erkennen. Wie aus einer Ferne. Etwa Telefon-Distanz. Merkwürdiges Doppelwort, das mir neulich nach dem Gespräch mit Ihnen kam, als ich Ihnen von meinem Ferienhaus in Portugal erzählte und Sie mich fragten: Also gehen Sie auf Distanz? … Und ich ein Bedauern herauszuhören meinte …

– Ja, denn mir würden die Gespräche mit Ihnen während eines langen Sommers fehlen, sagte Ingrid aufrichtig.

– Ist es die Einsamkeit einer Zwischengeneration, die zu lange auf die Eltern fixiert war, um noch rechtzeitig vor der andrängenden nächsten Generation zur eigenen zu kommen, und die sich nun versprengt und links liegengelassen fühlt? Und wohl noch immer deshalb, weil die Väter und Mütter (vor mir erscheint das Bild Ihres Ballett-Vaters, wie er sich den ganzen Körper rasiert) so abwesend waren, als moralische Personen, als gesundheitlich intakte … Um das Fehlende bemüht man sich besonders hartnäckig. Denn fast nie ist einzusehen, warum einem ausgerechnet die Eltern fehlen sollen … Ist es das?

– Nun ja, sagte Ingrid; denn sie witterte einen Hintergedanken.

– Jedenfalls kam mir in diesem Zusammenhang die Telefon-Distanz, die verruchte Telefon-Distanz, ganz wie Sie wollen, in den Sinn.

– Aber wie will ich … Ich versteh nicht ganz …

– Die Sympathie wird nicht abgeschnitten, wenn Sie mich im Stich lassen … Wir könnten für eine riesige Telefonrechnung sorgen, auf meine Kosten, versteht sich, und unsere Gespräche fortsetzen.

– Ja.

Das war nun so ein Ja, das für einen jüngeren Mann gemacht schien. Und es war überhaupt kein Pastoren-Ja. (Wenn es das gab. Gegen ein Doktor-Ja würde er sich wohl wehren ...)

– Also: Nein! Aber warum besuchen Sie mich nicht wenigstens in meinem portugiesischen Ferienhaus? Dann brauchen wir nicht zu telefonieren ... Sie sind doch unabhängig und haben auch Ferien, oder?

Und als Ingrid darauf nichts sagte:

– Oder haben Sie schon etwas vor?

– Nur vage, mit meiner Freundin Moni war einmal etwas geplant ... Das ist es nicht ...

Also lud Klaus sie noch einmal in sein Ferienhaus ein und brachte ihr am nächsten Morgen Rosen, damit sie sich auf die Ferien freute.

Solange Klaus dies: Ich selbst bin nicht mehr jung ... zu Ingrid sagen konnte, ohne sich um die ironischen Untertöne (die heimliche Mächtigkeit) zu kümmern, war er glücklich. Doch seitdem Ingrid ihn ansah, seitdem sich Herz, Säfte und Verstand des alten Doktors noch einmal aufgemacht hatten zu jener Kristallisation, überlegte er sich recht genau, mit welchen Sätzen er Ingrid beikommen und sie fesseln konnte.

Die moralischen Ansprüche ihrer Generation waren ihm freilich suspekt (er zählte sich zur Skeptischen Generation). Ihre Generation erwartete regelmäßig vom anderen, von anderen das Entscheidende. Wenn der nicht einsah, eingriff, einübte, war es schlecht um das Ganze bestellt. Aber es war unklug und weltfremd, das Gelingen des Künftigen so sehr von anderen (und von der überschätzten eigenen Appellationsmacht) abhängig zu machen. Obwohl dieser Anspruch die Kehrseite eines großen Vertrauens war. Die Deutschen, die neuen Deutschen jedenfalls, wollten immer einschwören, erwarteten von ihresgleichen, auf etwas (und letztlich auf sie, die Wissenden!) eingeschworen zu werden und fanden doch gerade diesen Prozeß des Einformens und Uniformierens häßlich und geradezu verabscheuungswürdig. Das Dilemma lösten sie, indem sie zwar forderten; aufgrund der Vehemenz und Penetranz und Arroganz (und was es der fremdelnden Gebärden mehr gab) ihrer Forderungen aber die Adressaten in Versuchung führten, ihnen eine Einlösung der Forderungen (das Häßliche) zu ersparen. Sie signalisierten: Ihr müßt! – und zugleich: Einklang mit euch wäre das letzte! So daß man es mit konjunktivischen, unglücklichen Forderungen zu tun hatte, von denen als Botschaft bei schlichten Naturen vor allem der Unglückston ankam. Der war inzwischen fast schon zu einem Generationston geworden (so sehr er mit frühkindlichen Katastrophenerfahrungen, Bombennächten, Fluchten und Entwurzelungen der Familien zu tun haben mochte) ... und tönte auch aus Ingrid, sobald sie in Erregung den Mund aufmachte, trotz aller Tapferkeit und Tüchtigkeit, trotz Klugheit und Schönheit und aller anderen deutschen Heits und Keits, die man ihr zubilligen mußte …

Wie gern hätte Klaus sie vor dieser unglücklichen, ungerechten geschichtlichen Rolle, die sie sich anpaßte, ohne wohl recht zu merken, was sie sich damit antat (Zwischengeneration zu werden, über kurz oder lang abgetan, vergessen, verpufft … Eben: Opfer!), wie gern hätte er sie in eine neue Gesundheit gerettet!

Ich selbst bin nicht mehr jung … Das heißt: Klaus glaubte für sich nichts mehr, jedenfalls nicht mehr viel. Und doch empfahl es sich zu glauben. Zum Beispiel, wenn man in der Demokratie lebte und die Fortsetzung dieses Lebens wünschte, an die Bürgertugend. Er kannte diesen Begriff von Montesquieu und hatte unter seiner Schreibtischlampe neulich einige Sätze dazu in sein Notizbuch geschrieben, die er nun säuberlich abschrieb, um sie Ingrid als Futter für ihre Gespräche zu geben – als Futter und Mittel zur Gesundung.

»Die Freiheit besteht in erster Linie darin, nicht gezwungen werden zu können, etwas zu tun, was das Gesetz nicht befiehlt; in dieser Lage befindet man sich nur, weil das bürgerliche Gesetz in Kraft ist: wir sind daher frei, weil wir unter dem bürgerlichen Gesetz leben.«

»Man soll an einem Gesetz ohne zwingenden Grund keine Veränderungen vornehmen.«

»Die Gesetze müssen mit einer gewissen Aufrichtigkeit zu Werke gehen. Da sie die Bosheit der Menschen bestrafen sollen, müssen sie selbst vollkommen makellos sein.« (Man hat, schrieb Klaus dazu, vergessen, daß Gesetze gegen die Bosheit geschaffen werden!)

»Die Bürgertugend aber besteht in der Selbstverleugnung, und diese fällt immer schwer. Man kann diese Tugend als Gesetzestreue und Vaterlandsliebe definieren. Diese Liebe, die verlangt, daß man ständig das Gemeinwohl über den eigenen Nutzen stellt, verleiht zusätzlich alle besonderen Tugenden; sie bestehen nur in solchem Darüberstehen.«

»Mit der Staatsform geht es eben, wie mit allen Dingen in der Welt, um sie zu erhalten, muß man sie lieben.«

»Alles kommt darauf an, diese Liebe in der Republik fest zu gründen; sie einzuprägen ist das Ziel der Erziehung. Am sichersten wird sie den Kindern eingepflanzt, wenn sie die Väter selbst besitzen. Gewöhnlich ist es in unsere Hand gegeben, den Kindern unsere Kenntnisse beizubringen, noch mehr ist dies bei unseren Neigungen der Fall.«

»Keineswegs ist es die junge Generation, die entartet; diese verdirbt nur, wenn die Erwachsenen schon verdorben sind.«

»Das Übel tritt auf, wenn übermäßiger Reichtum das kaufmännische Denken zersetzt; man sieht sofort das Durcheinander der Ungleichheit ausbrechen, das bisher noch nicht zu spüren war.«

»Man mag die Ursachen jeglicher Verwilderung untersuchen, und man wird feststellen, daß sie in der Straflosigkeit der Verbrechen und nicht in der Mäßigkeit der Strafen liegt.«

(Gregor! hatte Klaus dahintergeschrieben; nur dies eine Wort)

»Die politische Freiheit des Bürgers besteht in jener Seelenruhe, die sich aus dem Gefühl der persönlichen Sicherheit herleitet. Und damit jeder diese Freiheit besitzt, muß die Regierung dafür sogen, daß ein Bürger den anderen nicht zu fürchten braucht.«

Was sollte sie damit anfangen? Ingrid legte den Kopf auf die Arme und sah von dort schräg in ihr schönes Zimmer. Das war hier die Frage, um so mehr, als etwas Ungeheuerliches geschehen war. Denn Superintendent Olrich und Supervisorin Rosemarie Knittel hatten sich auf unverschämte Weise in ihr Leben gemischt. Der rohe Knabe, der inzwischen nur noch unter der Auflage, seinen Wohnort nicht zu verlassen, auf freiem Fuß war (und wie frei durfte dieser Fuß sein! höhnte Ingrid), hatte, auf Anraten seines Anwalts, eines gewieften Scheidungsanwalts, wie es hieß, um Urlaub gebeten. Um Urlaub. Ja, das ging, das mußte es auch für bedingt freie Gewaltmenschen geben. Er hatte nach Marokko gewollt und sollte nach Spiekeroog dürfen, aber nur in Begleitung. Wer dann auf die teuflische Idee gekommen war, der »gewiefte« Anwalt oder der arrogante Maskenbildner selbst, darum zu bitten, daß sie, die Pastorin Ingrid Lauks, diese Aufsichts- und Begleitperson sein sollte: das wollte Ingrid gar nicht mehr wissen, da ihr dann noch übler zumute sein würde. Schlimm und demütigend genug, daß die Polizeidienststellen (und Bein mußte davon doch, nehmen wir ruhig einmal sein: Doch, gewußt haben) sich nicht direkt an sie gewendet hatten, sondern an ihren Vorgesetzten, den Superintendenten Olrich (angeblich um die Rechts- und Hilfelage zu klären, ohne sie unnötig oder vorzeitig zu erregen). Und Olrich hatte sich mit der erfahrenen Supervisorin Rosemarie Knittel (eine gute Bekannte von ihr zudem, wie er sich erinnerte) beraten, ob und wie das Ersuchen zu erfüllen und die Erfüllung ihr zuzumuten ...

– Sie können sich vorstellen, was dann passiert ist: Olrich hat mich aufgesucht! ... Eigens aufgesucht ... Außerhalb des Konvents ...

In der Tat konnte sich Klaus den Weißhaarigen, wie er stramm frisiert und seine runden Lippen leckend an Ingrids Tür auftauchte und mit väterlicher Fürsorge ein wichtiges Gespräch in Gang brachte, gut vorstellen. Er trug einen hellen Staubmantel und hielt eine schmale Ledermappe unterm Arm, in der nicht viel mehr als die schriftliche Anfrage mit der Bitte um Hilfe durch die evangelisch-lutherische Amtskirche enthalten war. Denn es war Sommer, fast jedenfalls, und man beschwerte sich nicht unnötig mit Papierlasten …

– So ungefähr, sagte Ingrid: Und was raten Sie mir?

– Was rate ich Ihnen … Wie hat man das Ansinnen begründet?

– Muß ich Ihnen das sagen? fragte Ingrid gereizt: Ich bin die einzige, zu der dies gefährdete Kind wenigstens etwas wie Vertrauen hat! Wäre es sonst zu mir gekommen und hätte bei mir gewohnt? … Und all das, was man sagt, wenn man etwas abwälzen will!

– So lehnen Sie doch ab! sagte Klaus.

– So einfach ist das nun auch wieder nicht, murmelte Ingrid: Und das wissen all diese Olrichs und Knittels und Beins und wie sie alle heißen mögen. So einfach ist das nicht …

– Er hat sie immerhin einmal gerettet, wie Sie erzählt haben, warf Klaus vorsichtig ein.

– Fast gerettet! Und für solche Fastrettungen bedanke ich mich … Was, wenn diese Clique uns nachkommt … All die netten deutschen Fleischbrocken, während wir artige Ferien bei Herrn Rau machen!

Klaus verstand nicht, aber er schwieg.

– Man muß in dieser Gesellschaft Supervisorin sein, sonst ist man aufgeschmissen! rief sie in komischer Verzweiflung: Durch die Sorgen anderer spazieren und ein bißchen sortieren. Da braucht man wahrscheinlich nicht einmal ein Deodorant! Das hat der Olrich doch gewußt!

– Was?

– Daß mich das krank macht! … Und daß ich aus dieser Falle nicht mehr heraus kann!

– Sie können Nein sagen … Was sollen Sie überhaupt mit ihm da machen? Der wird doch nicht mehr im Sand buddeln … Oder aber mit einer Schaufel, die man ihm besser nicht in die Hand drückt!

– Sie verstehen es, Mut zu machen, das muß ich sagen!

– Ich verstehe Sie, sagte Klaus.

– Tatsächlich? Mir kommt es manchmal so vor, als hielte man mich für ein Stück Holz oder ein Schaf. Eine Mitleidsmaschine … Aber natürlich, wenn mich jetzt jemand versteht, dann Sie! Das allerdings! … Aber reden wir von etwas anderem … Reden wir von Ihnen! Was machen Sie?

– Ja, was mache ich. Ich kann schlecht sagen: Ich bin fasziniert …

– Gehöre ich, rief sie da: denn gar nicht mehr zur Menschengeschichte! Ich komme mir vor, als wäre ich schon vergessen! Nur noch jemand, mit dem man einen Deal macht, um an ihm vorbeizukommen, und dann ist es gut, dann war es das!

– Deal? fragte Klaus: Ich muß gestehen …

– Ja, jetzt sage ich Ihnen etwas Abgründiges … Was noch keiner weiß … Ihnen als erstem. Ich habe einen Deal gemacht … Dazu muß ich sagen, daß ich gern mit dem Funk arbeite. Predigten schreibe und halte und am liebsten über das Mikrophon … Da ich außerdem gern die Predigten anderer redigiere und ein gutes Zeitgefühl und eine anständige Stimme habe … Man sagt im Funkhaus: Ich kann Gottesdienste auf den Punkt genau bringen, will sagen: ohne die Sendezeit zu überziehen … Kurz, es ist mein Traum, Rundfunkbeauftragte der Kirche zu werden, und jetzt werde ich es, passend zum Erntedank … aber vor die Ernte und vor den Dank haben Olrich und der liebe Gott (Olrich hat geschworen, daß der liebe Gott nicht auf den Namen Rosemarie Knittel hört!) die Prüfung gelegt, meine Zeit mit Gregor auf Spiekeroog …

– Aha.

– Ja, damit haben sie mich gekriegt. Das ist mein Deal … Und nun kennen Sie meine schwarze Seele! … Aber ich habe mich noch nicht entschieden!

– Sie haben sich noch nicht entschieden.

– Jedenfalls nicht offiziell.

– Die Pressenotiz ist noch nicht hinaus in die Welt gegangen.

– Sie halten mich für ein Monstrum …

– Ich würde Sie bewundern, wenn Sie der Gemeinschaft auch noch diesen Dienst leisten und mit Gregor auf Spiekeroog Ferien machen würden!

– Sehr salbungsvoll. Sehr großmütig.

– Sie sind für mich eine Heldin.

– Nach allem, was Sie über mich wissen, bin ich für Sie ein Neutrum, sagte sie, glitzernden Auges (das eine, das Klaus sah): Bestenfalls ein Schaf … Aber das war nicht immer so!

– Aber nein! rief Klaus. Um Gottes willen!

Ein paar Tage später rief Ingrid Klaus an.

– Ich muß leider absagen, sagte sie.

Klaus wußte sofort, was sie meinte: Ihre gemeinsamen Ferien, daraus wurde nichts.

– Es erinnert mich doch an zuviel ..., sagte sie in das Schweigen. (Genau so konnte er es in sein Tagebuch eintragen.)

– Aber wir werden im Gespräch bleiben! fügte sie noch hinzu. (Tröstend – Seid ein einziges Gespräch, liebe Menschen ...)

NICHT VENEDIG

An einem faulen Sonntagmorgen klingelte es an der Tür, und der Eilbote brachte Klaus einen Brief von Ingrid. Es war Sommer, sie war an der See, mit viel Auslauf in Sonne und Wind. Gregor war bei ihr, aber er war ein ganz anderer Mensch, eher ein Hund, der neben ihr trottete und sie überallhin begleitete. »Er gehorcht nicht, aber er bleibt stets bei mir, achtet darauf, was ich mache und daß er mich nicht aus den Augen verliert.« Ihre Sorgen kamen ihr nun sehr übertrieben und unwirklich vor, so als sei sie in ihrem Dorf zu einem Hypochonder geworden, ohne es zu merken. Hier an der See, und sie konnte Klaus das nicht schnell genug sagen; denn immer wieder durchzuckte es sie, wie sie ihm ihre schwarze Seele gebeichtet hatte – und daß ihr das nun als der befreiende Tiefpunkt einer Lebensepoche vorkam, die schon weit hinter ihr lag.

»Ich bin also sehr auf den Hund gekommen.« schrieb sie und meinte Gregor, mit dem sie seit dem Moment gut zurecht kam, als sie begriffen hatte, daß sie ihn in erster Linie als eine Kreatur behandeln mußte, als ein Wesen, das Hunger und Durst hat, ein Wort oder einen Pfiff braucht, dem Ball hinterherjagen muß, auch grölen und angeben muß … »Die Zeichen der Zeit finde ich schrecklich – und trotzdem lösen sie in mir nicht die Angst wie früher aus; die Verzweiflung hat sich gewandelt, weniger Wut, mehr Traurigkeit und Fragezeichen.«

»So kämpfen wir gegen den Wind und toben mit einem Ball am leeren Strand, und ich erfülle seine Kinderwünsche und gehe auch nachts um drei mit ihm spazieren …«

Fast kannte Klaus Ingrid nicht wieder und fragte, ob das noch die Stimme war, bei deren Klang er stehengeblieben war, um sie in die Fremde zu locken. Nun, natürlich kam es nach wie vor auf das Timbre an, und das mochte sich in den Briefsätzen verflüchtigt haben. Vielmehr: Ist es nicht so, daß sich unser Blick auf das Leben und unsere Stimme mit der Lebenssituation wandeln?

Ingrid war nun schon eine Rundfunk-Pastorin geworden, ihre Gemeinde, das würden die fernen Hörer sein, die mit den Mitteln der Technik doch so nah herangerückt wurden! Und das Dorf und ihre alte Gemeinde waren auf dem Weg in die Vergangenheit. Sie würden Material ihrer Selbstbesinnung und der großen menschlichen Suche werden.

In einem PS schrieb sie noch lapidar: »Wir bleiben in Kontakt!« Als Klaus auf die Uhr sah, war es genau 11. Ob sie gewußt hatte, daß ihr Brief ihn zur Gottesdienstzeit erreichen würde? Er lehnte sich nun doch, merkwürdig besänftigt und gesättigt, zurück, als hätte er eben ihre neue Stimme gehört, der er nun nachlauschen durfte (und der er künftig wohl noch öfter und regelmäßig würde nachlauschen können).

Lange hatte Andy es sich als Plan zurechtgelegt. Erst unter Fremde zu gehen, und dann den Leuten aus dem Dorf ins Auge zu sehen. Wozu gab es schließlich dies antiquarische Café für Vorbeifahrende! Eine Idee aus dem Radio, die landesweit Furore gemacht hatte. Frauen taten sich zusammen, backten Kuchen, übernahmen den Betrieb. Der Raum aber wurde von einem großen Antiquitätengeschäft mit Sofas, Stühlen und Tischen aus stilvoller Zeit geschmückt. Und in Vitrinen, auf Fensterbänken waren kostbare kleine Teile zu sehen. Blechspielzeug, Damastservietten, Likörgläser, Miniaturbüsten. An den Wänden posierten Bilder und alte Photographien, vergilbte Urkunden und zierliche Spiegel. Allerlei war überall, nur mußte es schön sein. So schön, daß der Gast beim Verzehr des selbstgebackenen Kuchens, beim Schlürfen seines Getränks oder beim lustvollen Löffeln der Portion Eis den Stuhl, auf dem er saß, das Stilleben vis à vis oder das Brezelbrett, das er in der Ferne eben noch entdeckte, fast schon besaß und nur noch bezahlen wollte.

Freilich, das Ambiente wechselte, denn es wurde verkauft. Man konnte nicht wiederkommen und den Blick auf Liebgewordenem schweifen lassen. Dafür bemerkte man anderes, französische Buttermesser oder die Ahnengalerie eines Namhaften. Wenn nur nicht die Ladenhüter gewesen wären, die sich überraschend als solche herausstellten und im Wege standen. Unter Antiquitäten, unter einer Vielzahl von Dingen überhaupt konnte man leicht einstauben und die ganze Schmierigkeit der Welt empfinden.

Die lustigen Stunden des Anfangs, als alle neugierig waren und sich an der Kuchenkunst und dem Aparten freuten, waren schnell vergangen. Die guten Worte, die man neben dem Gewinn braucht – wer sollte sie sagen? Es gab Auflagen vom Gesundheitsamt. Die Frauen hatten das ewige Kuchenbacken satt. Man verpachtete. Die Pächter waren starke Raucher und wußten die Jugendlichen zu locken, die wenig Kaffee und umso mehr Bier tranken. Die Kunden von der Autobahn hatten keine Zeit, wollten alles wissen, aber wenig bezahlen, am liebsten den Rest vom Schein, mit dem sie die geschmierten Brötchen kauften, die nun die Attraktion waren. Weniger Antiquitäten fanden ihre Liebhaber, die Preise stiegen, und der Ramsch zog ein, kistenweise Kram, vor dem sich die Traube der Gierigen bildete. Das Café-Publikum aber blieb aus oder sah nur noch aus Nostalgie vorbei. So lernte es Andy.

– Die Nostalgie bin ich, sagte die Bedienung, die aus der Küche Lioba gerufen wurde (ein Name, der lange nachhallte).

Lioba war da und vielleicht noch der eine oder andere Bekannte, aber zusammen mit anderen, Fremden. Und Lioba sprach mit ihm.

– Merkwürdig, so oft ich an unser Dorf denke, fällt mir eine Stimme ein. Die Stimme eines Mannes, die ich frühmorgens manchmal durchs offene Schlafzimmerfenster höre. Die Nachbarin fegt, ich liege im letzten Schlaf, und da kommt einer heran, wohl mit einem Hund.

– Ein Rentner.

– Er kommt heran, schon von weitem Stimme: Na, wie geht's denn? So breit. Gut! tönt die Nachbarin brav zurück, aber irgendwie kleiner. Wie eingeschüchtert von der Stimme des Mannes und auch ein bißchen außer Atem vom Fegen. Du siehst aber gar nicht so aus! ruft die Stimme dreist.

– Manche leisten sich jede Ehrlichkeit, wenn ihnen danach ist.

– Naja, wie man's nimmt, sagt die Nachbarin, nun offensichtlich stehengeblieben. So siehst du aus, Mensch! ruft wieder die Stimme, obwohl schon in Sprechnähe. Er ruft eben gern, denke ich jedesmal wieder. Wenn er aufsteht, können ruhig alle aufstehen.

– Und was ruft er noch?

– Hehe! Und: Was gibt's sonst? Während die Nachbarin wieder anfängt zu fegen. Sie muß ja noch den ganzen Tag durchhalten, wo die kernige laute Stimme nur: Und sonst? ruft und dann: Also, mach's gut!

– Immer denke ich: das ist die Stimme des Dorfs, und ich hätte gern mal gewußt, wer der Kerl ist, der mir so regelmäßig was von meinem Schlaf abknappst. Ich könnte ja aufstehen und ans Fenster gehn und etwa sagen: Warum nicht noch lauter, Sie? Ihnen gehört doch hier sowieso alles! Aber etwas hält mich ab.

– Vorsicht.

– Glaub ich nicht. Mit solchen Männern werd ich schon fertig. Nein, diese Stimme ist eben nichts Ungewöhnliches. Die hat Gewohnheitsrecht in deutschen Landen und vielleicht ja überall.

Wie die Schwertransporte, die nachts schnaufend und mit Lichtgeblinke anhalten wie eine Besatzungsmacht. Oder wie Panzer, die mit ihren Ketten die Bordsteine abmahlen und schwer rasseln müssen dabei.

Da konnte Andy sein, da konzentrierte sich nicht sofort alles auf sein Gesicht und auf seinen Gang. Auf dies furchtbare Stocken und auf das Abgehackte, das er selbst durch wildestes Gitarrenspiel bisher nicht wieder ganz rund und flüssig gemacht hatte: eben so, wie es von klein auf bei den Menschen zu sein pflegt, wenn sie nicht Spastiker sind. Aber nur, hatte der alte Doktor gesagt (und hatten schon die Ärzte in der Klinik und im Reha-Zentrum gesagt), unter Menschen konnte er die volle Kontrolle wieder lernen. Nichts erzieht so wie der Umgang mit anderen Leuten! So ist nun einmal der Mensch.

Lioba spielte mit Andy Schach, das war das erste wirklich Wunderbare seit langem. Wie sie auf der anderen Seite des Tisches saß und versuchte, ihn zu schlagen. Aber Schachspielen konnte sein Kopf wieder und so gut, daß es für einen Sieg über Lioba reichte.

– Du besiegst mich wohl gern, sagte sie.

– Warum? fragte er und spürte zugleich, wie er errötete und daß ihm dies Erröten sehr gut tat.

– Du solltest deine Augen sehen! »Es war das Feuer in seinen Augen, Mann!« scherzte Lioba, und sie tat das mit einer Gebärde, als werfe sie ihm einen Arm voller Blüten ins Gesicht.

– Du machst dich über mich lustig? fragte er vorsichtig.

– Man macht sich nicht über einen Mann lustig, der so gut Gitarre spielen kann wie du, sagte sie.

Es war ein ironischer Ton dabei; und er wußte, daß sie ein paar Jahre älter war als er – und doch war er irgendwie von ihr gemeint, das merkte er. Akzeptiert. Gemocht. Angesprochen. Und wie gut konnte sie verlieren ... jedenfalls gegen ihn. Denn wenn er sie an andere Tische gehen und mit den Gästen reden sah, ihre Beweglichkeit und ihre Frische, ihre selbstbewußte Gradheit, diese Unfähigkeit zu dienern: dann konnte er sie nur bewundern; und konnte es nicht fassen, daß sie zu ihm an den Tisch kam und mit ihm Schach spielte und auch noch verlor!

Aber sie tat das; und sie tat noch mehr. Irgendwann gewöhnte sie es sich bei diesem Schachspielen an, ihre Füße auf seinen Füßen abzustellen, als sei es eine Erholung für sie, ihre Füße ein wenig hochzusetzen. Und obwohl ihn das Stillhalten der Füße unter ihren Füßen anstrengte (er mochte sie nicht einfach so bewegen, als wäre nichts ...), hielt er durch, weil ihn das Bewußtsein, daß Lioba ausgerechnet seine Füße als Parkplatz gewählt hatte, mit Stolz und Wonne füllte – und auch ein wenig mit Witz, denn er dichtete darauf seines Vaters Lied von Marina, Marina, Marina zu Lioba, Lioba, Lioba um und erzählte die Geschichte ihrer Füße zu kräftigen Improvisationen auf der Gitarre.

Lioba hörte das Lied eines Morgens auf dem Weg zum Café, da er nun in Oma K.s Wohnzimmer und also für Passanten recht deutlich und laut sein Gitarrenprogramm spielte.

– Warum sagst du mir nicht, daß dich meine Füße stören? fragte sie ihn nachmittags mit einem mutwilligen Glitzern im Blick.

– Aber sie stören mich doch überhaupt nicht! schrie er verzweifelt auf und konnte nicht verhindern, daß seine Augen feucht wurden.

Dem langen Blick Liobas hielt er trotzdem stand; denn instinktiv spürte er, daß es hier um alles ging. Um seine Zukunft in diesem Café und im Dorf, um sein Leben als Schachspieler und Mann, um alles eben. Und er gewann! Als bald darauf entschieden war, daß Oma K. in ein Heim gehen würde, riet Lioba ihm:

– Kauf doch das Haus!

– Und wozu?

– Um es zu renovieren und darin zu wohnen.

– Ich hab nicht genug Geld.

– Dann machen wir es zusammen! sagte sie mit jenem Blick, der ihn daran erinnerte, daß sie ihre Füße auf seinen Füßen abgestellt hatte und daß er kurz davor war, sein Glück zu wagen.

Oma K. wollte nicht in dem Heim besucht werden. Sie sagte:

– Du weißt ja, wie solche Heime aussehen …

Und da sie vorher, kaum ans Telefon gerufen, noch etwas atemlos erzählt hatte, daß sie gerade beim Baden einiger Pflegefälle helfe, daß man hier ja nicht einmal mehr einen Unterschied zwischen Mann und Frau mache: sah Andy die große runde Wanne im Reha-Zentrum vor sich und wie darin die Patienten gebadet und abgespritzt wurden und sich trotzdem noch wohler fühlten als in den Stunden zuvor.

– Der Mensch will gebadet sein, Oma K., sagte er.

– Wenn du jung bist, ist es ein Kinderspiel, sagte Oma K.: Aber wenn jeder Griff wehtut … Du kannst mich zu einem Spaziergang abholen und eine Apfelsine mitbringen.

– Eine Apfelsine?

– Ich möchte so gern im Freien auf der Bank sitzen und eine Apfelsine schälen … Das ist das einzige, wozu ich noch gut bin. Aber dazu bin ich noch gut!

– Oma K., sagte Andy vorwurfsvoll.

Aber er holte sie ab und machte sich mit ihr, mitten im hellsten Tageslicht (wenn auch in einem Nachbardorf), auf den Weg zu einer Bank unterm Walde, von der sie gehört hatte. Die Apfelsine hatte er in einer braunen Tüte dabei, nur eine (denn darauf hatte Oma K. bestanden) – und er hatte auch Liobas und seine Pläne dabei und erzählte sie Oma K.

– Was wollt ihr Jungen mit dem alten Haus? fragte Oma K.

– Wir wollen es renovieren und darin wohnen.

– Du weißt genau, was ich gemeint habe.

– Es ist ein schönes Haus … Aber wenn ich es zu sehr lobe, treiben Sie den Preis in die Höhe!

– Ich treibe keinen Preis in die Höhe! Und außerdem hat man mir gesagt, daß nur noch der Bauplatz was wert ist.

– Das finden wir nicht.

– Das stimmt auch nicht! Wenn ich daran denke, welche Stürme das Haus überstanden hat, wie oft ich darauf in höchster

Not zugelaufen bin und dachte: Jetzt ist es aus mit uns und dem Haus ... Oft genug waren ja auch Schweine drin ... Und dann ist es doch noch einmal gutgegangen ... Aber das ist Vergangenheit, mein Junge. Alle haben mir das gesagt. Mit dem Haus ist es wie mit mir ...

– Sie sind eine gutaussehende ältere Dame ...

– Oh, schmeicheln kann er auch! Fast schon wie der Vater! Wer hätte das gedacht: unser Andy ...

– Geben Sie uns das Haus, Oma K.!

– Ich weiß es nicht ... Ich wollte eigentlich drüber wegsterben, einerseits ... Wenn das nicht zu schludrig wäre. Man muß seine paar Sachen hier unten in Ordnung bringen, gerade wenn keine Kinder da sind ...

– Geben Sie ihrem Herzen einen Ruck! Wenn Sie schon mir nicht trauen, so können Sie doch auf Lioba bauen!

– Ich kenne dich viel besser als deine Lioba ... Und ich kann es mir einfach nicht vorstellen ... Du bist noch so jung! Wir waren damals in eurem Alter ganz anders! Auf uns konnte man bauen!

– Auf Lioba können Sie auch bauen. Und ich werde mein Bestes geben, Oma K., das verspreche ich Ihnen!

– Ich muß darüber schlafen und morgens nachdenken. Weißt du, wir werden früh geweckt und haben dann immer noch so viel Zeit, bevor es losgeht. Das ist die Zeit, wenn ich im Bett liege und über dies und das nachdenke und mir klarzuwerden versuche ... Oder mich ganz genau zu erinnern versuche. Ich habe dann richtige Gesichte und sehe die Menschen und die Dinge vor mir! So will ich das alte Kallertsche Haus sehen und nachdenken, mein Junge. Und jetzt wollen wir die Apfelsine schälen!

Ingrid hatte Moni seit Wochen nicht gesehen. Ein merkwürdiges Erlebnis hatte ihr unendliches Gespräch, wie sie es sich pathetisch versprochen hatten, unterbrochen. Moni hatte sich ein neues und viel komfortableres Telefon gekauft, mit Fax und automatischem Anrufbeantworter. Und sie hatte einen befremdlichen, nur die allernormalsten Floskeln zulassenden Text auf den Beantworter gesprochen, der Art: Hier ist der Anrufbeantworter von Monika Müller, Telefonnummer Soundso. Ich bin leider im Moment nicht erreichbar. Bitte hinterlassen Sie Ihre Nachricht und gegebenenfalls Ihre Nummer. Ich werde zurückrufen. Bitte sprechen Sie nach dem Piepton ... Die Therapiestunden und die Gespräche mit Ingrid hatten also nicht viel gefruchtet ... Im Ernstfall war Moni wieder Monika Müller aus Hannover. Diese Erkenntnis hatte sie damals, als sie Moni rasch für den nächsten Abend absagen mußte, weil sie einen Termin mit den jungen Müttern übersehen hatte, so überrascht, daß sie selbst nur stottern konnte, sie wußte nicht mehr, was. Dann mußte dies Stottern oder irgendein nebenher laufendes Signal dazu geführt haben, daß sich Moni nicht bei ihr meldete. Und da auch sie sich nicht meldete und Moni sich auch in den nächsten Tagen und Wochen nicht meldete, meldete sich logischerweise niemand, und die unendlichen Gespräche waren erst mal aus.

Nun aber, aus heiterem Himmel, war Moni wieder erschienen und saß in Ingrids Wohnzimmersessel und blätterte in den Kunstbänden, in denen sie immer schon gern geblättert hatte. (Wie der Ministerpräsident sah sie lieber moderne Kunst an als zu lesen.) Cézanne, Monet, van Gogh, Matisse, Twombly. Es lagen einige Bände da, neben jenem Buch über die norddeutsche Backsteingotik und Goethe in Weimar und Fontanes Wanderungen in der Mark Brandenburg. Ingrids Stehlampenwelt. Da konnte sich Moni natürlich gleich wieder gut einfinden, während Ingrid die Bratäpfel und den Kakao zubereitete. Durch die offenstehende Tür und über den Flur riefen sie sich die Kürzel zu, die an frühere Gespräche und Wahrheiten erinnerten: Cézannes

Rot, immer ein Scheunentor, die Ungelenkheit der Meister (woher ja der Eindruck der Materialität rührte), Matisses Minimalismus: Nur das Nötigste, das aber als zauberhafte Gebärde, aus dem Zentrum heraus, die roten Backsteinkirchen sind unsere Heimat. Mehr als alles andere! Im Zeitalter ohne Denkmäler. Wunderschön die Seerosen! Man möchte langsam zu ihnen waten, vom Rand her sich nähern, um schließlich mittendrin zu sein …

Manchmal kam Ingrid an die Tür, damit sie nicht so schreien mußten. Und schließlich waren die Taten vollbracht: es gab die Bratäpfel, es gab den Kakao, und es gab den Duft um sie herum. Aber was sollten sie sagen? Moni gab es irgendwie nicht mehr. Es gab Monika Müller aus Hannover. Übrigens keine unsympathische Person.

Ingrid erzählte, daß sie sich um die Stelle der Rundfunkbeauftragten beworben hatte. Ihre Zeit hier war nun um, sie hatte Sehnsucht nach etwas Neuem, nicht so ganz in der Nähe. Hannover war gerade weit genug weg, ohne gleich ganz aus der Welt zu sein. Diese Sehnsucht hatte sie nicht mehr. Weder Frankreich noch die Karibik noch Hongkong.

– Hongkong? lachte Moni erleichtert, als sei mit diesem Stichwort endlich alles gebannt, was das Leben schwer machte.

– Das waren die Angebote, die ich geprüft habe.

– Und wie hast du sie geprüft? Bist du hingefahren?

– Ich habe sie drüben auf den runden Tisch gelegt, eines neben das andere, mit Bildern … Und dann hab ich dazu einen guten Bordeaux getrunken, eine ganze Flasche für mich allein.

– Und dann wußtest du es.

– Dann wußte ich es. Und sechs Wochen später waren die Weichen gestellt.

– Also bist du gewählt worden? fragte Moni verblüfft.

– Du meinst: eine alleinstehende Frau hat heute schon wieder keine Chance mehr?

– Nein, das meine ich nicht.

– Ich kenne doch deine Stimme, sagte Ingrid gutgelaunt und löffelte genüßlich ein großes Stück Bratapfel aus der Schale.

– Du kennst meine Stimme; und ich kenne dich nicht wieder! sagte Moni.

– Gewählt, bestimmt, berufen ... Was du willst!

– Ich brauch überhaupt nicht zu wollen ... Denn du flüchtest ja in meine Nähe!

Ganz echt klang der Ton nicht, und Ingrid lauschte ihm mit schräggelegtem Kopf nach. (So hatte eine der mondänen Schauspielerinnen aus den dreißiger, vierziger Jahren den Kopf schräggelegt, sie kam aber nicht drauf, wer; sah zu viel späte Filme in letzter Zeit.)

– Und wann fängst du da an? fragte Moni.

– Zum Erntedank.

– Erntedank?

– Auf besonderen Wunsch des Bischofs.

– Wenigstens die Bischöfe haben noch Wünsche. Große Wünsche, meine ich!

– Verstehe, sagte Ingrid und fühlte sich einfach wohl, wie sie hier inmitten ihrer alten Gemeinde saß, ihren Bratapfel löffelte und den heißen Kakao schlürfte und ziemlich genau wußte, was in den Büchern zu sehen war, die Moni auf dem Schoß hielt und als Unterlage für ihr kleines Mahl benutzte.

– Neulich (versuchte es Moni noch einmal) bin ich mit dem Mann einer Freundin zur Biennale gefahren, und wir konnten nur noch ein Doppelzimmer bekommen ... Wir lagen in unseren Schlafanzügen nebeneinander, und er türmte unsere Kopfkissen zwischen uns auf als Sinnbild jenes Schwertes. Da lagen wir, flacher als sonst auf dem Rücken, im Luftstrom der Nacht, horchend auf das nachhallende Gesumm aus den Kunsttempeln und überlegten, ob wir die Barriere einreißen würden ...

– War er wenigstens schön?

– Er war langbeinig und geschmeidig ... Er trug einen Seidenschlafanzug, der in der Dunkelheit schimmerte, denn es war ihm zu warm zum Zudecken, und er lag ausgebreitet auf dem Oberbett, wie wir Deutschen sagen.

– Das aber kein Oberbett war.

– Er hatte seine Haare gebürstet und trug sie offen. Dir zuliebe, hatte er gesagt, lasse ich heut nacht das Tuch weg, in das ich sonst auf Reisen meine Haare verstaue.

– Verstaue?

– Ich sah nun, wie dieser langbeinige, schimmernde Mann seine Haare in einem Tuch verstaute.

– Ja gut, aber jetzt sind wir nicht in Venedig, sondern hier.

– Zweckmäßig ist es, in die Nähe von Menschen, aber nicht unbedingt zu ihnen zu gehen. Zur Pizzeria, wo die Jugendlichen sich treffen. Zum Friedhof, wo die Hundebesitzer ihre Tiere ausführen. Oder: Aus dem Haus treten und um die Ecke biegen. Dem Lichtschimmer jenseits der Autobahn folgen. Oder auf den dunklen Wald zustreben. Auf der Bank am Kriegerdenkmal könnte ein anderer Einsamer sitzen.

– Ich möchte hinkommen, und da soll etwas sein. Ein Mensch, ein Busch oder ein alter Tretroller, den es eigentlich gar nicht mehr geben darf. Am liebsten dieser Tretroller. Dinge, die übrig sind. Verlassene, vermachte Dinge. Reste vom Tag.

– Wie nachsichtig klingt das!

Ingrid erinnerte sich, daß der erste Mensch, zu dem sie im Dorf gerufen worden war, nicht, wie sie es sich vorgestellt hatte, ein alter Bauer war, der nicht sterben konnte, sondern die Witwe eines Kriegsinvaliden mit dem irritierenden Namen Susi Himmel, die es vor Jahren aufs Dorf verschlagen hatte und die nun hier residierte. Eine Allergie hatte ihren Körper mit einer dicken Schicht roter Pusteln überzogen, ohne daß die Ärzte ihr helfen oder auch nur sagen konnten, um welche Allergie es sich bei ihr handelte. Von den Knöcheln waren die Pusteln langsam den Körper hochgestiegen, nicht kontinuierlich, sondern in Intervallen; und zwischendurch schienen sie immer verschwinden zu wollen. Aber nun hatten sie auch Hals und Gesicht überzogen, und die Frau wußte nicht, ob sie sich bei Tageslicht hinaus in die Dorföffentlichkeit wagen sollte. Schließlich hatte sie Ingrid angerufen; denn in der Zeitung hatte der Bericht über die Ordination der neuen Pastorin gestanden, versehen mit einem Bild, das eine volle Kirche zeigte. Frau Himmel hatte nun zwei Bedürfnisse: Sie wollte wissen, ob diese neue Pastorin (anders als ihr Vorgänger) ein gutes Wort für sie übrig hatte; und sie wollte ihre Meinung loswerden, daß dieses Bild von der vollen Kirche eine Lüge sei; in Wahrheit wurde die Kirche immer leerer, bis schließlich, wie früher wohl in manchen Kapellen der einsame Priester seine Messe, der Pastor allein seinen Gottesdienst zelebrieren würde.

– Ein schönes Bild, gab Ingrid zu.

– Aber die evangelische Kirche, die doch sonst so leer ist, setzt die Gemeinde und die Predigt an die Gemeinde voraus, sagte Frau Himmel.

– Ja, das stimmt, sagte Ingrid.

Sie wußte nicht so recht, worauf Frau Himmel hinauswollte, die ihr in einem sehr schönen Kostüm und, bis auf die entstellenden Pusteln, gepflegt an einem kleinen Teetischchen gegenübersaß. Alles in dieser Wohnung (eine der wenigen Mietwohnungen des Dorfes, wie sie erfuhr) entsprach nicht ihren Erwartungen von einer Dorfexistenz. Das Teetischchen etwa war aus dunklem

Kirschbaumholz, das Teegeschirr aus dünnem Porzellan, auf dem rostrote Lineaturen das Rosa noch zarter schimmern ließen. Und auf solch zerbrechliche Eleganz war fast alles hier gewirkt: die Chippendale-Möbel, die schwebenden Vorhänge und selbst noch das Gestänge in dem Messing-Käfig, auf dem der Papagei kletterte, dabei jene Knackgeräusche verursachend, die Ingrid zunächst ein wenig erschreckt hatten. Das war, auf eine ausgestellte, übertreibende und darum fast komische Weise: ein Kampf um Feinheit. In der Tat, hätte Ingrid am liebsten gemurmelt, die Einladung an alle Allergien, hier einmal anzusetzen. Und nun sollte wohl sie als Bundesgenossin für diesen Kampf gewonnen werden. Warum nicht; ging es doch immer darum, daß sie als Bundesgenossin für einen Kampf gewonnen werden sollte.

Frau Himmel mochte das Gespräch aber nicht direkt auf sich bringen, sondern wollte erst ein wenig Konversation machen, und zwar über das Thema, das ihr ganz uneigennützig am Herzen lag.

– Ich will nicht behaupten, daß ich die treueste Kirchgängerin war, sagte sie.

– Das war, wer so spricht, nie, sagte Ingrid sanft.

– Aber nach dem Tod meines Mannes habe ich mich geradezu nach dem Gottesdienst gesehnt und bin oft hingegangen. Ich weiß deshalb, wovon ich spreche. In den letzten Jahren ist die Besucherzahl ganz stark gefallen.

– Wie stark? fragte Ingrid rasch, um dem beliebten allgemeinen Sprechen möglichst rasch ein Ende zu machen.

– Die Zahlen kennen Sie sicherlich besser als ich, sie standen auch in der Zeitung, sagte Frau Himmel: Halbiert? Geviertelt? Darauf kommt es nicht an. Es sitzen da jetzt, wenn nicht gerade Taufe oder ein anderes Fest ist, ein paar traurige Gestalten. Alte Frauen, noch älter als ich. Die können nicht mehr anders, als sonntags zur Kirche zu gehen. Die Konfirmanden, zwei, drei vom Kirchenvorstand, ab und zu ein paar einzelne. Sind es dreißig, sind es gar fünfzig oder nur zwanzig? In Anbetracht der

Kirchensteuer erschütternd wenig. Aber auf Zahlen kommt es nicht an.

– Jedenfalls nicht in erster Linie, sagte Ingrid: Obwohl es dem Selbstwertgefühl eines Pastors nicht gut bekommt, wenn so wenige dasitzen.

Sie sagte mit Absicht: Selbstwertgefühl, um die Legierung der Himmelschen Feinheit ein wenig zu testen.

– Selbstwertgefühl, wiederholte die prompt: Sagt man heute so? Das ist wahrscheinlich für jüngere Menschen wie Sie sehr wichtig. Aber ist das nicht auch schon ein Teil des Problems?

– Die älteren sagen es, sagte Ingrid und lächelte bereitwillig.

– Sehen Sie, sagte Frau Himmel beruhigt, man muß zuerst an die Aufgabe denken – und wenn ich auf mein Leben zurückblicke ... Mein Mann hatte beide Beine verloren und dazu noch neunzehn wandernde Splitter im Körper. Jeden einigermaßen schmerzfreien Tag haben wir wie Kaisers Geburtstag gefeiert.

– Wie Kaisers Geburtstag! nahm Ingrid lachend den Ausweg.

– So sagten wir in unserer Familie. Wir Schlesier haben ein Elefantengedächtnis, erklärte Frau Himmel und sah zu dem Papagei hinüber, als müßte der sich beschweren, weil er bei dem Vergleich übergangen worden war. Und offenbar hatte der Papagei nur auf dieses Kopfwenden gewartet, denn er rief:

– Herr Jemine! ...

.... warf ein wenig die Flügel auf und ließ sie wieder nieder, als sei damit seine Pflicht getan.

Doch nun meldete sich mit einem Schnaufer der Langhaardackel, der in einem geschmackvoll geflochtenen und im Licht golden leuchtenden Körbchen vor dem Sekretär lag. Die hochgereckte Nase schimmerte feucht, und Ingrid stellte sich vor, wie er seinem Frauchen beim Briefeschreiben die Füße wärmte oder sie doch wenigstens ab und zu stupste, damit ihr was einfiel.

– Dieser Schwund der Gottesdienstbesucher soll ja allgemein sein, fuhr Frau Himmel fort und machte eine Pause, damit Ingrid nun mit ihren bekannten Erfahrungen, Ansichten und Versprechungen einfallen und sich verpflichten konnte.

Aber darauf mochte sich Ingrid nicht einlassen und schwieg lieber mit jenem freundlichen Blick, den sie schon von den Pastoren ihrer Kindheit kannte (und manchmal wünschte sie, sich mit diesem Blick sehen zu können; denn auf Fotos war er nicht auszumachen und offenbar von der Technik getilgt).

– Es wird viele Gründe geben, sagte Frau Himmel: Und nicht in allen Gemeinden die gleichen. Dazu sind die Menschen zu verschieden – und auch die Pastoren.

Wieder machte sie jene einladende Pause, der Ingrid zu widerstehen verstand.

So gab sich Frau Himmel einen Ruck und rückte mit dem Gedanken heraus, der ihr auf der Seele lag und den sie so gern auf Ingrid abladen wollte.

– Aber im Kern liegt es wohl daran, daß die Pastoren heute nicht mehr wissen, was sie predigen sollen.

– Nein? fragte Ingrid, wohl eine Spur zu ironisch, denn Frau Himmel setzte sich auf und zurecht, wie man tut, wenn man einstehen soll für seine Meinung.

– Natürlich können die Pastoren das Evangelium predigen, wörtlich und übertragen, und natürlich können sie heute sogar sehr modern beten. Aber in der Mitte, wo zwischen Verheißung und Bitte Luthers: »Hier stehe ich, ich kann nicht anders« war – da ist heute eine große Leere; wo es um die Richtung geht, um dieses Vorangehen und Begleiten des Hirten, wo man gewonnen werden soll für einen Weg, da ist heute zu wenig … Nichts: das ist vielleicht zu hart. Aber was fehlt, sieht man ja an den Sekten. Das Unumstößliche, Sichere, die Geborgenheit.

– Die Sicherheit im Glauben kann nicht herbeigepredigt werden, warf Ingrid ein.

– Das eben weiß ich nicht, sagte Frau Himmel, noch immer aufgerichtet und wohl zum Erstaunen ihrer Gefährten; denn auch diese, Papagei und Dackel, richteten sich auf jene unvergeßliche menschliche Weise auf und wollten damit etwas sagen. Ein komischer Anblick, der Papagei mit hochgeplustertem Gefieder und wichtigtuerischem, wie bebrilltem Blick, und der erstaunt auf seinen Pfötchen stehende und in die Luft witternde Dackel. Dieser Anblick ging Ingrid auf dem Nachhauseweg nicht aus dem Kopf, als sei sie deshalb in jene seltene Mietwohnung des Dorfs gerufen worden; aber auch Frau Himmels Frage nicht, was man heute predigen soll, vielmehr, fügte sie von sich aus hinzu: kann!

Eine Ewigkeit später erhielt Ingrid ein Karte von Pierre. Hakuins Zen-Bild: »Affe greift nach dem Spiegelbild des Mondes« war vorn abgebildet, hinten standen ein paar Zeilen im abgehackten Gruß-Stil: Bin wieder ganz da. Fast immer französisch. Von deutschen Besuchern verschont. Male in Rostrot und Fliegendem Gelb. Das »Fliegende Gelb« war die Botschaft, kein Zweifel; passend zum hingetuschten Affen, der mit langem Arm aus Baum und Schrift hängt und mit ebenso langem Arm nach unten langt – dorthin, wo er den Mond zu greifen scheint.

– Daheim im Wolkenkuckucksheim, murmelte Ingrid und wendete die Karte ein paarmal um und um.

Das war Pierre. Nicht mehr im taubenblauen Mantel, aber in seinem Element: in der Luft. Jemand, zu dem man pilgerte, um ihn nicht zu finden. Kein Wort übrigens über seine Gesundheit, kein Jammern und Zetern und Zanken … Er hatte die deutsche Welt mit ihren Widerhaken, die bösen Wörter wie die süßen Töne verlassen und lebte losgelöst davon. Das wohl sollte die Karte sagen.

Hat sie Schuldgefühle? fragte sie murmelnd. Ja, hatte sie? Daß sie ihn zu einer Opferrolle eingeladen hatte, schließlich und endlich.

Du stellst Fragen über Fragen, hörte sie die rauchige Schlagerstimme Daliah Lavis. Sie wollte mehr hören, mehr sehen. Den Pierre, den sie geliebt hatte, der wohl auch sie geliebt hatte, wenn auch nicht so wie diese Tina. Oder der überhaupt niemanden geliebt hatte und liebte, aber erlaubt hatte, ihn zu lieben …

Es ist Vollmond, Wetterwechsel, als sie nachts aufsteht, um zum Ort der Karte zu gehen, zu ihrem alten Schreibtisch im Gästezimmer, in der Lade liegen die Reste ihrer Farben, das Zimmer ist leer, und die Karte noch einmal in Ruhe und Stille zu studieren. Das Fliegende Gelb sieht sie als einen großen Brocken durch die Luft segeln. Nach längerem Schauen könnte es ein fliegender Teppich sein, auf dem ihr Pierre sitzt und meditiert. Aber das ist fast schon niedlich und ungerecht … Aber wer sich als Affen sieht! ... Ingrid steht barfuß im hellen, gleißenden Mondlicht. Entdeckt den Vorhof und das künftige schöne Wetter. Den Reif und die nie erlebte Wiese zu ihren bloßen Füßen. Dankt Pierre und seinem Kanal. Den Steinen, die ans andere Ufer flitzen.

Am Tag, als sich Gregor seinem Prozeß stellen konnte, fuhr Ingrid in die Kreisstadt. Die Sonne schien zwischen weißen Wolken, Vögel flogen überall in der Landschaft. Und mit ihr, sie mit lachenden Gesichtern überholend, schien das halbe Dorf auf dem Weg in die Stadt zu sein. Sie konnte all die Menschen sehen, die ihr monatelang nicht unter die Augen gekommen waren. Die Stadt würde von ihnen geradezu überfüllt und von ihrer frohen Laune angesteckt werden. Nun ging es nicht mehr um Heldentaten, sondern um gute Laune.

– Natürlich, murmelte Ingrid, selbst verwundert, wie wenig Groll über ihre Lippen wollte.

Da war auch der Superintendent! Just neben seinem Auto auf dem Parkplatz am Wall parkte sie ihren Wagen.

– Es gibt eben keinen Zufall, murmelte sie, nachdem sie sich von dem Schrecken erholt hatte, heute könnte Konvent sein, und sie hätte den Termin über dem wunderbaren Tag verpaßt.

– Einkaufen? Oder genießen Sie diesen Tag, an dem Sie von der Verantwortung für Ihr schwarzes Schaf befreit werden? fragte der Superintendent fürsorglich neben ihr, während sie noch das Auto verschloß. Also war auch er schon im Bilde! Der ganze Kreis war im Bilde! Und wer würde nicht froh sein ...

– Schaf ist gut!

Mit ein wenig Empörung konnte sie das Spiel mitspielen.

– Ich ahne, was Sie durchgemacht haben. Darüber müssen wir bei Gelegenheit sprechen ... Aber jetzt erst mal ab durch die Mitte in den schönen Tag! rief der Kirchenmann mit dem schneeweißen Haar, und hatte die Vertraulichkeit schon wieder verlassen.

– Über die flüchtige Vertraulichkeit ist leicht spotten, murmelte sie. Auch sie hatte jetzt weder Lust noch Ruhe, die alten Formeln und Brücken zu benutzen. »Und dann« zu sagen, »Nach einem vollen Jahr«, »Eine Generation später« oder: »Nach vielen, vielen Jahren« ... Und selbst für den »darauffolgenden Tag« fehlte ihr die Geduld. Sie wollte ein wenig durch die Morgensonne in der Innenstadt flanieren, Auslagen ansehen, an Leuten vorbeischlendern und beim tiefen Durchatmen ihre Duftwolken wahrnehmen, das eine oder andere Wort auffangen, dem sie nachsinnen würde, bis sie annehmen konnte, daß es auf dem Weg in eine ihrer Predigten wäre, im Café eine Tasse Kaffee trinken und in der Buchhandlung ein Buch kaufen, nachdem ihr der junge Buchhändler von einem anderen vorgeschwärmt haben würde (das sie auf keinen Fall wählen würde), den Dorfgenossen aus kosmischen Fernen zunicken und zuwinken …

So trat sie ihren belebenden Gang durch die Stadt an, als sie schon nach wenigen Schritten auf dem Wall Oma K. entdeckte. Ihre Oma K., die doch in jenem Musterheim untergekommen war für den Rest ihres Lebens! Und jetzt ging sie dort, recht flott übrigens, wie ein beliebiger Mensch. Ingrid beschleunigte ihren Schritt und eilte der alten Frau nach, um sie nach ihrem Wohlergehen zu fragen.

– Oma K.! rief sie: Oma K.! Solange, bis sie erhört wurde und die Person vor ihr anhielt und sich zu ihr umwandte.

Sie weinte! Oma K. liefen die Tränen so gewaltig aus den Augen, daß sie eine Weile brauchte, ehe sie erkannte, wer sie da gerufen hatte.

– Ach, Frau Pastor, Sie … seufzte sie und ließ sich in die Arme nehmen. Sie war ja so glücklich! Andy hatte sie in dem abscheulichen Heim besucht und ihr angeboten, das Haus zu renovieren. Erst hatten sie, er und die Lioba (wenn sie das noch nicht wußte), das Haus kaufen und nur für sich haben wollen. Aber jetzt steckten sie ihr Geld gemeinsam in die Renovierung. Sie würde wieder dort wohnen, trotz all der Überschwemmungen, bei den Kirschbäumen, in die ihr Mann ein Leben lang geklettert war. Und nach ihrem Tod würde das Haus den beiden gehören. Das hatten sie abgemacht, und das würden sie nachher beim Notar besiegeln. Und deshalb weinte sie. Und hatte sie nicht recht?

– Wir versuchen es! Und wenn es nicht klappt, warte ich lieber hier auf die nächste Sintflut als noch einmal in dieses Heim zu gehen.

– Sie sind wohl gegen Pflegeheime ..., scherzte Ingrid gegen solch überwältigendes Glück an.

– Wer sie nötig hat, soll sie kriegen, sagte Oma K.

– Wenn ich jemand den Himmel auf Erden wünsche, dann Ihnen, Oma K.

– Was soll ich dazu sagen, Ingrid ... Aber jetzt, sagte Oma K.: Muß ich pünktlich sein.

* * *

Die Arbeit an diesem Roman wurde durch ein Jahresstipendium des Landes Niedersachsen gefördert.

Der Verlag dankt Carmen Meinecke für die Mitarbeit bei Lektorat und Korrekturen.

Die Deutsche Bibliothek – CIP-Einheitsaufnahme

Dittberner, Hugo:
Wolken und Vögel und Menschentränen /
Hugo Dittberner. –
Göttingen : Wallstein-Verl., 1995

ISBN 3-89244-074-3

Vom Verlag gesetzt aus der Stempel Garamond
Druck: Hubert & Co, Göttingen
Umschlag: Thomas Müller

ISBN 3-89244-074-3